鲁中

段奇 著

一段苦难而辉煌的历史记忆

再塑抗日英雄"一马三司令"的光辉形象

烟云

九州出版社
JIUZHOUPRESS

图书在版编目（CIP）数据

鲁中烟云 / 段奇著. -- 北京：九州出版社，2025.

1. -- ISBN 978-7-5225-3461-9

Ⅰ. I247.5

中国国家版本馆 CIP 数据核字第 2025SK1922 号

鲁中烟云

作　　者	段奇　著
责任编辑	陈春玲
出版发行	九州出版社
地　　址	北京市西城区阜外大街甲 35 号（100037）
发行电话	（010）68992190/3/5/6
网　　址	www.jiuzhoupress.com
印　　刷	长沙市精宏印务有限公司
开　　本	710 毫米 × 1000 毫米　16 开
印　　张	15
字　　数	200 千字
版　　次	2025 年 1 月第 1 版
印　　次	2025 年 1 月第 1 次印刷
书　　号	ISBN 978-7-5225-3461-9
定　　价	78.00 元

一

一九三七年，大华年满十五周岁。酷暑的季节，已经多日不下雨，天气燥热，即便是晚间也依旧热得难受。这个盛夏，大华完成了私塾里的学业，考上了山东省立长山县中学。人闲下来，却又没有什么可以消遣的，为了节省灯油，一入夜，他便早早上炕躺下了。

家里的土炕硬得像面整子，人躺在上头就像烙饼，即使有凉席也让人感受不到一丝儿清凉。大华翻来覆去睡不着，耳边忽然传来爹的声音："嗨，咱家大华，考上长山县中学，这是好事呢！你没看村西头李老爷家，多大的势力不也就那样，孩子们没一个出息的。"

爹的看法，娘也非常同意："嗯，可不是呢？俺儿就是有出息。"只不过娘叹了口气，接着说道："大华考上县立学校，虽说学费可以免交，可每月两块钱的食宿费又从哪里出呢？"

入读长山县中学每月须交两块钱食宿费，这是大华去拿录取通知书回来后才告诉爹娘的。自接过儿子的录取通知书，二老翻来覆去了一整宿。儿子考上县立中学，二老自是乐得合不拢嘴，但高兴之外又平添了一份烦闷。两块钱食宿费听起来似乎不算多，但是对于在乡下种地的农民家庭来说，绝不是一笔小开销。这两块钱的食宿费就像一个圆滚滚的大碌碡，沉重地压在大华爹娘心头。为给儿子交纳食宿费用，他们只好卖了一只正在下蛋的老母鸡，还因为卖便宜了两毛钱，罕见地拌了一回嘴。娘因此没少抹眼泪。大华自然把这些看在眼里，心里阵阵酸楚，只盼着能够早日开学，上学后一定刻苦学习，将来考一个功名，加倍报答爹娘。

大华正想着心事，忽然又听见爹的叹息声："唉，都是老天爷不开眼，多长时日不下雨了？今年地里的庄稼恐怕是指望不上了。"

娘依然犯着愁："是呀，两块钱食宿费咋办呀？"

爹说："咱家大华那么有出息，总归不能让孩子失望吧？"紧接着，他的声音就低了下去："待我再想想，想想别的办法吧……"

娘的声音也随之低了下去："唉，再想想，想想别的办法吧……"

爹娘劳累了一天，他们说着、愁着就睡着了，屋子里渐渐响起了轻微的鼾声。可是大华依旧感觉身下的席子像煨着炭的火炉，他翻来覆去睡不着，便把双手抱在枕下，睁大眼睛望着房梁，心中像烧开锅的水似的，一直咕嘟咕嘟地翻滚个不停。

大华家是自耕农，四堵墙围成三间屋就是他自小生活的地方。外面一间灶棚年久失修，棚顶被烟熏得乌黑，早就没了本来的颜色。大华上头有两个姐姐，下面还有一个小弟弟。打从他记事起，就没见爹娘安安稳稳地过过一天好日子。他们又是那种天生爱做活的农民，为着一家六口人的生计，一年到头在自家二三亩水浇地里忙个不停。

前些年风调雨顺，捐税也不算重，家里一年的收入和花销相抵，大概勉强能够维持生活。可自从山东来了一位张督军，其人挥霍无度，横征暴敛，老百姓的日子每况愈下。再后来换成一位韩省长，那也是"黄鼬托生老鼠，一窝不如一窝"，人们的生活依旧好不到哪儿去：各种苛捐杂税、征兵纳粮多如牛毛不说，每亩税银折算后是二元二角，如今也翻了三倍，增加到了六元六角。再加上老天爷不开眼，连着两年干旱缺雨，夏秋的收成看来也没有保障，老百姓的生活变得越发艰难了。

大华虽出生在这样一个贫苦家庭，爹娘却能咬紧牙关、勒紧裤带坚持让他读完了私塾。大华也争气，读完私塾，又顺利地考上了山东省立长山县中学，当年整个李庄村只他一个考上了，像高中进士老爷似的，全家都感觉到面上有光。

大华一宿没睡好，第二天清晨起来脑袋格外昏沉，谁知爹却劈头甩给他这样一句话："我在你这样的年纪，早已经在地里劳作几年了……"

爹的意思，大华自然明白，因此即使在暑期里，他也不敢有半点空闲。他每天清早起来，还两眼惺忪就跟着爹娘上坡，清锄地里的杂草，下到孝妇河底担水抗旱保苗，还把杂草扛回家喂饲家禽和牲畜。为了让爹娘省心，大华日日如此，一个暑期下来，肩膀磨起了茧子，脸晒得黢黑，但在身体和意志力方面却得到了很好的磨炼，对于生活中的困难，他都能坦然面对了。

秋天到了，大华兜里揣着两元钱如愿到长山县中学去上学。他走出家门，第一次独自面对新的生活环境、新的学校、新的先生和同窗，这一切都给他带来了全新的感受。经过一段时间，他才慢慢适应新的生活。大华心中明白，李庄村至长山县城只有不足二十华里脚程，却犹如两个世界。不光人和人之间，地和地之间也是如此。

人生活在村子里是简单的，仿佛一切都失去了活性，连时间都是静止的，无论是大人还是小孩，几年时间里都不会有太大的变化。但在学校里生活和学习，世界就变得格外有活力，每天都有琅琅的读书声伴随着自己。这一切让他觉得快乐，觉得充满了希望。同时他也发现，在中学里学习一段时间之后，对于各种人物和事态，他逐渐有了自己新的看法。在长山县中学，给他留下深刻印象，又让他无比敬仰的人物，不是某位任课老师，也不是同窗学子，而是校长马耀南。

马耀南平时住在学校，只在周六下午放假了才回家去。下午放学，全体师生都离校，沸腾的校园瞬时安静了下来。马耀南换上西装或长袍，戴上一顶棕色的圆呢礼帽，夹着一个公文皮包，骑上洋车回家去了。到了周日的傍晚，在学生们返校上晚课之前，他必定会准时回到学校，开始布置新一周的工作任务。

依照学校安排的日程，每日清晨上课之前学生们都要跑早操，所有年级的学生都会到操场集合。马耀南站在操场一隅看着，直到所有年级的学生都已经列队环操场跑动起来，口号声也此起彼伏响彻校园，他才跟在队列后面一同晨跑。学生们跑完早操也不会立即解散，而是回到操坪里重新集合，聆听校长训话。

清晨的光辉映照着马耀南的脸颊。他站在土台子上，身材高瘦，一头浓密的黑发如针似的根根直竖，两只眼睛闪烁着温和而睿智的光芒。他开始讲话："……希望各位学子备加珍惜这个来之不易的学习机会……将来一旦学有所成，上可以报效国家，下可以报答爹娘……"马耀南训讲这些，大华觉得还好理解，和从前私塾先生讲"修身齐家治国平天下"的意思也差不多。但是接下来，马耀南继续讲道："……少年智则国智，少年富则国富，少年强则国强，少年独立则国独立，少年自由则国自由，少年进步则国进步，少年胜于欧洲则国胜于欧洲，少年雄于地球则国雄于地球……"

马耀南的声音不高，语调却铿锵有力，像敲响的晨钟暮鼓，激荡着学子们的心灵。这样一些振聋发聩的话语，相较于私塾中的"子曰""诗云"，是大华之前闻所未闻的，所以他记忆尤其深刻。马耀南训话完毕，操场上的队伍就可以解散了，学生们又开始忙碌起来。大家赶紧回到宿舍去洗漱、整理内务、准备吃早餐，然后就进教室早自习和上课。此时的马耀南显得颇为清闲，他从传达室拿来两份通篇全是洋字码成的报纸，聚精会神地阅读起来，偶尔还会大声朗读，或加以辛辣的点评。一旦看到不平之处，他还会拍案而起，进行一番严词痛斥。

不多久，大华又有了更惊人的发现——马校长竟然还会武术。这是一次下晚课后，大华和小李子、小曹、小韩等几位同窗偷偷跑到操场上溜达，无意间发现的秘密。

在明亮的月光底下，操场一隅，有一个拖着长身影的人正在闪展腾挪，而几个瘦小的身躯则像鬼影儿似的，慢慢地靠拢过去，想看得更清楚一些。

此时，那个高高瘦瘦的身影动作舒缓下来，随之高喊了一声："那几个小鬼头，都是谁呀？怎么这么晚了还不休息？"

声音钻入大华的耳朵，他听着格外熟悉，不觉偷偷伸一伸舌头，然后就和同学们一齐聚拢到高瘦男子身边，恭恭敬敬鞠了一躬，齐声喊道："马校长，晚上好。"

原来在学生们上晚课时，马耀南都会出来巡视一圈，待看见学生们都在用功学习，学校各项秩序良好后，他才放下心来，然后跑到操场一隅打一两趟拳脚，而且日日如此，从不间断。锻炼过后，马耀南的额头淌下汗来，他伸手从裤兜内掏出一块手帕，一边抹去汗水，一边开口问道："天色这么晚了，你们几个小鬼头怎么还不休息？"

同学们全都不吱声。短暂的沉默过后，大华大着胆子答道："马校长，我们睡不着呢。"

马耀南点点头："唔，睡不着？"紧接着又摇摇头，"看来，你们的学习生活还不够紧张呀。"

大华觉察到马校长没有责备的意思，不觉胆子更大起来，问道："马校长，您刚才是不是在练习武术呀？"

马耀南点点头："你们几个小鬼头，刚才都看见了？"

大华的祖上有一位功名出身的武举人，所生活的村里也始终有习武尚勇之风，村民们看见有人习练武术，立刻就能勾起血脉中的崇尚和喜爱之情。大华立刻点点头："马校长，我们刚才都看到了。"紧接着，他又央求道："马校长，我们能不能晚上跟您一块儿习练武术呢？"

小李子、小曹、小韩等同学基本也是这个意思。看见大华发声了，他们就一起附和起来："是呀，是呀。马校长，您就让我们几个跟着您一起练习武术吧！"

马耀南的大手摸了摸大华的头顶，然后亲切地问道："你叫什么名字？"

"大华。"

"今年多大了？"

"十五周岁。"

"是哪个年级的学生？"

"我今秋才入校，是第十三年级的。"

马耀南又转向其他几位同学，询问了几乎相同的问题，大家与大华情形差不多，都是些老实本分的农家子弟。马耀南点点头，说道："如今日本鬼子侵占东三省，我们不仅仅要坐在课堂里读书，还要习练武术强身健体，为将来保家卫国肩负起责任……"

马校长的话长久地影响了大华后来的行为举止，马校长的身教深刻烙印在大华心头，使他把马校长当成了此后学习追随的目标。大华暗自下定了决心："要通过努力学习来练就一身真本领，造福乡梓，回馈爹娘。"

大华的理想虽然很丰满，却如美丽的肥皂泡般很快便碎了一地。是年，我大好河山已经没有一块清静之地，亦无法容下一张安静的书桌。先前生活在乡下，大华对于时局的危机感不那么深刻，甚至可以说无感，可现在情形完全不同了。长山县中学开课后不久，河北沧州便失守了。日寇沿津浦铁路南下，德州已经变成了前线。而且消息传来，一向从容不迫的马校长也忽然变得忙忙碌碌且神神秘秘起来。

九月初时，学校里忽然来了一位身材高大、着一袭长袍的不速之客。马耀南一见到此人，便立刻热情地迎了上去，并紧紧握住他的双手，一迭声道："哎呀呀，林先生，别来无恙啊？哎呀呀，两年多了，怎么你这一走就没了音讯呢？"

马耀南口中的林先生，操一口胶东口音，谈吐不凡，举止干练，据说他原籍山东省威海卫文登县，曾经就读于省府济南的中学。他求学期间，学校的教务主任李先生与长山县中学的校长马耀南同是天津北洋大学的同窗，因为这一层关系，林先生高中毕业后就被李先生推荐来了长山县中学应聘，希望能谋一份暂时糊口的差事。

对于这样一位青年才俊，又是老同学推荐过来，马耀南自然重视，立即安排林先生进了长山县中学的附属小学，暂时做了一名代课教师。孰料这位林先生在附小的任教时间也不长，半年之后即考取北平师范大学公费生，又上学去了，这一去便杳无音信。如今两年多过去，林先生故地重游，二人老朋友相见，非常开心。经马耀南再三挽留，林先生答应暂住长山县中学一段时间。

林先生留住县中学期间，马耀南与他形影不离，陪着他到长山县周边不停地考察，两个人还就当前局势进行了深入探讨，多次都谈到了抗战问题。

马耀南说："有些长中毕业的学生已经当上校长或者区长，他们都能搞到人和武器，一旦日本人打过来，咱们可以利用这些关系，建立起一支抗日武装。"

林先生对于此事则比较谨慎，他说："马校长，您能搞到枪支弹药，也能建立起抗日武装，这些我全都相信，但您不是行伍出身，领兵打仗不在行呀。"

马耀南点点头道："这个吗……我已经考虑到了，不过省府的韩省长最近答应派一个军事教官过来……"

林先生仍然摇头："马校长，我还是奉劝您一句，韩省长派来的军事教官，请务必不要接受，否则一旦事到临头，怎么保证这些人和枪肯定会服从您的指挥呢？再说了，您想想，那个西北军的司令也算是个挺有本事的人物吧，可他的十三太保，包括咱们的韩省长，到头来还不是全都背叛了他？"

马耀南一怔，然后挠挠头："那么？依林先生所说，我该怎么办才好？"

林先生直言道："所谓枪杆子里面出政权，人和枪必须绝对保证掌握在自己手中才行。"

马耀南沉默片刻，然后又问："怎样才能保证这些人和枪，一定能服从我的指挥？"

林先生徐徐道来："当前全国有个组织，叫作'中华民族解放先锋队'，依靠它就能控制住队伍。"

马耀南听了，不免半信半疑："为什么依靠这种组织肯定能够控制住手中的队伍，它又是如何做到的呢？"

林先生解释道："马校长有所不知，这种组织控制队伍都是实行双首长制，设立两套系统，共同负责拟定命令。"

马耀南问道："都是哪两套系统？"

"一套军事系统，由司令员负责作战事宜；一套政治系统，负责队伍的思想和组织建设。而且这两套系统，也是当年在北伐军里一直实行的系统。"

林先生的话就像在马耀南胸中打开了一扇窗门，他顿时豁然开朗，频频点着头道："林先生言之有理，林先生言之有理。我若想参加'中华民族解放先锋队'，你们肯收留吗？"

"当然可以，当然可以了。"林先生立刻说道，"像马校长这样的大知识分子，著名的教育爱国人士，肯参加'中华民族解放先锋队'，我们求之不得……"

马耀南有所不知的是，这位青年才俊林先生在北平师范大学读书期间，已经秘密加入了中国共产党。"七七事变"爆发之后，北平和天津很快沦陷，林先生随同大批平津流亡学生，于当年八月中旬辗转来到济南，又通过"面认关系"，与中共山东省委取得了联系，并在省委直接领导下开始从事抗日救亡活动。就在"七七事变"爆发后，中共中央曾经致电北方局，对华北抗战工作作出指示，要在日寇占领区域及其侧后方，立即着手组织游击队、游击小组、抗日义勇军，发动广泛的抗日游击战争。

山东省委根据中央指示精神，立即在济南召开了一次会议，决定在山东全省范围内部署发动抗日武装起义。林先生这次经停长山县中学，正式接受中共山东省委指示，并前往胶东地区组织抗日武装起义。在从省府济南出发之前，中共山东省委黎书记曾经和他进行过一次谈话。黎书记说道：

"小林同志啊，你这次前往胶东地区，肩上的担子可不轻呢，我预祝你取得圆满成功。"

林先生点点头："谢谢黎书记。"

黎书记又说道："山东不是八路军防区，因此领导山东民众抗战的责任，势必要落在咱们山东党组织肩头。我们务必要牢记党组织的重托，肩负起这个神圣使命。"

林先生轻轻点着头，两眼望向黎书记，他感到肩上的担子更重了。黎书记又继续说道："小林同志，咱们山东省委根据实际情况，已经部署鲁东、胶东、鲁西、鲁南等地区相继发动了抗日武装起义，但这就像满天星斗的夜空中，唯有鲁中北这一块还不亮，不知你有什么好的办法？"

林先生沉思片刻，缓缓说道："我这次前往胶东地区，若走长白山南麓倒还罢了，若走长白山北麓青齐古道，必定要经过长山县城，两年多之前，我在长中附小教书，认识长山县中学的马校长……"

"马校长？"黎书记点点头，"这个人，怎么样？"

林先生立刻感叹起来："哎呀，怎么说好呢？马校长是一位大知识分子，又是一位社会贤达，在长山县及其周边地区具有广泛的社会影响力和号召力，最重要的一点是他声望一向很好，具有强烈的爱国心。"

黎书记沉思着："如今国难当头之际，像这样的优秀人才实属难得，若能争取马校长出来抗日，对我们可是太有利了呀。"

林先生挠挠头："黎书记，不瞒您说，我虽然认识马校长，可是两年多没有任何联系，也不知他近况如何呢。"

黎书记脸上露出笑容，立即鼓励林先生道："小林同志，你不妨先去长山县中学，探探马校长的口风再说。只要有百分之一的希望，我们就要尽最大努力争取……"

林先生点点头接受了这项任务。与黎书记分手后，林先生径直来到长山县中学，且一住就是二十多天。他不仅与马耀南取得了联系，还将其发展成"中华民族解放先锋队"队员，算是有了一个良好的开局。之后某一天，林先生忽然提出来："马校长，我身上另有重要任务，必须得走了。"

马耀南错愕，仍然强烈地挽留他："林先生，咱们可是一家人啊，我还是希望你留下来，帮我多出出主意。"

林先生为难起来："马校长，您应该明白，使命在肩，身不由己呀。"

马耀南听闻，立刻冷静了下来，但是很快，他又提出了另一个要求："林先生，你既然要走，我不再挽留，但是务必答应我一个条件……"

林先生不觉诧异起来："马校长，您要我答应什么样的条件呢？"

"你得给我介绍几个像你一样的优秀人才。"

"像我一样的优秀人才？"林先生诧异，"那得是什么样子？"

马耀南立刻道："第一，必须像你一样年轻有为；第二，起码是大学生身份。"

林先生听了不禁露出微笑，当即答应下来，而且在临走前还给马校长留下几本被当局封禁的书籍和一张便于联系省委"民先"领导人的纸条，并说道："照此联系，必然无误。"

林先生走了，但是按照约定介绍的人员却左等不到右盼没来，马耀南有些沉不住气了，于是按照林先生留下的纸条，亲身跑了一趟省城济南，以"民先"队员的身份与省"民先"孙领队接上头。马耀南开门见山说道："孙先生，哀莫大于心死，苦莫过于国亡。我愿意竭尽一切力量，组织长山县中学师生发动一场武装起义，抵抗日本帝国主义侵略。"

马耀南的情况，孙领队从林先生那儿估计早已了解了一些，于是说道："马校长，你对于我们的组织，还有什么具体要求吗？"

马耀南立刻说道："与我临别前，林先生曾经答应介绍人员前往长山县中学帮助开展工作，但是他一走数日，至今没有丝毫音信，恐怕今后也很难再联系到。我这次来省城，就是想恳请省'民先'方面介绍一位或几位有能力的大学生前往长山县中学，协助我组织成立抗日武装。"

孙领队立刻点点头："马校长，请您尽管放心，我会尽快向组织汇报，然后给您一个满意的答复。"

孙领队对于马耀南的请求非常重视，他没有丝毫耽搁，立即上报了省委黎书记。经过省委的简单商讨之后，随即安排了一位刚从国民党监狱释放出来的姚先生，并让他与马耀南在济南青年会馆见了面。

由于刚刚从监狱里出来，姚先生的气色不是很好，他身材单薄，面容清癯苍白。一见面，两人的双手立刻紧紧握在了一起。马耀南动情地说："今后有了领导，也有了靠山，对于从事敌后抗战工作，我总算是看到了希望。"

姚先生接着马校长的话语，挥动着一只拳头说道："对，只要我们紧密团结起来，就一定能够成功组织抗日武装……"

三天之后，姚先生孤身一人来到了长山县中学应聘。

马耀南话不多说，立刻聘任他担任学校中学部的国文教员。

姚先生来到长山县中学后并未透露自己共产党员的身份，但是马耀南心中也大约明白，姚先生是上级省委派来的，肩负帮助成立抗日武装的使命，因此对他表现出了极大的尊重，与他交换意见时也很坦率。几乎每一个夜晚，两人都会自动地汇聚在一起，商讨开展组织抗日武装事宜。

按照上级党组织规定，姚先生在长中工作一段时间后，必须回省城济南一趟，向省委汇报对于马耀南的考察情况。临行前，他来请假："马校长，我还有些私事未了，须回省城济南一趟。"

马耀南听后，紧攥的右拳猛然向左掌心砸去，然后欣喜地说道："哎呀呀，姚先生，我正有此意呢。烦请顺便看看能否请示省委领导，再派一位懂军事的干部过来。"

姚先生回到省城济南，来到中共山东省委驻地，此时因局势的变化，黎书记已迁到泰安办公，只有省委宣传部骆部长还在。姚先生便向他汇报了对长山县中学校长马耀南的考察情况，最后下结论说："马校长此人值得信赖；尽管长山、梁邹、桓台、章丘几个县尚未建立起党的组织，但是这些地区的群众抗日热情非常高涨，具备组织抗日武装的条件。"

骆部长听后非常高兴，对姚先生的工作也给予了表扬。接着，骆部长又问道："你们对于省委的工作还有哪些要求？"

姚先生挠挠头："马校长曾提出来，我们那里还缺少一位懂军事会打仗能指挥的人才，不知省委能否尽快派遣几位这方面的同志过来？"

"眼下可派遣的大学生，是党员的没有多少工作经验；有些工作经验的，又不是大学生身份。尤其懂军事的大学生，一下子到哪里去找呢？"骆部长的面上露出些许难色，但是这样的工作又必须做好。经过一番研究之后，他们最终决定选派廖团长，以及中共冀鲁边工委的赵部长，让二人扮作大学生，跟随姚先生前往长山县中学应聘。

于是，廖赵二人各戴一顶灰呢子礼帽，身穿阴丹士林布长衫，跟着姚先生来到了长山县。廖团长个头不是很高，但是身体很精干，他从延安抗大毕业，刚刚从陕北到了山东。为了保密，只好假说是北平大学体育系学生，自从日寇占领华北后，跟随平津逃亡学生一路流浪来到山东，是为了能够填饱肚腹才来长山县中学应聘的，希望能谋得一份吃饭的差事。马耀南便聘任他担任学校体育教员，并聘任了赵部长为国文教员，还兼教授历史。

廖团长以体育教员身份走马上任，不想很快就露出了马脚。有一回，学生们在操场上打篮球，两帮人分开来还差一人，学生们看到廖老师正站在球场边，不由分说就将他拉上了球场凑数。不料球一传到了他手中，为了不被抢走，他把球抱在怀中，也不管前后的人，便开始了满场飞奔。廖老师的奇怪举动引得场内外同学一片哗然。有人忙问大华："这是怎么回事？廖老师懂不懂篮球规矩？"

大华抹了一把头上的汗水，也是一脸茫然，只好答道："别瞎说！"

还有一次体育课，教室外边正下着雨，只得改为"课堂教授"体育知识。不料上课铃声落下后，廖老师站在台上一顿言简意赅，只用了三言两语即把全部内容讲完，此时距离下课铃声响起还有一大段的时间呢，同学们也都嫌老师讲得太快，纷纷请求他在黑板上写出笔记要点，以便同学们抄录。同学们鼓噪半天，廖老师被逼无奈，只得拿起一支粉笔，像张飞拿起了绣花针，在黑板上扭扭捏捏写起来。就那点内容，他写了好半天，都已经憋出了满头的汗水，内容还没写完下课铃就响了起来。

廖老师的大学生身份引起了很多人的怀疑，马耀南特意找来姚先生探问情况。姚先生也知道这样长时间地凑合不是个办法，于是说道："马校长，咱们都是自己同志，干脆打开天窗说亮话。廖老师过去是一名红军团长，走过二万五千里长征，这次为着抗日救国大业，接受中央的委派来到山东，是要帮助咱们开展抗日武装斗争工作的。"

马耀南心中的疑虑顿时烟消云散，他立刻邀请廖老师来到住处，两个人进行了长谈。然后，马耀南与姚先生、赵老师商定："为了将长山县中学更好地组织起来，今后更加顺利地组织抗日武装斗争，四人应当经常定期碰面，形成制度，一是关注时局问题，二是讨论组织抗日武装事宜。"

姚先生和廖、赵二位老师也就趁机提出来："若想把长山县中学办成一所抗大式学校，在教学过程中势必要增加一些抗日内容。比如'抗日游击训练班'之类，以尽快培养出大批抗战骨干成员，将来也可以为我所用。"

马耀南听了，顿觉眼前一亮："真是三人行，必有我师焉！你们所提正合我意，那么就偏劳三位了，我必当尽全力支持。"

其实，早在两个多月前，马耀南就在长山县周边地区小规模地举办过"抗日训练班"，在这方面已经积累了一定经验。现在，出于安全方面考虑，也为了遮掩顽固分子耳目，更为了保护姚先生和廖、赵二位老师的安全，他把长山县中学的这一期"抗日游击训练班"跟扫除成人文盲巧妙联系起来，对外宣称是举办一期"民众夜校"，他亲自兼任校长。这个消息一经传播开来，立刻得到长山县及周边地区士农工商学各界人士的积极响应。经过层层选拔，六十余人的学员中，以长山县九区卫固和桓台县二区曹村，前来参加培训的青年学员最多。

"民众夜校"开学第一天，照例举行了一场开学典礼，马耀南以主持人身份发表了热情洋溢的讲话，不仅讲述了国家目前面临的形势，阐明举办训练班的意义和宗旨，并且还鼓励全体学员："要像霍去病那样'匈奴未灭，何以家为'；要像岳鹏举那样'壮志饥餐胡虏肉，笑谈渴饮匈奴血'；更要像文天祥那样'人生自古谁无死，留取丹心照汗青'……"

"民众夜校"正式开班后，由姚先生主讲"抗日民族统一战线"和"目前的国内形势和任务"，赵老师主讲"宣传组织发动群众"和"发动民众进行抗日救国运动"，廖老师则主讲"步兵操典"和"游击战争基本原则"等。特别是廖老师，根据诸多实战案例，再结合长期革命战争实践的经验，把"敌进我退、敌退我进、敌驻我扰、敌疲我打"十六字游击战口诀讲得惟妙惟肖，生动传神，深受全体学员喜爱。

从时间上来看，为期两周的"民众夜校"既不算长也不算短，却为将来组织抗日武装培育了一大批骨干人才。这些心怀热血的青年，一旦回到各自地方，就像种子播撒下去一样，将在人民群众中生根发芽，孕育出新生的革命力量。但是，任何事物总有其两面性，有积极的一面，就有消极的一面；有好的一面，就有不好的一面。为了举办这一期"民众夜校"，马耀南果断地停止了学校部分数理化课程教学，再加上有那么多陌生面孔在学校里面不断涌现，不可避免地走漏了风声，势必引起长山县政府的注意，并遭到地方顽固派势力强烈的阻挠和不满。

"七七事变"之后，国民政府未雨绸缪，在一些尚未沦陷的内陆城市设立数个大型学生接待站点，准备组织沦陷区大中学校内迁。到十月份的时候，山东省黄河以北的广大地区，已经逐渐处于日寇铁蹄之下。根据国民政府的通告，山东省教育厅曾经下文："为适应战时教育之需要，为保护和保存山东一省之内大中学校教育之文脉，兹根据国民政府之通告，着令省立中等及以上大中学校，迅速组织教职员工及学生内迁。"

山东省教育厅通知下来，全省已有数十所大中学校，数千名的教职员工，陆陆续续汇集到河南许昌地区，成立新的"山东省综合中学"。后来又根据战事的发展，学校本部又数次迁徙，几易其名，最终在川北地区扎下根来，为将来山东省的教育事业，保留下无比珍贵的文化血脉。作为一名教育工作者，一位高级知识分子，马耀南对于学校内迁及其蕴含的意义，内心其实比谁都清楚。若是在正常情况之下，他会像其他大中学校长一样，毫不犹豫地遵照省教育厅的通知，积极地组织长中师生内迁。

但是，在此紧要关头，马耀南已经欣然地接受了共产党的抗日救国主张，长山县中学俨然已经成为培养抗日武装的摇篮。如果服从省教育厅的指示，组织长山县中学师生内迁，那么从前做下的许多工作和已经取得的重要成果，势必毁于一旦。因此，在接到省教育厅的通知后，他立即向上呈递了一份报告，请求允许长山县中学暂缓内迁。

马耀南的这些不寻常举动，如暂停数理化教程、举办为期两周的"民众夜校"等，已引起顽固派分子的不满，甚至遭到顽固派势力的强力阻挠。这些人一方面向县政府告密，一方面在学校师生中散布谣言："省教育厅明令长山县中学内迁，马校长却以一己之私横加阻拦，拿全校师生的生命和前途开玩笑，我们坚决反对。"

一日，在托派教员的暗地唆使下，几名顽固派教职员工纠集起十几名未谙世事的学生，气焰嚣张地把马耀南堵在办公室，一名学生代表首先发难："马校长，省教育厅三令五申，长山县中学接到通知后，必须迅速组织师生内迁，你为什么违抗上级命令？"

马耀南心平气和地答道："我们都是堂堂正正的中国人，世世代代生于斯长于斯，如今日寇无端侵略我国土地，铁蹄无端践踏我族百姓，我们怎能拍拍屁股走人，把大好山河拱手送人？况且为了维护广大师生利益，我已向省教育厅呈递报告，请求准许本学校暂缓内迁……"

另一名学生代表立刻气急败坏道："姓马的，少来这一套，我来问一句，你是服从国民政府命令，还是听从共产党主张？"

"国民政府的命令，我当然要听；但是共产党的主张，我也举双手赞成。现在是国共合作时期，大家联合起来共同抗日，难道有什么不对吗？"

第三名学生代表气焰更加嚣张："姓马的，甭说那么多废话。我们只说一句话，学校如果内迁，每人分三个月薪水；学校如果不内迁，那么就拆分校产，大家伙儿早拆摊子早散伙。"

马耀南闻听，猛地站起身来，手掌拍在桌子上发出"哐"的一声震响，他愤怒地说道："我正在等待省教育厅回文，即使学校不内迁，也绝对不能分掉校产。"

学生代表们依然不依不饶："既然学校不内迁，凭什么不分校产？"

马耀南一字一顿道："我可以负责任地告诉大家，长山县中学既不是我马某人的，也不是某些人的私有财产，而是全长山县人民的心血和财产，你们谁也无权动一分一毫！"

马耀南的答复有理有据，容不得别人过多置喙，那些所谓的"学生代表"更被马校长的凛然气势所震慑，也变得安静起来。只有几个顽固派教师眼看着挑动学生闹事的目的难以达成，立刻跳了出来。一个捋着花白山羊胡须的教师说道："马校长，卑职仍有一事不明，想请示下。"

马耀南客客气气道："老先生，您请讲。"

"按照国民政府命令，山东省教育厅下发通知，长山县中学必须内迁，不内迁则分掉校产。这一条你为什么不执行？"

马耀南慨然道："老先生，都说故土难离，难道日寇一打过来，咱们就只有内迁这一条道路可行吗？"

"这个，这个……"山羊胡子老师，顿时变得张口结舌。

另一个顽固派教师见状，觉得单从口才上恐怕辩不过马校长，于是挥舞着麻秆似的细瘦胳膊，带领几个学生代表狂喊口号："我们要安心读书，学校必须内迁；学校不内迁，必须分掉校产。坚决将赤化分子马校长赶出长山县中学，还我一片净土。"

马耀南办公室门前的教职员工越聚越多，里三层外三层围得水泄不通。那几名学生代表倚仗着有顽固派教师撑腰打气，竟然上前拉拉扯扯起来。马耀南气愤之余，照着闹事学生的脸狠狠一巴掌扇了过去，然后二话不说转身走出校园。

几个顽固派教师眼看着闹事学生被打，顿觉手中又有了把柄，立刻大喊大叫起来："不得了了，马校长打人了；了不得了，马校长打了学生代表……"

几名不明真相的学生被挑动起来闹事，竟然真的逼走了马校长，顽固派教师们觉得阴谋得逞，禁不住得意起来，一边紧锣密鼓地策划着分掉长山县中学校产，一边又到处散布流言攻击马耀南，对他进行抹黑。顽固派分子的所作所为，在长山县中学师生中间已然引起了一场混乱。离家近的学生可以跑回家中躲避，离家远的学生却没有那么便捷。还有大华这样的学生，家里离学校不近也不远，现在也无所事事了，就总是跑到县城南门外，站在孝妇河畔望眼欲穿，他期盼着马校长早日归来。

却说马耀南出走也就一两天时间，到第二日下午，忽然就有两位年轻人径自来到长山县中学，他们找到学校的教务处，声称是马校长的二弟和三弟，要代表马校长出面与析分校产的人进行谈判。当时仍在学校的一些人听说马校长的两个兄弟过来，要跟学校方面进行谈判，似乎觉得有什么事情要发生，于是纷纷跑过来看热闹。

大华夹杂在众多师生中也跑到学校教务处门前，看见两位气宇轩昂的年轻人正站在学校教务室门前的台阶上。大华心中正想着事，忽听得身旁有人道："噫，好了，是马二当家亲自出面，这件事情终于可以解决了。"紧接着，那人又戳一戳他："兄弟，瞧见没？站在前面这位身材矮壮些的就是马三掌柜。"

话说马耀南家只有嫡亲的兄弟三人，无任何姊妹。这马三掌柜叫马天民，在家齿序最末，现下虽不到三十岁，人生阅历却是十分丰富。马三掌柜十多岁到济南做学徒，不到二十岁时父亲病逝，他就来长山县城继承了家族中的两处产业，当上了恒盛货栈商铺和恒盛酒庄的掌柜。马三掌柜在长山县城口碑不错，除经营极讲究诚信外，对朋友也极重义气。他善于联络社会各阶层人士。长山县城里那些小手工业者、跑小买卖的生意人、出身寒微的知识分子，包括无业游民或是破产的自耕农，时常会聚集到恒盛酒庄来。

这些人站在柜台外，叫上一小碗白酒，或是借酒消愁消磨时光，或是嬉笑怒骂谈些世事。马三掌柜在旁边默默听着，时常笑脸相伴，绝无半点不悦。因此，这长山县城里的老老小小，无人不识无人不知马三掌柜，其名气在马校长之上。

大华今日看见马三掌柜与往昔温文尔雅的形象迥然不同，一张方方正正的脸膛上，两道漆黑漆黑的眉毛拧成了两团麻花卷儿，敦实的身板上罩着一袭绸布长衫，一杆匣子枪大斜挎背在肩头，像尊铁塔似的站在台阶上。而紧紧站在他身后高大英武、眼神犀利的另一人，估计就是马校长的二弟了吧。只见此人头戴一顶西式的软呢礼帽，长发从两侧耳鬓间飘飘摇摇洒落下来，身上是一袭短衬衫，把颈肩腰来端得笔直，似乎接受过某项专门训练。天气不热，他倒是纽扣全解，大敞着一副胸怀，把腰间一条四指来宽的熟黄铜虎头皮带扣凸显了出来。

据说马校长的二弟马晓云年幼时曾在家念过几年私塾，后又在周村城里上完了高小，但他自小喜欢拳脚棍棒，对于舞文弄墨的那套提不起多少兴趣。家中长辈觉得，老大马耀南笃静长于习文，老二自幼好动最喜舞枪弄棒，一文一武对家族经济都有裨益，教育上也就顺其自然了。于是二弟看出了家长心思之后，干脆丢下了书本不念，就在家中帮衬父辈操持家务，闲暇里就去与村里的一班子弟们舞枪弄棒较量武艺，等年纪稍长些就出门拜师访友，更养成了广交友重义气的习性。

一九二四年，马晓云十八周岁，正是青春无敌热血沸腾的年纪。只因家族中有老辈人看不惯他呼朋引伴、弄枪舞棒的习气，出言责备了几句，他也是因年轻气盛，居然就抛下了新婚燕尔的妻子，去津门参加了奉天军。素爱练武的二弟身手十分了得，作战时勇敢无畏，为人又豪放洒脱，因此深得上司赏识。从军不到一年，职级提拔得飞快，已经从无名小卒晋升到了营长。

马晓云当上营长这一年，正是一九二四年，马耀南考上了北洋大学预科，哥俩终于在津门见上了面。远远地看见二弟身后带着两名护卫兵，一路大摇大摆过来，好一副踌躇满志之态，马耀南遂反复告诫他："好男不当兵，好铁不打钉。军阀部队只知道争地盘打内战，对于黎民百姓死活根本不管不顾，对于下级士官更是只有利用，你在此中服役终究不是长久之计。"

马晓云却道："大哥，我在部队里干得正好，深得上司赏识，提级亦快，如今你却要给我泼冷水，不知是何道理。"

马耀南摇摇头，慢慢解释道："咱们是大家族，拥有百余亩耕地，商铺货栈多处，奈何一向人丁稀少，根本就管顾不过来。家族人口老得老少得少，正缺乏青壮劳动力，我已出来读书，没个三五载回不去，三弟年纪尚幼，无法挑起家中重担。如今你不赶紧回去，挑起家族内外这副担子，还待指望谁人来担当？"

马耀南这一番话，醍醐灌顶般浇醒了马晓云，再加上马晓云在军营眼见军阀连年混战，他对军中相互倾轧的陋习早已诸多不满。于是他决定听从大哥吩咐，以父亲生病为由请假返乡探亲，从此未返奉天军中。在外经受了两年多磨砺，马晓云也懂得了世间事诸多不易，随后几年在家乡果然是低调行事，一力支撑起家族中各项事务，上下打理得井井有条，被大家尊称为"马二当家"。

马二当家有了这一段从军经历，练得了一手好枪法，加上在外闯荡过几年变得见多识广，于是众人公议推举他做了长山县三区联庄会长。马二当家里里外外一把手，在周遭村庄和人群中，名号叫得更加响亮，号召力那也是响当当的了。

今日马二当家和马三掌柜来到长山县中学，两人往教务室门前一站，仿佛片刻之间，校园内的师生们就纷纷地聚拢到了阶前。其中有个顽固派教员也没眼色，开口即训斥道："你们两个大胆，竟然身背凶器来学校寻事，难道眼里没有王法了吗？"

马三掌柜嘴角上扬，脸上露出一丝轻蔑的微笑："你们无故赶走学校的校长，还有什么王法不王法吗？"

一个学生代表立刻大喊起来："赶走不赶走校长，那是我们学校内部的事情；学校或走或留或拆分财产，你们两个外人也管不着吧？"

马三掌柜神色威严地说道："那不行，长山县中学是长山县的中学，校产也是长山县的校产。没有马校长做主，一丝一毫都不能动，任何人都无权私分。"

马三掌柜的口吻，与马校长一样，长山县中学是公产，当然谁都无权私分。头前闹事的几个学生代表一个个低下头来，可是教员中的顽固派又开始兴风作浪了："你们两个算什么东西，我们学校的事情也敢来管？快快把他们赶走……"

此人话音未落，立刻有人跟着响应，有人揎拳撸袖蠢蠢欲动。此时，马二当家一直站在马三掌柜身后观察着周边动静，见状，他立刻向前一步抢先挡在三弟身前。马二当家眸子里射出晶晶寒光，犹如两柄利刃似的，给人不怒自威之态。他高声说道："长山县中学，坚决不能南迁；如果谁想南迁，学校将不发一分钱薪水。再有，谁叫你们南迁，就找谁要路费去。"

马二当家的话语绝不拖泥带水，又似一瓢冷水浇进沸油锅，刺啦一声立刻沸腾起来。有人大声地叫嚷道："学校的财产不能分，难道叫我们南迁的师生去喝西北风吗？"

另有一人亦随声附和道："是呀，是呀。再说我们学校的事情，岂能任由外人来胡闹？我们要把他们两个赶出校园……"

顽固派仗着人多势众，还想如上次对付马校长那般，将卑劣手段再拿来用一次。一群人汹涌上前来，乱竿子打头似的扑向马三掌柜和马二当家。大华在远处看着，一颗心早提到嗓子眼儿，却不想马二当家看见有人拥上前来，立刻退后一步，待众人将到未到身前之时，两只大手径自向腰后摸了过去。

大华看不明白马二当家葫芦里卖的什么药，这只是电光石火间，待见他把两只胳膊倏地往前一伸，众人再看马二当家手中竟然变戏法似的多出了两杆盒子炮，而且他这番手部动作迅捷无比，来得极其漂亮，大华不觉惊得合不拢嘴。那挑头闹事的几个家伙，突然间看见两支黑洞洞的枪口对准了自己的心窝儿，顿时脚底板像被胶水粘住，吓得身子一动都不敢动了。

众人脸上的表情，马二当家自然尽收眼底。只见他会心地一笑，又把两杆盒子炮嗖地抛向半空中，众人也不知马二当家又要玩什么花样，却见那两杆盒子炮化作两只带翅的蝴蝶似的，在空中飞舞着翻滚着，扑棱棱划出来两道美丽的抛物线。众人一阵恍惚，眼花缭乱之际，又看见两杆盒子炮稳稳当当落下来，正落在马二当家手掌心，枪口依然指着众人，这时，他才口中厉声喝道："我马二当家见得多了，你们又算老几？刚才是谁在那里叫唤，站出来看看！"

刚才还想挑头闹事的数人面对着黑洞洞的枪口，一个个吓得面色蜡黄，大气都不敢出一声。大华还是平生第一次看见有人把手中的盒子炮玩得这般潇洒，心中真是羡慕极了。马二当家手中挥舞着两杆盒子炮，继续威严地说道："今天我马二当家明人不做暗事，把丑话说在前头——姑念学生代表年纪尚小，他们闹事可以既往不咎；但几位挑头的教职人员挑唆鼓动小孩子闹事，这却是绝对不能容忍的。因此，我限令今晚之前，凡是挑头闹事的教职人员必须一个不留地滚出校园。有违抗命令者，或许我马二当家认得，枪口却不认得，直接拉出去枪毙……"

长山县中学这一场风波在马校长的二弟和三弟的干预下，很快消弭。而这一切其实都是马校长三兄弟早就协商好的应对策略。早在学生代表闹事那日，马耀南气愤地离开学校，径直就到了长山县南北大街找上他三弟，跟马三掌柜把学校中种种情形叙说一遍，哥俩就一同赶回北旺庄的家中找马二当家，哥仨共同商议出了这个应对之策。

马耀南坐在灯下把前事详述了一遍，接着哥仨合计起来，都觉得学生们这次闹事绝不像表面上那样简单，而是一次有预谋有计划的破坏行动，其根源就在顽固派教职员工身上。他们利用学生的单纯，在背后挑事，无非就是逼迫马耀南或内迁或拆分校产，最终败掉长山县中学。这样一来，马耀南着手准备的有关组织抗日武装事宜，就会前功尽弃。

马耀南三兄弟中，二当家马晓云曾是行伍出身，做事喜欢直来直去，性子也最刚烈。听说大哥在学校受了委屈，他猛地站起身，在屋子里踱来踱去，又一拳头擂在桌子上，震得盘儿碗儿盏儿都跳了起来。他气呼呼地说道："学校竟敢有人闹事，难道翻了天了不成？此种风气，必须坚决刹住。"

马耀南点点头："二弟所言殊为有理，但是依你来看，如何才能刹住？"

马二当家一只大手从上往下用力一劈，就像在抡一把大砍刀："治理乱世，须用重典。"

马耀南笑一笑："就依二弟所言，该用何种重典？"

马二当家挽一挽衣袖，快言快语道："大哥，你只管在家等着，待我带领几个弟兄杀向你们学校，把那些顽固派教师，还有挑头闹事的学生，来个老鹰捉小鸡，该抓的抓，该杀的杀，该驱除的驱除……"

马二当家话未说完，马耀南早摇起头来，一迭声说道："不可，不可，万万不可。你这种做法，忒也鲁莽简单，恐怕会坏了大事呢。"

二哥要打打杀杀的想法，马三掌柜也不赞成，于是兄弟三人坐下来重新计议，最终觉得还是先礼后兵为好。由马三掌柜代表马校长出面，找学校进行摸底接触，再考虑应对之策。而且在临行之前，为了预防不测，马三掌柜和马二当家都随身带了家伙，不承想真就派上了用场……

一场不大不小的风波有惊无险地过去，既保护了新来的姚先生，以及廖、赵等老师的安全，又使得像大华那样真心拥护抗日的师生们有了信心。即便如此，世间万物又哪能一帆风顺？一波未平一波又起。长山县中学的种种动向终究还是引起政府当局，尤其县教育局督学的注意。

星期一早饭后照例是"纪念周"，全体师生集合起来听从宣读"总理遗嘱"。马耀南刚刚宣读完毕，话音还未完全落下，一众师生的身后就突然站出一个头戴灰呢礼帽，身穿笔挺灰呢中山装，胸前别一枚青天白日徽章的家伙。只见他三步并作两步抢上讲台，气喘吁吁地说道："不好意思，兄弟迟到了，请诸位海涵。不好意思，兄弟迟到了，请诸位多多海涵！"

他又抓下头上的礼帽，做出一副虔诚的模样向总理遗像三鞠躬，然后转过身对着台下师生演讲起来："诸位教师，诸位同学，今天兄弟奉教育局指派，特地前来贵校参加纪念周活动，顺便讲一讲'读书与救国'的关系。"

这一位是县督学先生，最近他多次窜来长山县中学，却又不堂堂正正，只像个密探似的偷偷摸摸。他这种行为，自然被长中师生们所讨厌。既然督学先生提出来要在学校"纪念周"上讲几句，师生们出于尊重，也还是安安静静地听着，都想听他要讲些什么。于是他讲道："……学生唯一的正业，只应该是读书，读书即救国。至于抗日么，那是政府之事情，与师生无关。师生搞宣传抗日，那就是不务正业……"

县督学先生正在台上吐沫横飞讲得起劲，台下的师生早已经忍耐不住，整个会场顿时变成一个被捅破的巨大马蜂窝，嘤嘤嗡嗡声响成一片。但县督学先生脸皮足够厚，他甩动着两手用力往下压："台下静一静，台下静一静。"然后他又把目光瞄向马校长，提高了嗓门继续讲道："且听我竭诚奉劝各位几句，千万不能滑进政治漩涡，谨防被'异党'分子所利用，否则将会误人子弟，甚至弄得身败名裂。"

台下师生中终于有人忍耐不住，霍地站起身大声质问道："请问县督学先生，我们是不是中国人？"

县督学先生猝不及防，愣了一下答道："这个……这个……咱们当然是中国人。"

既然有人开了头，大华再也坐不住。他也站起身来继续质问县督学先生："既然咱们是中国人，那么我们参加抗日活动，为什么叫不务正业？"

县督学先生来不及回答，当然他也回答不出。另一个学生小韩又问道："请问县督学先生，既然抗日是政府之事，为什么政府不战而退，先是退出东三省，如今又拱手让出京津地区……"

台下师生群情激昂，问题一个接着一个，连珠炮似的射向县督学先生。他的额头在大冷天里竟然冒出一层白汗珠，两条干巴巴的小细腿犹似寒风中的枯树枝，一直抖抖索索个不停，像要支撑不住整个身躯。他的两只小眼珠也变得黯然无光，扭头求救似的望向了马校长。

马耀南见状，知道这位县督学先生已经受到了些教训。马耀南也怕把事情搞得太僵，双方都下不来台，于是向前几步挥挥手，让台下的师生们安静下来。县督学先生趁此机会赶紧收拾起演讲稿，一边擦着额头的汗水，一边给自己搭梯子找台阶下，口中干巴巴地说道："大家伙都累了，兄弟今天就暂时，暂时啰唆到这里吧。"

"纪念周"终于散会，马耀南请督学先生进到校长办公室，先递一杯热茶过去。督学接过来刚想喝几口镇定一下不安的情绪，不料马耀南紧跟着问了一句："敢问老兄，国民政府明明白白宣传，地无分南北，人无分老幼，人人都有守土抗战之责，为什么我们办教育的就不可以做抗日宣传呢？"

督学先生坐在椅子上，屁股却像坐着热鏊子，身子不停地扭来扭去，手又开始颤抖起来，热茶还没喝进嘴中，被惊得呼啦一下洒出来，把一身笔挺的中山装弄湿了好大一片。马耀南继续追问道："敢问督学先生，兄弟仍有一事不明，学生们爱国爱家，参加抗日宣传活动，怎能说受'异党'分子蛊惑，难道说国民政府反对抗日吗？"

马耀南的诘问直指问题实质，犹似一枚锋利的匕首直刺督学先生心窝。他愣了一会儿，才讪讪道："马兄，马校长，别，别误会。兄弟奉上司之命，也是身不由己呀，发言若有失当之处，望兄台多多海涵。"

督学先生说完，热茶也不敢继续喝了，抓起帽子灰溜溜就离开了。督学先生虽然走了，县府里的那些老爷又怎能善罢甘休，当然一计不成又使一计。这回，县长大人亲自出马了。县长大人先派人叫来马耀南，提出要召开一次校董会探讨学校的去留问题，紧接着他又在会上当众宣布："自即日起，本县教育之经费全部转作抗日经费，着令长山县中学即刻停办。"

与会众人闻听，顿时一片愕然。不想这位县长大人，立刻又换上另一副面孔，并假惺惺说道："马校长自到长中赴任以来，办学成绩斐然，社会声名彰显，鄙人全部看在眼中，自然记在心头。国难当头之际遽然停课，着实令人惋惜，尚请诸位体察政府苦衷。"

长山县县长利用手中职权釜底抽薪的举动，立即在长中师生中引起了轩然大波。在此紧要关头，马耀南自是毫不退让，坚持据理力争，拒绝停办长山县中学。况且马耀南手中早就掌握着县长利用手中职权贪污教育经费的把柄。自从建校伊始，省立长山县中学历年来的办学教育经费都由省府向县级财政转移支付，从划拨到接收，每一笔款项往来账目核销都应该有据可查，但县政府从未曾对外公布。倘若每一笔教育经费都结算清楚并详细公示，那么贪腐和挪用经费的情况势必会暴露无遗。

于是，马耀南凭借社会威望联络长山县一批参议员，到县府里找县长商讨，要求先结算清楚教育经费并公之于众，方可停办长山县中学。与此同时，他又指使学校师生集合起来团团包围县政府，举行抗议示威。师生们愤怒的情绪再也掩盖不住，他们像火山爆发一样发出震耳欲聋的声音："我们要读书，我们要进步，我们要面见县长，坚决反对停办长山县中学！"

学校师生震天的怒吼声传进县府中，县长大人听到这个声音禁不住浑身瑟瑟发抖，他急忙躲进书房中，好半天都不敢露面，只在心中暗暗思忖："如今天下实不太平，况且兵荒马乱之中，倘若一时引起群情激愤，实非万全之策……"他一想到此，身上更是大汗淋漓，又不得不硬着头皮出面，否则更无法渡过这道难关。县长大人表态，长山县中学继续开门办学，但他却绝口不提结算教育经费之事……

跌宕起伏的日子总是过得飞快，眨眼间到了十二月中旬。随着几场大雪下来，天气变得寒冷刺骨，但相比起这样的坏天气，更坏的却是一阵紧似一阵的风声，尤其来自黄河北岸的枪炮声已经隐隐约约传进长山县城，闹得一片人心惶惶。

一九三七年十二月十七日，日寇七架飞机飞临长山县三区上空，轰炸了胶济铁路线上的重镇周村。战争的阴霾顿时笼罩在长山县上空，但在这样严峻的形势之下，却完全看不出国民政府有任何准备抵抗的样子。国府县党部里面，除了办税的衙门，其他早已经人去屋空，跑了个干干净净。

"趁着国民政府里各级都一片混乱，无暇顾及下层民众，纷纷撤退或者转移之际；趁着日寇尚未占领，或者即使占领一些地方，却仍然立足未稳之际，着手组织和发动抗日武装起义。"对于这个问题，长山县中学师生内部早已达成全面共识，并且条件越来越成熟，越来越朝这个方向发展，但是将学校师生拉向何处，怎样组织一支抗日武装，又成为马耀南与姚先生等人之间亟待进一步探讨和解决的问题。

马耀南个人方面，自从着手组织发动抗日武装的那一刻起，他心中的初步设想就是将队伍拉到长山县八区。具体来说，就是把队伍拉进位于县城西南五十华里外的长白山中。

一是长白山地域广阔，东西长百余华里，南北宽约四五十华里，横跨长山、梁邹、章丘数县区，乃是鲁中丘陵地带，向北部平原地区过渡的余脉，其机动范围够大。二是长白山连绵起伏，沟壑纵横，地势险峻，有大小山头三百多座，海拔多在五百米至八百米不等。其主峰玉皇顶，终年积雪，环境多变利于藏兵。三是史书记载，长白山自古就有为着防范流寇窜据长白山中造反，文官驻扎济南平陵城，武官驻扎周村的说法，可见长白山对于一支处于起步阶段，力量相对弱小的抗日武装来说更易守难攻。再说，马耀南的祖籍是长白山中的沟西村，在这里，他亲朋故旧众多，人脉资源甚广。最后也是最重要的一点，就是七七事变之后，长山县中学秋季开学不久，九月份的时候，有两个身形健壮的陌生青年忽然跑来长山县中学，开门见山地说要拜访马校长。

马耀南正在百忙之中，忽然听说有陌生人来访禁不住一愣，但经过初步面谈，二人又做了一番自我介绍之后，马耀南禁不住大喜起来。原来这两个不速之客都是长白山中之人，其中一位时任长山县第八区区长，又身兼第八区联庄会队长；另一位则是八区下辖的张村村长。细说起来，他们两个也与马耀南家颇有渊源，竟然是同宗同源的马姓本家。

马区队长和马村长都是热血青年，对于时局非常关注，二人经常聚在一起议论些国事和前程，但是限于信息闭塞，对于如何开展抗日保家卫国之事，时常会陷入一片迷茫之中。马区队长和马村长虽不认识马耀南，但是对于他的经历和为人却早有所耳闻，于是商量好了，只待学校秋季开学以后便一同到长山县城来找马耀南。

马区队长和马村长想从马耀南这儿听听他对抗战所持的态度，或是想从他那里寻找出一条抗日救国的道路来。马耀南明白二人来意后，心头禁不住一阵狂喜，他立刻叫来大华，吩咐道："你速速去我三弟货栈一趟，买两包五香花生米，再提一坛好酒回来。"

大华答应一声，转身刚要离去，又被马耀南喊住，并再次叮嘱道："你先赊账，回头我再把钱还上。我三弟若相问，你只说长白山老家有人来，需要招待本家亲戚。"

大华答应一声，转身飞一般去了，只一小会儿工夫即把东西全部提溜了回来。三人饮酒叙话，马区队长真是爽快人，他开门见山说道："马校长，如果小日本来了，咱们应该怎么办？我们两个还想听听您的意见呢。"

马耀南的脸庞已被酒水染上红晕，他沉吟道："嗯，如果日本人来了，你们想怎么办？我也很想听听呢。"

马村长攥起一只拳头，"哐"一下砸在桌面上："国家兴亡，匹夫有责。我们都不愿做亡国奴，咱们应该先有国后有家，对吧？"

紧跟着，马区队长也说道："对呀，跟日本人干，这是一定的。我手底下的联庄会已经聚集起六七十号人马，四五十杆长短枪，小日本打过来，大不了我拉着他们进到长白山中打游击……"

马耀南听到这儿，兴奋地击掌道："好，简直太好了！咱们想要抗日，就得有枪杆子，必须建立自己的武装。"

马区队长这时又提出另一个问题："马校长，不瞒您说，拉起队伍武装抗日，这个我们早就想好了。只是我们的力量太薄弱，需要找一个强有力的靠山，这次我俩跑来的目的，就是想听听您的意见。"

马耀南的头脑终于冷静下来："对，要想抗战到底，必须得找靠山……"紧接着，他又说道："我早先是国民党员，亲眼看见国民政府腐败无能，根本不可能领导咱们抗战，倒是共产党领导的队伍抗战决心很大，可惜我一直联系不上……"

马村长当即表示道："如果真有这么一条道路，那我们必定追随马校长，坚决听从您的指挥。"

马区队长又补充道："马校长，还有咱们长山县八区，那里的民众基础好呀。我手底下的联庄会只要稍加动员整饬，很快就能拉动起来。"

马耀南与马区队长、马村长三个人又合计了一番，马耀南最后说道："你们两个手底下既然已经聚集起许多人马，回去后一定严加训练，要多多储备弹药和粮草。时机一旦成熟了，只需听我一声号令，就以手底下武装为基础，迅速拉队伍进长白山，以长白山做抗日武装的基地和大本营。"

马区队长和马村长回到长山县八区的长白山下以后，果然听从马耀南的话，一直在有条不紊地准备着。而且自从那次接上头之后，马耀南不仅数次亲身前往长山县八区了解民众抗日的动员情况，其间也多次指派马二当家，以收购山区土特产为由，前去进行联络指导工作，同时，还多次安排长中师生前往该地区进行抗日宣传和文艺演出。

某个周日，长中宣传队来到长八区西董村，恰巧碰上大集日。看到街面上人来人往，非常的热闹，师生们就在街头空地处，用桌子和门板临时搭建起一座简易的舞台。待到锣鼓声响起，立刻吸引了众多乡亲的注意，大家纷纷围拢到台前来看热闹。长中师生趁机进行了一番抗日内容的宣传和演讲，接着又进行了文艺演出。

台上，一个凶神恶煞的日本兵恶狠狠地转了出来，他的刺刀上正挑着一个被刺死去的中国婴儿，随后就是婴儿的母亲披头散发哭喊着出来，要跟日本鬼子拼命，却被日本兵一枪托打倒在地。正当小鬼子要打第二下时，一个白胡子老汉冲了出来，他手中捏着一柄锋利的菜刀，照准小鬼子后脑勺狠命劈了下去……

宣传队随后还演出了《放下你的鞭子》《打回老家去》《警号》等剧目。

这些贴合现实的文艺节目看起来内容简单，但是表演形式多样。台下的老百姓看后，无不群情激愤，人人眼中含着泪花，并自发地纷纷叫起好来："好，杀得好。这些两条腿的吃人畜生，就像长白山中的豺狼野兽，一定要彻底消灭干净，不能让它们出来祸害人。"

大华在文艺方面不怎么突出，但他从来都会积极参加，并且一直乐此不疲，因为他从内心觉得，能为抗日宣传出一分力量，真是一种莫大的荣耀。看到群众的情绪已经被充分调动起来，他又立刻挥舞起一条臂膊，引领着高呼起抗战口号："打倒日本帝国主义！把日本侵略者赶出中国去！中华民族万岁！"

自从掌握住长山县八区联庄会这支近百人的武装之后，马耀南心中便有了底气，随后他又和马三掌柜、马二当家商议，如何能够尽快地筹集到足够多的资金和枪支弹药。兄弟三人商议之后，身为长山县三区联庄会队长的马三掌柜自不必多说，他手底下已经掌握了百多人和枪，他还经常进入周村城中，借着经营买卖的机会与那些富家的护院武师、常年走镖的镖师们联络，或是经常走访联庄会的朋友们，鼓动他们积极参加抗日武装。

至于二当家马晓云，则是利用自身在长山县城中长年经营货栈酒庄买卖的便利，与三教九流交往甚多，在尽量多地筹集拉动队伍所急需的武器弹药、粮秣和钱款等。而马耀南除了长山县中学这块，他也充分利用自身社会影响力，以走上层路线为主，期望能把长山县保安大队那三四百人枪一起争取过来。

马耀南三兄弟为着组织抗日武装，一直在暗中进行大量的卓有成效的准备工作。可是事到临头，姚先生和廖、赵二位老师却突然提出，要将长中师生拉到长山县九区一个叫作黑铁山的地方。他们给出的理由是，长山县九区黑铁山周边群众基础好，早在大革命时期，就有地下组织在活动。二是黑铁山位于长山、桓台、临淄三县交界处，国民政府统治相对薄弱，有利于组织抗日武装。第三也是最重要的一点，长中举办"民众夜校"时，前来参加游击训练班的学员中，以长山县九区和桓台县二区学员最多。在游击训练班行将结业时，姚先生和廖、赵二位老师曾把这些学员留下来，就抗日武装地点选择问题，专门召开过一次会议进行讨论。这些学员一致认为，黑铁山地理条件有利，周边地区群众基础好，民间私藏枪支甚多，是组织抗日武装的理想选择。

姚先生和廖、赵二位老师自从来到长山县中学，其实并未亲身去过长山县九区，只有赵老师带领大华等一批长中师生去做过抗日救亡宣传活动，对于黑铁山及其周边地区只有一些大致的了解。当姚先生和廖、赵二位老师突然提出要将长山县九区的黑铁山作为抗日武装根据地时，马耀南一愣，虽说当时没作任何表态，但是头脑中却打上了一个大大的问号。他单独找来大华，询问道："长山县九区黑铁山那边，地理民情怎么样？"

大华答道："长山县九区那边老百姓抗日热情很高，但是黑铁山周边地广人稀，人马一旦多起来，恐怕吃住都成大问题。"

马耀南听后默默地点头，却又不置可否。待到大华走后，他才急忙翻出一本长山县地理民俗志，细细地阅读了一遍，对黑铁山有了一个大体的了解。

长山县城东南方向，相距大约六十华里处，平地上突起一座海拔大约二百米、面积十余平方公里的小丘陵。虽说这座小丘陵面积不甚广大，有人类活动的历史却早。大约从商朝开始，在此山中就发现了铁矿石，因此被称作"商山"或"铁山"。另外，铁山的矿石中铁元素含量特别高，在自然光下通体黝黑，因此又被人们称作"黑铁山"。从隶属关系上讲，黑铁山虽说属于长山县管辖，位于长山县第九区辖内，但是两地之间并不接壤，中间还隔着整个桓台县，只能算作长山县的一块"飞地"。那么，黑铁山与长山县两地之间究竟又有着怎样一种历史渊源？如果在这件事情上细细叙说起来，又可算作一桩公案了。

如今长山县第六区下辖之苑城镇，旧时曾为古高苑县治所，乃是春秋五霸之首齐桓公的私人游猎苑囿，也是后来战国时期齐景公养马千匹、古千乘郡之治所。高苑县境内湖泊众多，河汊纵横，虽有些渔粮之利，但地势低洼，三年之中倒有两年内涝，不涝的那一年又有蝗旱之象，因此辖区人民生活艰辛。据说前朝不知是哪一位皇帝，听闻高苑县境内水旱连年，人民生活困顿，圣心萌动起来，便对着一幅皇舆全览图察看，居然发现了一个秘密。原来凡山东一境之内，与高苑县相邻近的济州、青州、淄州诸府县，唯高苑县境内平展展一片。

这位皇帝觉得应该垂怜天下百姓，让这高苑县地势低洼之处，能有一座与天地相交融，阴阳相协理的山体方佳，于是便把黑铁山从原属地中划出，同时又划出一条宽约五华里，直通高苑县治所苑城镇的道路，一并归属于高苑县管辖。至于后来，随着朝代更迭，高苑县早已经荡然无存，但是其旧治所苑城镇却成为长山县第六区所在，归属长山县管辖无疑，而原高苑县所管辖的黑铁山也就一并归入了长山县，划为长山县第九区，成了一块"飞地"。

黑铁山的来龙去脉，马耀南终于弄清楚了，紧接着他又不惮忙碌，亲身跑了一趟长山县九区。从老远的地方，他便看见了在空旷旷的大平原上突起了一座黑色丘陵，待他攀上黑铁山，站在清冷的山巅，周遭一切便尽收眼底。在黑铁山东边，相距三十华里左右是齐国故都临淄，而在西北方向的二十华里开外就是传说中齐桓公"尊王攘夷，九匡诸侯"的桓台县，西南方向二十华里之外则是胶济与张博铁路线的交会处张店。马耀南把眼光收回来，专注于黑铁山脚下：东边有一个小村庄叫冶里，据传是古代齐国的冶金重地；西边的那个小村庄原叫母猪湾，是老母猪在污泥里打滚的意思，据说是太平天国时期，一位太平军将领带兵打到母猪湾，虽然战斗落败了，村庄里的人却很纪念太平军及其将领，便以"太平庄"替换了相当不雅的原名。

马耀南考察黑铁山这一趟，相较于长白山绵延百里的规模和气势，二者简直有天壤之别。再回想起与大华的谈话，他从内心认定，要是把抗日武装拉到黑铁山来，地理民情不熟悉是一方面，众多人马的吃喝拉撒，以及各项抗日活动开展都将面临极大考验，恐怕难以长时间立足。

不说马耀南与姚先生几位之间看待问题的侧重点不同，他们对于抗日武装起义地点的选择也未能统一起来，但是本着团结一切，顾全大局的原则，马耀南仍然同意一旦条件成熟，可将长山县中学的师生也拉到黑铁山起事。

　　一九三七年公历十二月二十四日，农历十一月二十二，那日恰好是长山县城关大集。天刚蒙蒙亮，四邻八乡的人们已经推着车挑着担涌到孝妇河滩来。这时节河水水位低，孝妇河两侧裸露出大片浅滩，正是摆摊交易的好处所。阴冷的风不停地刮过来，掠过空阔的河面，吹得人直打哆嗦。说来也奇怪，气温虽然极低，孝妇河上却没有结冰，缓缓流淌的河水被一层薄薄的水汽氤氲，像在河面流淌着母亲的乳汁，浮着薄薄的奶白颜色。

　　再过一会儿，太阳从地平线上露出半轮，隔会儿又滚圆地跃升起来，黄澄澄明晃晃地直打眼，人们却不能从中感受到一点儿温暖，反倒是斜射过来的阳光把河面上的白雾打散了，将河水染成像血一样的彤红。天光大亮，此时集市上的人越发多起来，熙熙攘攘的人流，嘈嘈杂杂的声音，无序地交织在一起。正当人们忙于交易，憧憬着年下景象的时候，从远处的天空中突然传来一阵阵极其凄厉而又沉闷的声响，这是一种极其怪异的声响，这是一种陌生的声音，对于千千万万当时的中国同胞来说，是从没听到过的声响。

　　乡下人见识少，碰上一些莫名的东西还以为会有一场热闹可瞧了。于是，他们停下手中的交易，纷纷伸长了脖颈望向天空，却看见在长山县城的东南天空，有两架翅膀上涂着红色圆点的铁家伙，正向长山县城飞扑过来，而且这两架像铁鸟一样的家伙速度有说不出的飞快，眨眼间已经飞临县城上空，伴随着一阵阵更加凄厉更加刺耳的声响，人们就看见这些铁家伙翅膀抖几抖，将一长串黑乎乎的东西老母鸡下蛋似的丢向了大地。

　　这些赶集的人群不明所以，仍然伸长了脖颈在仰望。不料这些黑乎乎的东西甫一落地，立刻变成剧烈的爆炸，再伴着一阵阵地动山摇，爆炸掀起来的滔天气浪把刚才还热火朝天的赶集场变成了屠戮场。到处硝烟弥漫，到处人仰马翻，到处血肉横飞，到处残垣断壁，到处哭爹喊娘……少数劫后余生的人像受惊的野兔，不顾一切地开始东奔西逃……

就在这个早晨，大华按照往昔作息规律早早就走进了教室，正准备坐下开始一天的学习，可他身子刚落座，突然就是一阵地动山摇，剧烈爆炸带来的冲击波把他一下子掀翻在地。大华的脑袋里一阵轰鸣，伴随着硝烟和血腥味涌进教室，大华的呼吸越来越困难，他的身体越来越难受，有种马上就要死过去的感觉，但他心里又有着强烈的求生信念："我要活下去，我要活着走出教室，决不可这样死去。"

大华尝试着抬起头来，这才发现教室的门窗玻璃早已经全部被震碎脱落。那些桌椅板凳也多都碎了，课本书籍散落一地，不少同学的头脸和身上都有伤，鲜血正顺着伤口往外淌。大华的双眸被恐怖景象占满了，他的一颗心脏坠入无边深渊，他发现自己只能像条小狗似的无助地趴在课桌底下，只等到这一轮爆炸过去，才赶紧从课桌底下钻出来，跟着同学们一起互相搀扶着匆匆逃出了已经破损的教室。

站在学校的院落里，大华感觉自己浑身瘫软得不行，透过慢慢落下的硝烟和晨雾，他看见不只自己的教室被摧毁，整个长山县中学校园内所有教室的窗户和门，全被剧烈的爆炸摧毁了，国立长山县中学的牌子倒在一片废墟之中破碎得不成样子。曾经那样热闹的校园啊，让多少人留下美好记忆的校园，就在这波炸弹过后变成一只张开的血盆大口，像个要吃人的黑洞洞坑口。

大华惊魂未定，正不知所措之时，不料又有三架日寇飞机飞了过来。这是一场精确计算过的虐杀，不待前两架铁家伙刚刚扔完炸弹飞离，它们又迎着血红的太阳飞了过来，这是三架同样贴着狗皮膏药旗的铁家伙，这是日寇的第二轮轰炸扫射，并且来得更加凶猛了，机头上的机关枪疯狂地吐出火舌，子弹带着尖锐的呼啸声射向手无寸铁的人们。一片片的人倒下，大华被吓傻了，他的身子呆立着一动不动，这时耳中却突然传来一个命令："卧倒，快卧倒！"

大华心头一震，立刻遵循着命令将身子趴伏在冰冷的地面上。一波轰炸过去，他还活着，但他觉得心脏像要从胸腔里蹦出来，耳朵里像挂着蜂巢嘤嘤嗡嗡响个不停。大华挣扎着站起来，整个人像喝醉酒一样不受控制。为了活命，他仍然坚持着往前走了几步，透过硝烟，他看见了一个身影在不远处，大华不假思索地朝着这个身影走过去，待走近了才终于看清楚，是马校长。

大华也说不上为什么，站在马校长身边，立刻就觉得有了主心骨，心境也随之安定下来。此时此刻，马校长正在不停忙碌，他指挥师生们把办公室的急救药品等物资尽可能地全部搬运出来，同时还交代大家要注意疏散和及时隐蔽，不要再次受到伤害。马耀南转过身时才发现，大华正站在他身后，于是关切地问道："小鬼，刚才是日寇飞机投弹轰炸，你无碍吧？"

大华赶紧摇摇头："马校长，我没事。"

马耀南点点头："那就好，那就好。"

大华的眼中，不觉滚下泪珠。马耀南见状，又问一句："你刚才，害怕吗？"

大华立刻擦干眼泪，然后使劲摇摇头："马校长，不害怕。"

马耀南又点点头："嗯，很好；不害怕，那很好。"

大华跟马校长说过几句话之后，情绪终于完全平静下来。大华问马校长："马校长，长山县中学全都被小日本飞机炸毁了，咱们下一步该怎么办？"

大华提出的问题，马耀南并不着急回答，只见他摘下眼镜，用两只手慢慢地擦拭着镜片上的灰尘。这时候，大华才看清楚马校长的两只眼睛里都已经变成彤红，像有火在燃烧。过了片时，马耀南撩起衣角又擦了一下眼镜片，然后端正地戴上，这才抬眼盯在大华身上，一字一顿说道："日寇炸毁咱们的学校，摧毁咱们的家园，炸死炸伤咱们老百姓，这笔血债必定要用血来偿还。但是依照目前形势，小日本很快就会打过来，你是不是先回家去看看？"

迎着马校长火一般的目光，大华心中似乎明白了一点儿。他略一顿，又摇摇头坚定地说道："马校长，小日本打过来了，哪里还有学校和家园？我是坚决不会做亡国奴的，今后无论您走到哪儿，学生就跟着走到哪儿。"

"是啊，我们也要跟着马校长走。"这时，旁边几位同学也纷纷表态。

马耀南听了点点头，赞许地说道："嗯，你们都是学校的骄傲，是我们的好学生……"

"马校长，你没事吧？"

姚先生还有廖老师、赵老师都朝马耀南这边围拢过来，其他众多师生也陆陆续续地围拢过来，有不少学生受了些轻伤。马耀南满是心疼地询问了大家伤情，再抬头看看天空，发现没有敌机再飞过来，于是组织师生回炸毁的教室与宿舍去寻找是否还有伤亡人员。

"请各位老师清点一下本班学员，看人齐不齐，有没有需要救治的伤员……"

一个多小时之后，马耀南才引领着不用回家去的师生来到县府附近的文庙，这是在日寇的飞机轰炸后留下的还相对完整的建筑。

在文庙空旷的大殿里，圣人垂眸而立，庄重而温厚。马耀南环视了或站或坐在地上的师生一圈，见大家都悲痛又沮丧，心里想：面对侵略只能以武抵抗啊，慈眉善目是无法阻挡侵略的。于是他向师生们问道："今日的悲惨情形，你们应该全都看到了，小日本杀人不眨眼。我估摸着可能明天，最迟后日，日本兵即会到达长山县城。值此生死存亡之际，我是决心誓死抗战到底的，但不知诸位意下如何？"

党组织派过来的几位老师肩上担负着使命，他们就是为组织抗日武装而来，当然积极地响应马耀南，立刻附和道："马校长所言极是，日军眼看打过来了，我们决不能坐以待毙。既然大家伙都不愿做亡国奴，我们即应根据省委指示，趁国府军政人员刚刚撤退，日寇尚未完全到达之际，适时地组织学校师生举行抗日武装起义，这才是唯一正确的选择……"

马耀南听后，立即点点头："此时刻不容缓，亦无须任何迟疑。我决心把长中师生拉到长九区黑铁山，在那里进行抗日斗争。"

这个方案正是按照姚先生和廖、赵的预想来做的，他们顿时觉得松了一口气。在场的其他师生也纷纷拍手叫好："太好了，太好了！我们终于要拉起自己的队伍抗日了，我们要跟小鬼子真刀真枪地干！"

马耀南遂又将近两天的工作安排了下去，他先指派三四名胆大心细的学生暂时留守长山县中学，承担与其他师生的联络工作，又安排人员马上书写布告标语，让大华带几个人迅速将标语和布告满县城张贴。

布告一张贴好，马上就有许多人围拢过来观看，还有不少人不认识字，于是央识字的人念给自己听。

我本华夏子民，世代宅兹中国，向无刀斧之虞，素来珍爱和平。不幸国土今日惨遭倭寇荼毒，致使生灵涂炭，国破家亡。大敌当前之际，誓为驱除倭虏之故，或有不甘做亡国奴者，皆应奋臂攘臂。

望诸君见此布告后，相互通晓，谨于某日某时某刻，于县城南神坛村汇集……

一九三七年×月×日

长山县中学校长马耀南

马耀南见诸事安排完毕，众人正摩拳擦掌鼓舞精神要跟日本鬼子战斗到底，便对在座众人说道："诸位之抗日热忱，马某深受鼓舞，只是我还需推迟两日，才可与诸位相会黑铁山……"

火烧眉毛之际，马耀南说出这样的话，使得在座师生深感错愕，尤其姚先生和廖、赵三位老师，他们是以教员身份作掩护来长中从事抗日工作的。其中，姚先生到长中是在十月，满打满算也不过两个来月时间，而廖、赵二位老师的到来是十一月的事，时间更短。他们在长中的资历和根基浅，在长中师生中尚不具备威望和必要的影响力。

还有重要的一点，囿于当时复杂的社会环境，他们三人的共产党员身份依然处于极度保密状态。他们三人之中，除了赵老师跑过几次黑铁山，发展了部分"民先"队员，姚先生和廖老师对长山县九区根本就不熟悉。若由他们三人带领长中师生前往长山县九区开展抗日工作，确实面临着很大的困难。

姚先生当即提出来："马校长，这次行动太重要了，还是由您亲自带领长中师生前往黑铁山最合适啊。"

马耀南自是非常理解姚先生三人的顾虑，显然他自己已成竹在胸，只道："前往黑铁山之事，诸位不必多虑。长中师生之间，我早已安排妥帖。"

若依马耀南所言，似乎一切轻松自然，但在姚先生心中，依然疑虑重重："马校长既然早已安排好一切，为什么不和我们共赴黑铁山呢？"

马耀南缓缓说道："与在座诸位共赴黑铁山起事，自是我之本意，然手头尚有几件极要紧的事情，亦须我尽快去办妥。"

廖、赵二位遂齐齐说道："哎呀，马校长，火都烧到眉毛了，还有什么极其要紧的事情必须您亲自去办理呢？"

马耀南伸出三根手指，慢慢解释道："其一，由我二弟负责联络长山县二、三区起事人员；由我三弟负责联络长山县一区起事人员；还有马区队长和马村长率领长山县八区联庄会的成员，他们至今尚未得到任何即将起事的消息，我留下来就是与他们取得联系，告知他们长中师生即将起事的消息。同时我还要安排他们及早拉起手下人马，尽快占据长白山地区，以备将来不时之需。其二，兵马未动，粮草先行。咱们长中师生几十号人马事起仓促，队伍拉到黑铁山绝不是三两天的事情，必须做一个通盘长久的考虑。其三，我还须回家一趟，处理一些私人事项，再筹集部分资金……"

马耀南以上几条理由讲得丝丝入扣，没有任何不合理之处。姚先生等人听后即便还有一些不同想法，也不好再多说些什么了，但是他们仍然坚持道："马校长，我们还是希望您尽快安排好一切，能够从速赶赴黑铁山。"

马耀南点点头："你们尽管放心好了，时间不会太长的。"紧接着，他又转过身来，面向其他长中师生说道："这次偏劳姚先生和廖、赵二位老师率领你们前赴长九区黑铁山起事，尚希望在座诸位能够做到人人听从命令、个个服从指挥。待我手头事了，必定即刻前往黑铁山，再与诸位会合在一起。"

马耀南诸事安排完毕，长中的师生们，也是齐齐表态道："马校长，您尽管放心，我们必定坚决服从姚先生，以及廖、赵二位老师指挥。"

下午三点，太阳已开始偏西，马耀南觉得时候不早了，于是会同长中的十多名师生来到县城南门外一个叫作南神坛村的庄子。大家走进一户宽大的地主宅院后，马耀南再次号召大家："长山县中学部分师生，今晚即将在此集合起来，进行一次大行动，有愿意追随队伍走的，我们表示热烈的欢迎。家中暂有困难，不能立刻跟随队伍走的，我们也充分理解；等时机合适了再来加入，我们也同样欢迎。"

马耀南讲完这些，那些家住长山县城，或是附近村庄的师生，便纷纷赶回家中去做一些临行前的准备工作，或联络告知平素对抗日态度积极，却没能参加这次南神坛村会议、尚未得到消息的部分师生，让他们同样做好出发前的准备。而大华家离长山县城有二十余华里，即便他有心想回家一趟，跟爹娘和家人说声再见，也估摸着时间来不及了。另一方面他也担心，万一爹娘阻拦他参加行动，或看见家人们哭哭啼啼，难免耽搁自己的行程，倒不如不回去的好。况且还有更重要的一条，目前参加抗日武装的人，大多都是在秘密状态下进行的，避免被敌人知道后，给家人带来意料不到的灾难。这些都是他的顾虑所在，因此大华一直紧紧跟随在马耀南身边，没有动身回家一趟。

晚上九时整，长山县中学三十余名师生陆陆续续汇集到长山县城南神坛村西边的一片大坟茔中。此时此刻，马灯已然掌上，跳动的火焰映红了马耀南的脸颊，他站在一块残碑断碣之上，高大瘦削的身躯，拉出长长的影子。伴随着松涛声阵阵，一个慷慨激昂的声音在暗夜中响起："誓死抗战到底，绝不做亡国奴，乃马某毕生心愿，但不知诸位师生，意下如何？"

长中师生们的态度，亦是无比坚定："马校长走到哪儿，我们就追随到哪儿；马校长带领我们抗日，我们将坚决抗战到底。"

马耀南那两道浓浓的黑眉毛像利剑似的张扬起来，他带头高举起右臂，发出怒吼："打倒日本帝国主义！中华民族万岁！打倒日本帝国主义！中华民族万岁……"

马耀南站在黑暗里，目送着这支浸透自己心血的队伍向着长九区黑铁山进发，他的心中充满惆怅和不舍，但是依照目前的形势，又容不得半点儿耽搁，也容不得半点儿女情长。马耀南摸黑赶回长山县中学，又从废墟中摸索着，终于找出那辆洋车子，试了试居然还能骑，于是又连夜赶往了长山县三区。

　　一路的坑坑洼洼，一路的颠颠簸簸，一路的心潮起伏。马耀南好歹赶回北旺庄家中，天时已交子夜，一庄子老小正睡得熟，倒是他家老母亲上了年纪，睡觉本就警醒，兵荒马乱的年月心中总不踏实，稍微有点动静便睡不着。听见是大儿子回来了，于是赶紧起身安排人给他做饭。

　　最近时局动荡，马三掌柜和马二当家全都撇下手头的事情不做，赶回家中陪侍老母亲了，听闻大哥回来，二人也急忙披衣下床赶了过来。马耀南一边吃着饭，一边压低了声音说道："昨天早上日寇飞机轰炸长山县城，不知你们两个听说了没有？"

　　马耀南害怕吓着老太太，声音压得低，马三掌柜和马二当家互相看一眼，齐齐点着头小声道："听说了，正替你们担着心呢。县城损失大吗？"

　　"当然大了！房子集中的几处炸死了不少人，公私财物损毁大半，你们说损失大不大？"

马二当家的火爆脾气立马上来，他高高地扬起右臂，马耀南还来不及阻止，就见他一巴掌拍在桌子上，这在寂静的夜里弄出了很大的动静，格外刺耳。"他娘的小日本，竟敢跑到中国来撒野，这事咱们绝对和他们没完。"

马三掌柜的脾气相对平和一些："大哥能够平安回家就好，你还不知道娘和家里人，全都替你担着一颗心呢。"

马耀南平静地说道："我倒是没啥事情，学校毁得差不多了，好在学生基本没事。但我估计小日本不仅仅轰炸长山县城那么简单，只怕很快就会打到乡下也未可知呢。"

马三掌柜和马二当家同时看向马耀南："大哥，如今情势那么严峻，如果依照您的看法，我们该如何应对呢？"

马耀南的目光中透露出坚毅和不屈，他慨然说道："生为华夏人，死亦华夏鬼，绝不做亡国奴。"

马三掌柜和马二当家立刻异口同声道："对，绝不做亡国奴。只是不知道大哥那儿打算何时动手？"

马耀南这才说道："长山县中学有三十余名师生已于昨晚九时汇集起来，连夜赶往黑铁山了。"

马二当家似乎不敢相信自己的耳朵："啊？什么？长山县中学师生已经前往黑铁山了？"

马三掌柜也道："大哥，我这半年来一直遵照您的叮嘱，多次前往八区长白山，与那边的人员联络起义事宜，怎么事到临头却又突然变卦？"

马耀南沉默了片刻，才缓缓说道："组织抗日武装的事情，我也一直朝着长白山方面做的准备，但省委先后派遣好几位教师来长山县中学，他们研究后认为九区基础好，群众抗日热情高，适合把人马拉过去……"

马耀南话音尚未落下，马二当家当即打断道："大哥，你说这话是何道理？咱们和长八区马区队长，以及于张村的马乡长，都早约定好在长白山里面拉队伍抗日，怎么事到临头，又弄出个南辕北辙来？"

马耀南挠挠头皮，安抚道："嗯，也不能说南辕北辙吧，其实任何事物都应从正反两方面看。如果长山县八区和九区，长白山和黑铁山两处地方，同时各自拥有一支抗日武装，也可以做到遥相呼应，互为掎角之势，这样做或许是个不错的安排……"

马二当家又摆摆手："大哥，君子一言，驷马难追。事到临头，你的人马都上了黑铁山，那么对于八区那边，对于咱们的马姓本家又该如何交代？"

马耀南目光炯炯看着二弟和三弟道："既然长中的师生们，已经拉去长九区黑铁山，准备在那里组织抗日武装，你们两个就不用再纠结了。"紧接着，他又吩咐道："我星天半夜赶回来，无非就是安排你们两个尽快把手下人马联络起来，向长白山或者周村镇正南方向转移，将此处作为今后的长期落脚地。"

马三掌柜和二当家立刻严肃起来："大哥请放心！最迟二三日，我们即刻拉起队伍开进上述地区。"

下半夜，马耀南合眼稍稍睡了一会儿，清晨又早早地起床，只简单洗漱，扒拉两口饭下肚，即由马三掌柜陪伴匆匆赶往长山县八区。

日寇飞机轰炸长山县城的消息，早已经像风一般地四处传遍，包括长白山腹地这种偏僻的山区界地，也有人听到消息了。待找到两个马姓本家，马耀南还未开口说话，马区队长就大声嚷嚷着朝他走来："马校长，听说日寇飞机轰炸长山县城了？"

马耀南点点头。

马乡长又关切地问道："不知道损失大不大？"

"当时我在现场，目睹了全过程，其状甚惨，其情可悲呀。"

马区队长和马乡长互相看了一眼，同时愤恨地说道："这帮杀人不眨眼的畜生，竟然向无辜平民大开杀戒！"

马耀南说道："小日本哪有人性？我们只须记住一条，血债必须用血偿还。"

马区队长和马乡长点点头，问道："马校长，我们下一步该怎么走才好？"

"这也正是我和三弟匆匆赶来长白山之目的。一方面通知你们，小日本或许马上就打过来了，你们宜从速做好准备，立即拉队伍进占长白山，做好长期抗争的准备。其二，我二弟和三弟手下的队伍可能也会很快拉过来，这部分人员的吃住，也是个大问题，还应该从长计议，不能有缺失。其三，长山县中学三十余名师生已经前往九区黑铁山，倘若他们在那儿立不住脚，估计早晚也得转移过来……"

马区队长和马乡长听后感觉有些愕然："马校长，怎么回事？长山县中学三十余名师生怎么去了九区黑铁山？"

马耀南点点头："嗯，昨晚就出发了。"

马区队长虽然感觉事情有些不可思议，仍然表示道："马校长，关于人员吃住这块，请您尽管放心就是。最近几个月，我和马乡长遵照您的吩咐已经提前做好了各项准备。我们手下的人员也可以随时集合起来，立刻拉进长白山中。至于马三掌柜和马二当家的手下，再加上长山中学师生队伍，即使全部拉进长白山，估计也没什么问题。"

马乡长跟着表态道："最近因为形势紧张，长八区中心小学早已经全部停课，教室空闲下来了。咱们沟西村马家祖庙中也有好大一片空闲地方，即使拉三五百人马过来，吃住也不成问题！"

一抹欣慰的笑容浮上马耀南的面容，他那颗疲惫的心也稍微放松了一点。几个人谈完事情出来才发现天色已晚，山间的风刮过来竟是格外的刺骨。马乡长说道："马校长，隆冬季节山区道路崎岖难行，时局不稳，市面也极为不靖。二位不如去我家暂住一宿，明日再走不迟。"

马耀南低头一想，这伸手不见五指的夜里赶路的确危险，遂点头答应下来。第二日清晨，马耀南和三弟又是早早地起来赶回北旺庄，不料却在中途走了好长一段弯路，绕过周村镇才回到家中。原来小日本飞机轰炸长山县城后，便跟着占据了周村镇。马耀南不免感叹道："日本人的进攻，真是神速啊，国民政府的逃跑速度却比野兔还快。"

马耀南回到家中做了两件事情，首先他找长工把自己一头乌黑浓密的头发一根不剩地剃干净。二是花费重金从本村另一富户人家购得一匹马，与自家两匹马加起来，兄弟三人便各有了一匹坐骑。待得晚饭时，马家三兄弟又聚在一起，就筹粮、筹款、筹枪、拉队伍等诸多事项再次做出一番商议。末了，马耀南忍不住一声叹息："唉！学校里都是一群十几岁的孩子呢，正该是无忧无虑，读书上进的年纪，奈何日寇侵占我们家园……"

马二当家听后道："覆巢之下，安有完卵？大哥，慈不掌兵，你也不必太难过了。"

马耀南缓缓地点着头："唉，我怎能不知道呢？可是作为长山县中学校长，与师生们朝夕相处，他们的安危着实令人牵挂。况且长中师生拉去了黑铁山，我也没有他们的音信……"

马耀南的心思，马二当家自然懂得，他又是个爽快人，不等大哥话音落下，早已起身回到自家屋内。不一会儿工夫，手中托着三支短枪回来了，他将一把短枪交到马耀南手上："大哥，您也知道小弟，一向没别的爱好，就是喜欢摆弄枪支。如今为了抗击小日本，尤其拉杆子组织队伍，手中没有真家伙不行。我先把几支短枪献出来支持大哥的行动。"

马三掌柜看见二哥已把手头的宝贝爽快地拿了出来，他也不遑多让，转身回到内室，很快拎出来一个沉甸甸的牛皮手提箱。待众人张眼去看，里面竟全是一封封码得整整齐齐的大洋。马二当家说道："大哥，小日本已经打过来，买卖是做不成了，这些银洋是柜上的流动资金，我现在拿出来交给你用作抗日经费吧。"

这日晚间，北旺庄的大庙前，一堆熊熊燃烧的篝火照亮了夜空。马耀南站在大庙前的土台上，一手叉腰，一手有力地挥动着："省府济南的韩主席，闻风四十里，枪响一百一，逃跑起来比兔子还快，根本不管老百姓死活。小日本没费一枪一弹就占据了长山县城和周村镇，咱们北旺庄距离周村镇不过十华里脚程，日本人顷刻间就能打过来。马某请诸位父老三思，你们是愿意做亡国奴，还是做华夏好男儿奋起反抗倭寇入侵？"

马耀南慷慨激昂的话语，激荡着父老乡亲的心胸，更勾起他们同仇敌忾的铁血豪情，只有百来户人家的北旺庄当场便站出来二十多位年轻人，坚决要求追随他的步伐参加抗日武装打鬼子。这场抗日动员大会，直至天色很晚才结束。马耀南回到家中，却看到老母亲还没有入睡，一盏昏暗油灯伴着老人家孤寂的身影，马耀南三兄弟齐齐跪在老人家面前。马耀南嘶哑着声音，哽咽着道："娘，恕孩儿们不孝，自今日起，我们弟兄三人将舍小家为大家，齐心合力打小日本……"

马老太太端直了身子，说道："你们三个都起来吧。你们此去是去打小日本，娘不会拦着你们？"

马耀南兄弟三个又齐齐地磕了头，这才起身站在马老太太身旁。马耀南道："娘，您已经上了年纪，可是我们弟兄三人却不能在您老人家身前尽孝，还请母亲大人原谅。"

马老太太眼中忽地淌下一串泪水："哎，人都说养儿防老，可是事到临头又有啥用呢？可恶的小日本放着好日子不过，大老远跑来糟贱咱们中国人，真是造孽啊。"

看见娘伤心，马耀南弟兄几个的眼泪全都涌了上来。马老太太见状，又急忙擦干眼泪，慨然说道："自古忠孝两难全，这个道理我懂。既然你们弟兄三人都要出去打小日本，做娘的决不会拖后腿。只是你们无论如何要记牢一条，不打跑小日本，谁也不准回来见我。"

马老太太说话间，已从指上、腕上、耳朵上，把所有金银首饰除下来一并交到马耀南手里。马耀南初时并不肯接，马老太太却说道："日本鬼子早晚打过来，我们在家的妇女小孩免不得东躲西藏，这些金银首饰对于我们已经没有任何作用，倒不如一并交到你手中去作抗日用途最好。"

马耀南三兄弟的夫人看见老太太如此，于是纷纷慷慨解囊，拿出自家的金银首饰和体己钱来，一并放进包裹里交到马耀南手上。

一九三七年十二月二十七日，马耀南三兄弟出发了。踏着冬日的晨霜，三人站在村头的大路口，马二当家将西去周村镇，联络当地义士并把他们拉向城南，暂住杜家庄和樊家村一带，临别时刻，他的双手紧紧拉住大哥和三弟，眼中满是依依惜别之情，却又什么都说不出。马三掌柜此行将北去长山县城，他要先把自家的商铺和酒楼尽速处理掉，再把早先联络好的长山县周边人士集合起来拉进长白山中。

马三掌柜的两只眼睛不住地望向大哥和二哥，胸中虽有千言万语，一时却不知从何处说起。若论起马氏兄弟三人，马三掌柜的年纪最小，但由于常年做买卖，他的心思又十分缜密。最后，也只对马耀南说了一句："大哥，您此番前往黑铁山，若是那里各方面条件好时，又适合队伍长期驻扎，不妨多待些时日。倘若各方面条件不好，可尽速带领队伍离开，我们在长白山中等您！"

马耀南的目光落在二弟和三弟身上，想到他们两个从小受自己影响，如今更是不惜抛家舍业一齐走上抗日征途，更是别有一番滋味在心头。遂开口说道："二弟、三弟，你们两个放心好了，我这儿自会相机行事，倒是你们两个万万要保重身体。"

马耀南说完，弟兄三人又各道一声珍重，翻身上马分别而去。马耀南带领着新招募来的十几名北旺庄子弟一路向东前行，大约走了两个时辰才抵达长山县九区。他们刚在黑铁山西边太平庄露面，就被几个站岗放哨的学生抢先发现了，大家立刻惊喜地喊起来："哦，你们快看，哦，你们快看，那不是马校长吗？"

这些长山县中学的学生，虽然已由昨日的莘莘学子化身为今天的抗日尖兵，但看马耀南前来，立刻欢呼着雀跃着，一溜小跑地前来迎接。来到他的面前时，依然按照从前的老规矩，恭恭敬敬地鞠躬行礼，然后才接过马耀南的行囊，牵着他的坐骑，一起簇拥着他走向指挥部的院子。

一座简陋的小四合院临时改作了指挥部，姚先生和廖、赵二位老师正在其中一间屋内忙碌，听到门外传来一阵嘈杂的声音，三人不觉抬起头来，见进来的是马耀南，就像见到了久违的亲人，这一场惊喜不啻突然从天而降。这几天来一直压在姚先生，廖、赵二位老师心头的一块巨石也终于落地了。三个人站起身争抢着和马耀南握手："马校长，您辛苦了！""马校长，您终于回来了！"

马耀南的心情同样激动不已。虽然过去两三天诸事纷扰，但长中三十余名师生的冷暖却一直牵挂在他心头，他现在最急于了解的是队伍进驻黑铁山后的各方面情况。当马耀南从师生们口中得知，从长山县城出发横贯桓台县，以及途经长山县九区一些村庄时，曾经遭到联庄会成员的阻拦，还有其他方面受到的滞碍，也只是眉毛扬一扬："哦，这个还好理解吧。附近村庄的老百姓长年深受兵燹匪祸困扰，再加上时局动荡不已，各地联庄会也不了解咱们，有点小摩擦小误会实属正常。将来咱们只要有了机会，把情况跟他们解释清楚，就能得到老百姓的理解和支持，也算是不打不相识了。"

有的人又提出来："附近庄子有不少人风闻黑铁山上有了抗日武装，大老远地跑来探听虚实，结果发现咱们的队伍一没武器二没气势，一扭头就走了。"

另一个人接着说道："可不是吗？这么大冷的天，抗日武装饮食供给不周，一天只吃两顿饭不说，竟然连糠菜窝头都吃不饱……更麻烦的是，咱们队伍中的个别成员在困难面前动摇了，已经偷偷地离开了……"

马耀南的脸色渐渐变得严峻起来，浓浓的眉毛也凝结成煤球似的两个大疙瘩，他转过身面向姚先生和廖、赵二位老师缓缓说道："咱们长中的师生们每天辛辛苦苦地站岗、放哨、训练，若没有足够的饮食供应，怎么去抗日打鬼子？"

马耀南的语气尽量保持着平和，但是姚先生和廖老师、赵老师听了却面带羞愧地低下头来，他们用极低的声音说道："谁能想到黑铁山地区面积实属狭小，而且人口也少，产出又不丰饶，一下子涌进这许多人口，粮食草料一时筹集不便也是有的……"

马耀南于是道："人是铁，饭是钢，一顿不吃饿得慌。咱们首先就应该解决好大家伙的吃饭住宿问题。而且，抗日武装几十号人马只有几把刀和几杆破枪，将如何面对日寇的进攻？"马耀南说话间，随即又吩咐一声："把我的皮箱拿来。"

大华和另一名同学把一个看上去不算大的牛皮箱吃力地抬上桌来，马耀南又顺手把它打开，众人惊讶地发现，里面竟然满满当当，全是一封一封包装好的银圆。他随即又道："这是五百现大洋，可以充作抗日经费。"

姚先生想不到竟有这么多银圆摆在面前，他吃惊得简直合不拢嘴，不由自主地说道："哎呀，马校长，您一次带来五百大洋，这可是咱们这支抗日武装最大的一笔财富了。有这么一大笔资金做保障，足可以支撑起咱们这些人马两三个月的生活开销了。"

马耀南笑一笑，把这些现大洋全部交到负责供需的老师们手上，紧接着他又拿出来三支短枪，一把给了廖老师，一把给了赵老师，另一把留作自用。廖老师手握着枪，两眼顿时放射出光芒，他把手枪擦了又擦，端起来瞄了又瞄，然后口中直嚷嚷道："哎呀，简直太好了，几个月不摸真家伙，憋得手心里都痒痒起来了。如今有了枪，万一小日本上门，也可以跟他们干一仗了。"

当日晚间，马耀南又召集各位老师开了一次集思广益会，主要探讨队伍当前面临的问题。大家伙经过充分讨论后，基本达成了三个方面的共识：一是组织群众，二是训练部队，三是筹集给养。这三件事情相辅相成，紧密相连。队伍没有给养，将无法坚持正常训练；队伍训练不好，将无法生成战斗力，进而对发动组织群众，筹集武器给养，对敌斗争等工作会产生消极的影响。

目标既然明确下来了，与会各人就做了简单分工：由廖老师主抓队伍军事训练；姚先生负责开展队伍思想政治方面的工作；赵老师则主抓宣传，发动群众；全局工作方面，则由马耀南同志总负责。随后，他便决定利用自身社会影响力，出面邀请黑铁山周边地区的士绅名流，召开一次统战性质的座谈会。

经过紧张的筹备，"民众支援抗日武装座谈会"在长山县九区卫固村召开了。黑铁山周边地区桓台、临淄、长山、益都、淄川等县的许多社会名流和士绅，在收到马耀南的邀请函后，纷纷前来参加这次会议。对于各界社会名流的到来，马耀南表达了深深的敬意："在座诸位先生能在百忙中抽身前来赴会，马某深感荣幸，不胜感激之至。"

那与会众人听得马耀南言语如此客气，再看马耀南本人一介书生模样，更是儒雅之至，根本不像占山的大王，没有半点草寇习气，不觉纷纷道："哪里，哪里？某等久仰马校长大名，早想一睹先生风采，今日得能受邀前来，亦是某等毕生之荣幸。"

一通寒暄过后，马耀南开门见山说道："国家兴亡，匹夫有责。值此民族生死危亡之际，政府却实行不抵抗政策，致使大好河山沦落敌手，生民流离失所任人践踏，马某着实痛心疾首呀。"

马耀南的即席发言引起与会众人共鸣："那是，那是，我等皆是华夏子民，世代生于斯长于斯。政府不作任何抵抗，任由小日本长驱直入，践踏我大好山河，荼毒我华夏子民，岂不令人痛心哉？"

马耀南眼见着众人情绪都已调动起来，又说道："倭寇虽长驱直入，马某却心有不甘，绝不愿做亡国奴，因此，带领部分长中师生前来贵宝地坚持抗战打鬼子，尚须仰赖在座诸位大力支持和理解。"

"那当然，那当然。"众人立刻纷纷说道，"值此家国生死危亡之际，终须有人站起来振臂一呼，带领民众齐心抗日保家园。有马校长若此，亦我等衷心之愚见，理所应当支持抗日队伍。"

众人话已至此，却见马耀南两手一摊，长叹一声道："唉！虽然我们长中师生抗战的态度极其坚决，但是人非草木孰能无情，我们几十号人马初来贵宝地，却也面临着一些窘境……"

与会众人不禁露出诧异的表情："哎呀，真不知抗日武装，面临哪些窘境呀？"

马耀南先是低着头沉思了一会儿，很快又仰起头来，缓缓说道："真是一言难尽呢。抗日武装初来贵宝地，是要担负起站岗、放哨、保境安民的职责的，却在饮食供应物资筹措诸方面，遇到了一些不小的麻烦。"

众人立刻纷纷道："马校长和贵校师生不惜捐弃身家性命，也要前来保护我们。这种舍小家为大家的精神，闻之令人动容，我们怎会不大力支持抗日武装呢？"

马耀南见会议正朝着想要的方向发展，于是又道："马某今日邀请诸位前来，无非是希望在座诸位能够精诚团结，对抗日武装施以援手。若如此，马某与长中师生们必将终身难以忘怀……"

马耀南正说话间，大华和同学小曹已经手捧着一个大簸箩出来了，与会众人张眼看时，见马耀南已经带头把捐款放进了簸箩里，于是纷纷慷慨解囊。部分没带银钱，没在当场捐献的，也口头上做出了承诺，保证把捐款或是谷物送来。马耀南接下来又和与会众人商定出一个能够暂缓抗日武装困境、保障饮食供应的可靠办法。一是实行联村富户捐献、一般家庭酌情摊派的办法；二是根据抗日武装人员数量，估算出每天每餐所需粮食定量，由各村轮流收集送到队伍上。

在马耀南的积极倡议下，"民众支援抗日武装座谈会"取得了非常不错的效果，暂时缓解了队伍的后顾之忧。队员们的情绪稳定了下来，训练热情和精神面貌随之有了较大提高。本次座谈会还有更深一层的积极意义，首先是争取到一部分地方士绅名流对抗日武装的理解和支持。其次是找到一条做统战工作的好方法，使得其中一些人士开始接受抗日民族统一战线的主张。本次座谈会，对附近村庄的一些顽固势力施加了强大的舆论压力，迫使他们即便不支持抗日，也不敢公开地倒向敌人。还有一件意想不到的好事情，就是有一支较为正规的武装团体竟然主动地找上门来。

座谈会过去几天后，马耀南忽然收到一封邮寄来的牛皮纸信函。他接过信函，见封面上写着"马耀南校长亲启"，于是，凑近门口的光亮处仔细阅读起来。他读着读着，竟像个孩子似的忽然手舞足蹈起来："哎呀！

好，简直太好了！枪，我们终于有枪了！"

马耀南孩子气的举动使得身边所有人都感觉有些莫名其妙。廖老师起初还以为又是哪位开明士绅写信来捐献枪支了，随口问一句："马校长，又捐献了几支枪？"

马耀南眉开眼笑起来："你猜猜？"

廖老师伸出五根手指头："五支？"

马耀南摇摇头："你再猜猜？"

廖老师再伸出五根手指头："十支？"

马耀南仍然摇摇头："再大胆点儿，尽管往多里说。"

旁边的赵老师终于忍不住道："要叫我猜嘛，至多二十支钢枪，应该不会再多了。"

马耀南实在憋不住了："嘿嘿嘿，二十支钢枪，开什么玩笑？再增加十倍都不止，至少二百支钢枪，恐怕也是有的。"

"啊？二百支钢枪，有那么多吗？"在场所有的人，除了马耀南，不觉全都大吃一惊。紧接着，就怀疑起自己的耳朵："是不是听错了？或者是不是马校长想枪想疯了？"

看着众人满脸的疑惑，马耀南不再卖关子，他的表情也恢复平静，郑重其事地说道："我这次绝对没有开玩笑，我们千真万确有钢枪了，而且有很多的钢枪。"说话间，他就把手中的信纸往姚先生面前递过去："姚先生，你自己看，这是原长山县保安大队张大队长的亲笔信。"

姚先生接过信纸，"马耀南校长惠鉴"几个字，早已映入眼帘。再看信中内容："张某不才，奉命率领长山县保安大队向鲁南山区撤退途中，由于不及其他部门撤退迅速，已与长山县各部门间失去联系，如今被困于淄川县一隅。正在走留失措之际，忽闻吾兄马校长已在黑铁山拉起一支武装，弟虽不才，如今情愿率领手下数百名弟兄投奔黑铁山，与马校长共襄抗日盛举，尚不知吾兄意下如何？"

原来长山县保安大队，正是国民政府统治下的一支负有保境安民职责，军事训练较为系统、较为正规的地方武装。这支二三百人的队伍，其步枪全是清一色中正式，轻机枪也是捷克式，武器装备还算齐整。在七七事变发生之后，马耀南在组织抗日武装过程中曾对这支武装齐整的保安队伍寄予了厚望，也曾利用个人声望多次联络保安队的张大队长，对他晓之以理，动之以情，希望其能够以民族大义为重，适时加入抗日武装队伍中来。

可惜这位张大队长，却是十足的骑墙派，虽然碍于马耀南情面，口头答应得很好，但一直观望气息浓厚，尤其在日寇飞机轰炸长山县城那日吓破了胆。他看见县政府各级人员匆匆忙忙地向南撤退，也赶紧带领手下人员夹起尾巴向南逃窜，却由于逃跑时走得仓促，方方面面准备不足，已经在外游荡了多天。

眼看着这支二三百号人的队伍，逃跑的人越来越多，剩下这二百来人，精神越来越懈怠，行动越来越迟缓。再加上县保安大队大多数人员都是长山县及周边乡村子弟构成，乡土观念极重，觉得即使日本人打过来，在还没亲眼看见小鬼子之前，还没和日寇真刀真枪干一仗之前，张大队长就带领队伍撒丫子逃跑，一路之上也是抱怨声连连，叫骂声不绝。张大队长又不是傻，看见队伍状况如此，肚里也是暗暗思量起来：队伍若照此形势发展，根本用不了三五天工夫，手底下人员就会逃跑干净，自己岂不是变成了光杆司令？

张大队长想到这儿，背上忽地渗出一层冷汗，又似百爪挠心般难受起来。正在他肚里千回百转，去留拿不定主意的时候，忽然又听见人家传说离着淄川县域北边不远处有一个叫作黑铁山的地方，刚刚成立了一支抗日武装，而且这支队伍的带头人正是原长山县中学校长马耀南，此时也正在招兵买马。

正像落在河心的溺水者好不容易抓住了一根救命稻草，又似掉入陷阱中的困兽忽然看见了一线生机，张大队长心中一动，立时有了一个想法：倒不如投靠黑铁山去，暂且找个容身处所，待把手下人员稳定住了，再根据形势发展需要徐图良策。

经过再三斟酌，张大队长抱着试试看的态度给马耀南写了一封书信，而马耀南接到张大队长来信，看到其竟有前来投奔之意，不觉情绪立刻高涨起来。他想着目前正值用人用枪之际，正急需各路人才，假如长山县保安队张大队长能够带领着手下投奔过来，自己完全可以用二百来人枪做基础，把队伍壮大起来。

先不说张大队长前来投奔一事如何，就说除了马耀南本人，姚先生和廖、赵二位老师也都考虑得比较周全，头脑相当冷静。他们觉得，这位张大队长没带领手下投降日本人，没趁乱直接当了土匪，这一点就很值得肯定，但是从另一方面来看，目前的黑铁山抗日武装正缺乏足够的军政干部，也缺乏改造旧军队的经验，再加上自身势单力薄，假如一次性贸然接收许多人马，弄不好会是个大负担，有其他情况发生也未可知。

对姚先生等人的想法，马耀南不以为然，因为在他看来，一方面，长山县保安大队二百来人和枪是一股极大的武装力量，如果不收留他们，那么这些人或许会为了生存而被迫去做盗匪，甚或直接投降了日本人，这样反而对自身更加不利；另一方面则是姚先生等人有所不知的，马耀南在长山县城曾经通过上层路线多次争取过他，现在仍然对其抱有一线希望。

虽然对于县保安大队人马投奔黑铁山一起抗日之事在看法上有点儿分歧，但是马耀南与省委派来的几位老师之间几经协商，最终还是由马耀南拍板，给张大队长回了一封信，约他前来太平村面谈，视商谈情形再做定夺。不料张大队长接信后，因受周围险峻形势所迫，以及所带队伍已到山穷水尽，竟然没有丝毫的迟疑，立即带领手下二百余人枪，连夜开进黑铁山下的太平庄，直接就来投奔马耀南了。为了搞好双方关系，马耀南特地安排了欢迎仪式，尤其还从筹集的给养中拨出一大半给他们。只是大家都想不到，这居然是热脸贴上了冷屁股，只换来保安队员们一脸轻蔑的表情。原来这位张大队长自从与马耀南会面后，早已亲眼见识到了黑铁山抗日武装的实力——人员参差不齐，武器装备也十分简陋。他们认为这不过是一群刚刚放下书本的娃娃兵，根本与传说中是两码事。

再接下来，两支队伍又在整合过程中发生了一些事情，更颠覆了马耀南的认知。张大队长方面完全不把黑铁山武装放在眼里，竟反客为主起来。他伸出三根手指头一脸傲慢地说道："倘若黑铁山抗日武装与长山县保安大队合编，必须满足我三个条件。"

马耀南沉吟了一会儿，问张大队长道："都要符合哪三个条件，你们才肯合编呢？"

张大队长蛮横地说道："第一，县大队所属原班人马一个也不能拆散。第二，鄙人所带领原班人马内部不得配备政工干部。第三，整合后的队伍，鄙人必须出任大队长之职。"

张大队长所提出的三个条件，在任何人看来都极为苛刻，实属诚意不足。一方面说明，他把军权看成命根子，要牢牢抓在手里不放。第二方面说明，他把抗日武装当成私人财产，根本不容许有丝毫改变，更不容许别人插手。第三方面更说明，他只是落魄了来寻找靠山，是一个十足的机会主义者。

马耀南和姚先生，以及廖、赵二位老师，针对上述情况又做了仔细的分析研究。认为在目前大环境下，为了团结一切可以团结的力量，来达成共同抗日之目的，在具体做法上可以灵活掌握，但在大的原则问题上坚决不能让步。于是，马耀南代表黑铁山方面也向张大队长提出三个条件。第一，双方队伍可以不混合整编，但是必须以抗日为共同目标。第二，整合后的抗日武装，张可以继续兼任大队长之职，但是整个大队政工人员必须由马耀南方面人员担任。第三，整合后的队伍必须有事协商，必须遵守军纪法规，不得侵扰侵犯老百姓利益。

马耀南提出的三个条件与张大队长提出的似乎并无根本冲突，他很快便点头应允了。两支队伍的整合条件，也就立刻全部谈拢谈妥，一支光荣而神圣的队伍——长山县抗日游击大队，在黑铁山成立起来了。长山县抗日游击大队编有三个中队，原长山县保安大队人马由于人员数量充足，分别编为第一和第二中队。原黑铁山抗日武装人员数量较少，则编为第三中队。第一、二中队长之职由原县保安大队人员担任，第三中队长之职则由廖老师担任，姚先生任政治指导员。两支队伍整合后需要统一管理和指挥协调，于是又成立了一个"临时行动委员会"，由马耀南担任主任。

一支正规的抗日武装在黑铁山地区成立起来，虽然队伍内部各不相干，但是从对外称呼上总算统一了番号，而且从表面上看起来兵强马壮，有二三百人枪，声势也确实增加了不少。不说我们的战士恨不得哪天与日本鬼子干一仗，即便是黑铁山周边的老百姓，也会时常地跑过来询问何时跟日本鬼子打一仗。

老百姓养只鸡，也不是光吃食不下蛋，马耀南自然心知肚明。如果打着保家为民的旗号，天天吃着老百姓供养却不去打击日本侵略者，不拿出实际行动来，终究会失去群众的信任和支持。有鉴于此，马耀南开始派出小股人马前往黑铁山周边地区打探各方面情报，接着又在这个过程中得到了一个更加令人振奋的好消息。

原来离张店火车站东边两华里远的地方是淄川县九区洪沟村，在洪沟村附近竟然还活跃着一支由鲁中矿区工委领导，以产业工人为主的小股抗日武装。这支三四十人的队伍以张店火车站为中心，长期活跃在胶济铁路线南北两侧，给敌人以沉重打击。马耀南得到情况后，非常关心和重视，当即派人前往寻访联系，并很快就与这支队伍接上了头。

经过短暂的接触，并征得鲁中矿区工委同意后，马耀南按照事先约定带领部分人马星夜出发，赶往黑铁山西南方向的凤凰村去迎接这支工人阶级的抗日武装，经过进一步的整合改编，这支抗日武装新力量成为第四中队。与此同时，一直负责民运工作的赵老师又把九区卫固镇，桓台县二区曹村、尚庄等几个村庄的游击小组联合起来编为"长山县抗日游击大队"第五中队。根据实际需要，第五中队平时不脱产，战时集中起来打仗，当然这些都是后话了。

马耀南等人带领长山县抗日游击大队正在蓬勃发展壮大之际，黑铁山周边地区同时发生了数起日寇残杀我无辜同胞的恶性事件。先是日寇飞机轰炸长山县城两天后，日寇军队侵占了周村镇。周村作为鲁中地区首屈一指的商贸重镇，竟然被日寇军队占领，这使得当地一些热血青年坐不住了。

首先是距离周村镇不远的马尚村，其铁板会成员眼看着小日本占领周村镇，烧杀抢掠无恶不作，心中总想着要做点什么。于是几经商讨，决定在马尚村铁板会基础上，再联合附近各村的铁板会成员共同攻打周村镇。一方面是为了杀一杀小日本的嚣张气焰，另一方面是为了长一长铁板会的威风，好叫这帮日本鬼子知道，虽然国民政府不抗日，但是中国老百姓却不好惹。

鲁中地区铁板会系"红枪会"的一个分支，兴起于民国年间的淄川县。就在一九三六年麦青时节，淄川县河东村的张首领带领"红枪会"成员前去攻打四角坊的土匪，他们在作战时特别勇敢，特别顽强，传说他们光着脊梁不避刀枪，浑身犹似铁打的一般，这一说法在当地老百姓中越传越神奇，这支"红枪会"队伍就被称呼为"铁板会"了。再后来，附近很多村庄的"红枪会"也纷纷起而效仿，统统改称"铁板会"，并共推张首领为总会长。也正是在张首领的带动下，鲁中地区的铁板会发展到最鼎盛时期一度遍及三十多个村镇，会员达到近万人之众。

铁板会攻打周村镇的事情被确定了下来，随后，铁板会又翻检历书选了黄道吉日，即选定了农历十一月二十九，也就是公历十二月三十一日，恰巧这天又是一年中的最末一天。为了攻打周村镇，马尚村铁板会事前曾经派人前往淄川县的河东村向张总会长报告，希望他能够出面指挥，如若不能够亲自前来，也指派人前来代为指挥，张总会长满口答应了下来。

十二月三十日，马尚村周边的张兑、莲池、北岭等村庄，周村镇西南的丁家庄、彭家庄，还有桓台县的王家小庄等地方的铁板会成员，已经陆陆续续汇集到马尚村，可是他们眼巴巴苦等了一天，却不见张总会长身影，也看不见总会安排人来。事已至此，势成骑虎，又如箭在弦上，不得不发了。马尚村铁板会的李分会长决定由自己挑头带领队伍完成这次行动。

十二月三十一日凌晨一点，一众铁板会成员已经全身扎缚起来。为了在行动前讨得一个好彩头，他们特意避开西门，从马尚村北门出来，再绕向村子西门外的打谷场集合。行动的总指挥为马尚村铁板会李分会长，他做完点名和临阵动员之后，就带头向周村镇出发了。

铁板会队伍一路浩浩荡荡，行经班家庄、仇家套，又跨过涯庄孝妇河路桥，来到周村镇东南的太和庄。李分会长把人员组织起来，再次进行临阵前的点名，结果发现出发时的二百余名会众竟然只剩下八十来人，大约有三分之二不见了踪影。对于这种半路逃跑现象，他感到非常气愤和无奈，不由得大声怒吼起来："大家伙再议议，咱们就剩这些人了，还打不打周村镇？"

这些剩余的铁板会成员，有的人主张打，有的人主张不打，还有的人主张再等等看，大家伙争议了半天，意见始终统一不起来，而天色却即将破晓。李分会长知道，总这样下去也不是个办法，于是发话："咱们大家伙夤夜到此，可谓箭在弦上不得不发了，我是一心一意要打周村镇，你们如果有愿意跟随的，可以继续跟我走。不愿意去的，也不必勉强，可以即刻回家。"

能跟到这一步的铁板会成员基本还是有勇气有热血的，听见李分会长说要打，不觉又心齐胆壮起来，立刻纷纷嚷道："李分会长说得在理，我们已经来了，即使前头是大老虎，也得戳了它腔眼再走；前头即使是个马蜂窝，也得捅它一下子再说。不能折了咱们'铁板会'的威风！"

这些言论反过来又感染了李分会长，他立即进行临时分工，决定兵分两路展开行动。其中一路作为主力大约有五六十人，从东边的钟灵门进入周村镇。另外一路作为策应的有约摸二十人，从周村镇北边混进朔易门，视情况再行动。李分会长分拨完毕，此时天色正在黎明前的半明半暗之间，负责主攻的一路人员来到东围子墙外，借着天色作掩护，悄悄地接近了钟灵门。没料想城门竟只虚掩着，根本无守卫或上锁措施。铁板会成员都想不到，这一切来得如此顺利。眼见着大功顺利告成，心头俱是一阵狂喜。

其实大家有所不知，日寇自从渡过黄河天堑，一路实未遭受任何抵抗，不费吹灰之力即占领了淄川、张店、长山县、周村镇等在内的大片鲁中地区。不可一世的日本侵略者由此骄横地认定中国人软弱可欺，因此并未修缮城防工事，甚至连城门都未曾关闭。

当所有铁板会成员都大摇大摆走进钟灵门时，负责殿后的队员一手拄着红缨枪，另一只手则去关闭城门，转动的门轴发出声音，加上众人行动的异常响动，终于引起一名日军哨兵的注意。于是，哨兵提着一支三八大盖从站岗放哨的小屋里走了出来。

负责殿后的铁板会员关闭好城门再转过身时，恰与手提三八大盖的日本哨兵撞了个满怀。两张陌生的面孔骤然间四目相对，心头俱是一愣。鬼子哨兵反应也是相当迅速，一边嘴里骂骂咧咧，一边托起手中的步枪就要拉枪栓射击。手拄红缨枪的铁板会成员身手却是更加敏捷，早把带着倒钩的红缨枪顺手往前一递，抢先捅进了鬼子兵的肚皮，再顺手一拧一带后，只听哗啦啦一声响，哨兵的五脏六腑随着流了一地。

日军哨兵连吭都没吭一声，身子便软软地倒了下去。铁板会立刻群情振奋起来，除了两人留守钟灵门，其他人员则像潮水般顺着平安街向前涌去。一众人进到周村街像刘姥姥进了大观园，不少从没进出过自家庄子的人，现在进了周村街看啥东西都是西洋景，见啥东西都觉得新鲜。直到他们一路涌到张家胡同南口，面对着静谧得有些反常的街道，才开始有人心中觉得不妥。来过周村镇的人都知道，这往昔人烟稠密的周村街在此时应该人声鼎沸才对，如今怎么看不见一个人影？难道哪儿出了状况？

众人一时站在原地，挤挤攘攘莫衷一是，只有个耳朵灵敏的人忽然听见道路两旁的房顶似乎有异响。待他慌忙抬起头来看时，只见街道两旁的屋顶窗内正密密麻麻伸出无数支黑洞洞的枪口。是枪？他禁不住打了个冷战，立刻失声地大叫起来："兄弟们，我们被包围了，快撤……"

原来这群铁板会队员是凭着一腔子的热血前来攻打日本人的，但他们也不多想想，那些是狡猾的、训练有素的刽子手，一发现动静不对，立马就采取了封锁措施。进入周村镇的铁板会队员就这么自行落入了日寇的陷阱，变成了别人刀俎上的鱼肉。

机关枪猛烈开火，一道道火舌倾泻而下，但见血肉横飞处，哀号声顿时响成一片……

中了日本人的圈套，所有人立刻像受惊的野牛，只管红着两只眼珠子，转过身来就没命地奔逃。等他们铆足了劲儿顺着来时的路撤回到钟灵门时，才发现两个看守城门的同伙早已经惨死在城门洞里，他们身下殷红的鲜血伴随着寒冷的天气，稠乎乎粘连在一起……

那些天天持符念咒，相信刀枪不入的铁板会成员，直到此时，才深切地感受到生命竟然如此脆弱。紧要关头，保留自身仍为第一要务，他们也顾不得同伙了，一窝蜂地撤出周村镇外。出了钟灵门，大家边奔逃边庆幸终于逃出生天了，不料日寇的坦克车顺着大路正轰隆隆开过来，这些能喷吐火舌的钢铁怪兽，比起刚才的机关枪不知要厉害多少倍，而铁板会成员们直到此时才终于明白，什么太上老君，什么急急如律令，终究都无法保护身家性命。

主攻东门的这一路铁板会成员失败了，而另一路负责策应的人马则因为要绕远路，因此多耽搁了一些时间。这班人手里推着车，肩上挑着担，化装成小商贩模样顺着周村大街的北头往南头走，一直走到接近鱼店街路口时，仍一路平安无事，便心想小日本也不过如此，几乎都有些松弛起来。不想恰恰就在此时却听见东南方向传过来一阵爆豆般密集的枪声。

负责策应的铁板会成员心中顿时觉得不妙，立刻加快了脚步，跑到周村大街最南头，只见丝市街以东的路面，早已经被日寇严密封锁，且他们进周村镇时天色已经大亮，为了应付城门的日本人检查，便把随身携带的花枪和砍刀之类一股脑儿地放在了镇外，此时面对凶神恶煞的日本人，对着戒备森严的街道，即使心中焦灼万分，也是赤手空拳有心无力。他们只能混杂在小商小贩中间，被清场的日伪军驱赶着，从油坊街方向撤出周村镇。

马尚村铁板会首次攻打周村镇损失即十分惨重，但这并没有唬住他们，而是更激起了大家对日本侵略者的刻骨仇恨。而且，铁板会成员中有不少人依然坚信，只要继续诚心念咒持符，继续坚持喝符水，肉体就可以刀枪不入，人就可以无往不胜，就可以打败小日本了。

马尚村铁板会成员被复仇的念头冲昏了头脑，也不理会正是年节时候，继续飞马传檄宋家、傅家、丁家庄，以及张兑、崔军村的铁板会成员前来马尚村商讨大事。他们想让更多的铁板会成员加入攻打周村镇的行列中来，为死难的同伴报仇雪恨。这一次，马尚村铁板会总算吃一堑长一智了，开始充分考虑周村镇城高墙厚，内中日本人防守严密，火力又十分凶猛的特点，改变进攻线路和策略，决定乘夜间偷袭处于周村镇外围的周村火车站。

自从清朝末年周村镇开埠以后，由德国人主持修建的胶济铁路，始终是一条繁忙的运输线，周村镇经济发达，商贸繁荣，客货运输十分繁忙，所以周村火车站一旦出现什么风吹草动，对于各方面所造成的损失以及影响必定巨大。马尚村铁板会成员正是看中了这一点，才决定对周村火车站下手。根据胶济铁路线走向，这次进攻便决定把队伍分成南北两路，合力夹击周村火车站。

马尚村铁板会的队员位于胶济铁路线以北，属于北路人马；崔军村铁板会成员位于胶济铁路线以南，属于南路人马。马尚村就在胶济铁路沿线，与周村镇之间距离较近，因此人马提早抵达了。当他们到达周村火车站外围时，正是夜半时分，但见在幽冥的夜色下，周村火车站毫无声息，就连负责外围警戒的日寇小哨房也像立着的棺材板儿一样，丝毫显现不出有生人的迹象来。

面对此情此景，马尚村铁板会的队员们眼中顿时迸出了怒火，他们似乎已经忘记了与崔军村铁板会的约定：本次行动是合力攻打周村火车站。于是，他们自行摸向了日寇哨所。正当他们蹑手蹑脚靠近日寇小哨所，眼看着即将得手时候，却不想隔着哨所不远处有一座高炮楼内的日本哨兵抢先发现了情况异常，并立即朝他们开了一枪。随即，几束探照灯光明晃晃地打过来，照亮了这一伙偷袭之人。紧接着，日本兵的各种轻重火器开始疯狂开火，肆意扫射偷袭火车站的人员。

马尚村过来的铁板会成员转瞬间伤亡大半。死伤人员横七竖八倒在周村火车站前，而那些侥幸活下来的人，眼看着偷袭不成，想强攻又办不到，只得乱哄哄开始逃命。他们顺着周村火车站一窝蜂地往东边跑去，一直跑到太和庄前，才有人想起来应该赶快派人到铁路线南边向崔军村铁板会求援。马尚村铁板会领队这时也才恍然大悟，赶紧派人跨越胶济铁路线，去南边搬崔军村的救兵。

去搬救兵的人应了一声刚转身离去，日本鬼子的铁甲列车就已经沿着胶济铁路线轰隆隆地开了过来。这时候打出来的机关枪子弹就像四下飞散的流星，射向一大群毫无抵抗能力的人。就在这最危急的时刻，恰巧崔军村的铁板会援兵从铁路南边赶了过来。

原来，崔军村铁板会成员是按照约定从南路过来的，但他们路途较远，也就来得晚了些，走到半道上忽然听到火车站方向传来激烈的枪声，预感到情况不妙，隔一会儿又遇上了马尚村铁板会来搬救兵的人，于是，他们立刻飞速赶了过来。无边的夜色下，崔军村铁板会的土枪开火了，打在日本人的铁甲列车上，叮叮咣咣迸发出一拉溜的火光，对日寇却没造成任何伤害。眼见打不到日本兵，靠近铁路还会挨打，铁板会的队员们迅速远离铁路线，日本兵大获全胜之下，也没有下车追击。

马尚村铁板会两次挑头攻打周村镇均遭受重大失败，他们只得将情况如实上报位于淄川县河东村的铁板会总部，恳求张总首领亲自出面，为众死伤弟子报仇雪恨。面对着此种情形，张总首领终于坐不住了，他指令任铁板会副总首领的弟弟传檄淄川县河东、杨寨、罗村、赵瓦等村镇，召集起了千余名会众，于农历腊月初五日会师于马尚村，准备第三次攻打周村镇。

张总首领终于有所行动，但是这次的情形却又发生了变化。铁板会前两次攻打周村镇不仅吃了大亏，还引起了日本人的注意。日寇对于铁板会动向更是提早就做足了准备，现在在周村镇的东门外构筑起了第一道防御工事，同时，又派出大量密探外出侦察铁板会的动向。现在日寇一发现了蛛丝马迹，便立刻派出两大卡车日本兵和伪军前往太和庄与管家庄之间，埋伏到公路两侧的坟地里，静等着铁板会经过。

狡猾的日本人早已经做好磨牙吮血的准备。铁板会那边却正由张副总首领带队第三次杀向了周村镇，没有人想得到前面是一条不归路。他们一边拉拉杂杂地走着，一边诵念着新学来的口诀——"铁板会，有真神，祖师老爷来敕令：金刚将、掌旗将，龟、蛇二将来护命。争罩定，定定定；急罩定，定定定。周公祖、桃花仙，登弓拍马紧护身；小日本，光打松树不打人……"

铁板会千余人的队伍乱哄哄乌泱泱，经过了管家庄，又到了太和庄附近，这就已经离周村镇很近了。不想，走不多远就见从道路两旁的枯树底下射出了密集的子弹。机关枪突然突突地响起来，毫无思想准备的队伍立刻成片倒下，当场就有二百多人被打死，被打伤的更是不计其数。路面、道路两旁的沟渠内，汩汩流淌的全是铁板会死伤者的鲜血……

后来，日寇侦察得知铁板会三次攻打周村镇，其策源地都是马尚村，于是，立刻派出大队人马来到了马尚村西邻的班家庄，并在黄土崖上架起了小钢炮准备血洗马尚村。幸亏马尚村中有一位前清的李姓举人，由他出面邀请了周村镇维持会长与日本人沟通，才使得马尚村的老少幸免于难。作为铁板总会所在地的淄川县河东村，这时却被小日本视为了眼中钉肉中刺，亟欲拔之而后快。

一九三七年腊月二十九（第二日就是新年）凌晨四时，日寇经过一番精心准备，突然包围了淄川县河东村，并制造出惨绝人寰的"河东村惨案"。紧接着，像禽兽一样的日本人又在鲁中大地先后制造出淄川县"杨寨惨案"、颜神镇"谦益祥惨案"，等等。

此时的黑铁山上，正在厉兵秣马的马耀南出于对外界形势的判断，立刻召集主要领导人开会，商讨下一步的行动计划。他首先说道："我们正在黑铁山发展抗日武装，黑铁山周边地区却已连续发生数起日寇疯狂屠杀我同胞的事件。咱们作为一支抗日武装总得有所行动，咱们得对老百姓有所交代才是。下面就请诸位发表高见。"

马耀南的发言立刻引起了大家的共鸣，大家伙的意见出奇一致，纷纷表示："长山县抗日游击大队既然正式成立起来了，又打出保家为民的旗号，是骡子是马总得拉出去遛遛，总得跟日本鬼子干一仗才行。一则锻炼咱们的队伍，二则可在广大老百姓中树立起抗日武装的威名。"

马耀南听到大家群情激昂，心中高兴："在座诸位求战欲望甚为强烈，马某深受鼓舞。只是如何用兵，从何处用兵，马某愿闻其详。"

第四中队大部分成员的家都在张店火车站附近，对于那边的情况最为熟悉，大家到黑铁山以后一直在反复训练和学习，早就有心下山跟敌人过招，好好给鬼子一点教训，因此四中队率先提出："咱们要打就打硬仗，不妨先去攻打张店火车站，给小鬼子当头一棒。"

马耀南尚未表态，张大队长闻听后却差点从椅子上蹦起来，立刻把头摇得跟拨浪鼓一样。脱口而出道："使不得，使不得，万万使不得。首战攻打张店火车站，岂不是猪八戒照镜子，自找难看吗？"

张大队长一上来连说数个使不得，看他如此脓包，四中队的同志们当然不服气，立刻起身反驳道："小日本如此凶狠残暴，杀死我们那么多同胞兄弟，如果我们不去报仇雪恨，又怎么配得上抗日武装的称号？"

张大队长脸上满是不屑："小日本在张店驻军甚多，防守十分严密，以我们手头现有力量如何能够以卵击石？何况黑铁山距离张店甚近，小日本军队顷刻间即到，我们怎敢去拔虎须？"

四中队的同志依然不服气："那么依你来说，放着现成的日本鬼子，我们就不能打？"

张大队长两眼一翻，阴阳怪气地说道："四中队真是胆量够大，鄙人十分敬佩。不过咱们县大队人孬枪赖，怎么也不敢去抢头功呀……"

鲁北工委过来的赵老师看见张大队长一副阴阳怪气的模样，觉得心头来气，毫不客气地说道："张大队长说话不是要长小鬼子威风，灭自己人志气吧？甭管东洋人也好，西洋人也罢，咱们山东老百姓从来不在洋鬼子面前装孬种。过去的义和团都曾用大刀长矛杀死洋鬼子，何况咱们手中还有二三百条钢枪，怎么着也能打几场硬仗吧？"

马耀南眼看着本来是商讨问题，自己人却先争执起来了，他最不希望这种情况发生，于是和缓语气道："希望大家伙群策群力，都说说自己的想法，有事可以从长计议，有什么好吵的？"

正在争执的几个人见马耀南发话了，语气不觉和缓下来，只有那个张大队长依然嘟嘟囔囔道："不是张某人贪生怕死，鄙人只是觉得攻打张店火车站，打不打得下来还是两说，万一贸然捅了马蜂窝，惹得小日本疯狂报复，我们脚下这块立足之地恐怕都得一并丢失了呢。"

马耀南用恳切的目光望向廖老师："秀才造反，三年不晚。咱们这些人谈兵论道不如先听听廖老师的想法。咱们这些人里面，也只有他最有战斗经验。"

廖老师刚才一直沉默不语，现在迎着马耀南信赖的目光，终于点点头："我觉得，长山县游击大队首战以攻打长山县城为佳。"

"啊？……"一瞬间，所有与会人员的目光全部投向了廖老师。对于他的提议，马耀南更感兴趣："嗯，就请廖老师给大家说说吧。"

廖老师站起身来缓缓说道："经过反复思考，我觉得凭借我们手头现有力量贸然攻打张店火车站确实不是上佳选择，可能要冒很大风险。"

第四中队的同志仍然不服气："廖老师，依你来说，能冒多大风险呢？"

廖老师继续往下说道："作为胶济与张博铁路交会点，张店火车站地理位置极其重要。日寇正是看中这一点才在张店城中驻扎一个旅团部的，并在周围部署了强大的兵力。长山县城地处偏僻，驻守兵力相对薄弱，反而更有利于我们长途奔袭。"

马耀南频频点头："廖老师言之有理。尤其最近几日，根据长山县城侦察得来的情报，县城内已成立汉奸维持会，他们纠集了一批地痞流氓无赖，打着帮助小日本征粮征夫的幌子，到处抢粮抓人胡作非为，搞得长山地面一片乌烟瘴气。"

接着马耀南的话，廖老师又继续说道："小日本刚刚占领长山县城，各方面情况还未稳定下来，有利于我们搞突然袭击。第二是我们的抗日武装中，长山县及其周边人员占了绝大多数，对于那边的地理民情特别熟悉。第三方面，一旦打下长山县城，我们不仅可以得到武器弹药补充，增强抗日武装和老百姓信心，还能从军事上震慑敌人。"

攻打长山县城的设想，廖老师已经讲得十分详尽，只有四中队的同志仍然提出异议："放着张店火车站这块嘴边的肥肉不吃，却非要头顶刺骨的严寒去攻打六十里地外的长山县城，这不是自讨苦吃吗？万一攻打不下来怎么办？"

廖老师只得耐心继续解释道："长山县城与黑铁山之间，正因为天气严寒，路途遥远，客观不利因素较多，也就更容易麻痹敌人，反而给咱们长途奔袭创造出更加有利的条件。况且即便攻打不顺利，也可以迅速脱离接触，不至于被敌人一下子黏上。"

廖老师说到这儿，马耀南已紧握起拳头猛地一砸，发出"砰"的一声脆响，大家立刻又看向马耀南，只听马耀南斩钉截铁道："廖老师这个方案甚好，考虑得很详尽很周到，咱们首战就攻打长山县城！"

首战攻打长山县城的方案最终确定了下来，但是长山县游击大队下属四个中队，首战如何派遣队伍，由谁带兵作战，又面临着不小的考验。第一、二中队一直齐装满员，武器弹药充足。四中队人数少，但是武器弹药充足，人员富有战斗经验。第三中队的战士们全部由长山县中学师生组成，手中也没有武器，这就是个问题了。

第三中队大多由学校师生转变而来，年纪大小不一，平均年龄又最小，而且他们自组建以来一向武器弹药匮乏，大家手中使用的多半是大刀和长矛。除此以外，三中队的战士们只有随身的长袍马褂，连统一的军装都没有一套，堪称一支"五光十色"的队伍。再者，一、二、四中队的战士向来都看不起三中队师生，经常会调侃他们为秀才兵、眼镜侠或大褂子队。

第三中队的战士们在装备方面参差不齐，但这是一支以小知识分子为主体的队伍，文化素养相对较高，学习和接受能力相对较强，因此自第三中队成立起，内部就建立了党支部，马耀南能够确保这支知识分子武装始终牢牢掌握在党的领导下。因此，第三中队的战士们在整个队伍的精神面貌，以及组织性和纪律性方面，实非其他中队可比。这一次，他们对于首战攻打长山县城的求战欲望就特别强烈，尤其对于大华来说，他还有一个藏在心底的秘密。

自从看见马二当家要得一手好盒子炮，并赶走了闹学潮的顽固派，大华心中就一直羡慕不已，现在看看手中的红缨枪，他就恨不得它能变身为盒子炮。即便是支钢枪，那也是打敌人的利器啊。

定好了打县城，廖老师便抢先请缨道："马校长，在咱们黑铁山的队伍中，我的战斗经验最为丰富，攻打长山县城的任务您就交给我吧，我保证带领三中队完成任务。"

马耀南考虑了一下，却微微地摇起头来："长山县城方面和第三中队的战士们，这两边情况我都比你熟悉，首战攻打长山县城还是由我带队去完成吧。"

廖老师听了，急忙道："马校长，那可不成。您作为这支队伍最高领导人自然是坐镇指挥，那些攻城拔寨的战斗任务还是由我带领战士们去完成吧。"

廖老师话音刚落，马耀南立刻道："廖老师，这次你就别争了。作为这支队伍最高带头人，首战由我带领队既是我的职责所在，也更有积极意义。"

马耀南态度是那样坚决，语气更是不容置疑，大家也就不好多说什么了。于是，众人便眼瞅着马耀南和赵老师带领着三中队的三十多名战士趁着夜色下了黑铁山。廖老师悄悄跟了出来，他只把大华拉到一边单独叮嘱道："小鬼，你晓得吗？这一次长途奔袭长山县城，任务将非常艰巨，要保护好马校长安全，这才是你最重要的职责。"

在从前的日子里，大华还从来未曾听说过保护好马耀南人身安全才是自己最重要的职责，经过廖老师点拨后，他才突然明白过来，于是急忙挺直胸脯："报告廖老师，大华明白，坚决保证马校长安全。"

"很好，小鬼。去吧，我等待你们和马校长胜利归来。"

朦胧的夜色下，三中队走下黑铁山，这时候，零星的小雪花飘落了下来。起初下得还小，后来雪花就大起来了。雪花打在队员们的脸上，钻进战士们的胸怀。前一阵子在山上待得太久，大家总感觉站岗放哨乏味，这次攻打长山县城不像是行军打仗，倒更像一次愉快的旅行。三中队的队员们一边坎坎坷坷地走着，一边说说笑笑，不知不觉中已走了两个时辰，这时候已经走出了三十华里。当他们渐渐靠近一个叫作大石桥的村庄时，前方的道路突然被阻断，战士们被迫停下了脚步，他们凭借着微弱的积雪光影，可以隐约地看到队伍前面是一条蜿蜒流淌的河流，而横跨在这条河流上的是一座五孔大石桥，桥面上居然有数道带铁丝网的大栅栏。

看见唯一的通道被阻断，战士们立刻纷纷抱怨起来："好端端的大石桥，无端地设置障碍，还叫人怎么通行呢？"

这边议论纷纷，动静可不小，大栅栏后边正瑟瑟缩缩站立的几个身背钢枪的人突然发现桥对面有大队人马过来了，立刻绷紧了神经大声喝问道："站住，对面是什么人？不要再往前走了，再走我们就开枪了。"

漆黑的夜色中，拉动枪栓的声音极其清晰。第三中队战士们的神经立刻紧绷起来，急忙大声喊道："对面的，不要误会。我们是自己人，千万别开枪。"

匪过如梳，兵过如箅，官过如剃。这是那个世道里老百姓中间广泛流传的一句话，因此，广大的乡村地区纷纷成立了联庄会以自保。这些值夜的联庄会成员突然看见一伙执刀弄杖的来历不明人员，从心理上先就怕了。当第三中队的战士们说要通过大石桥去打小日本时，大栅栏后面的人显然就更不相信了。有人立刻反驳道："你们说这些骗人的鬼话，有谁相信呢？

国民政府的老爷们一听说小日本打来，哪一个不比兔子跑得还快？况且日本鬼子在张店，你们跑来北边做什么？"

有个别战士仍然不死心："老乡啊，放我们过去吧。我们是马校长的队伍，真的是去打小日本……"

"呵呵呵……"对面先是冷笑了几声，接着毫不客气地回应道："我们奉联庄会命令，甭管什么牛校长马校长，无论何种理由何方神圣，夜间一律不准通过大石桥。"

第三中队的战士们怀揣着饱满热情走了这半宿，不料却被联庄会的值夜人员粗暴地阻断了。任他们好说歹说半天，耗尽了细心耐心，对方依然置若罔闻，坚决不准通过大石桥。第三中队战士们的心情，瞬时间跌落到谷底，甚至有个别战士早已按捺不住急躁脾气，欲强行通过大石桥。不料从大栅栏后边突然又响起一阵"哐哐哐"的敲击大铜锣的清脆声响。这样急促的锣声在寂静的夜里显得格外刺耳。

面对这种突发状况，第三中队显然毫无思想准备，但也有人立刻就想到："既然对面已经有所防备，那么我们也不必再客气，何不干脆利用人多势众，一鼓作气冲过大石桥算了？"

大栅栏后面的武装人员显然早有各种准备，看见桥对面人多势众，害怕遭到对方的冲击，除了敲锣发出示警之外，又抢先朝天放了一枪。果不其然，就在这一声枪响过后，大石桥附近数个村庄，鸣锣声、梆子声、狗吠声、鸟铳声、叫喊声，已经响成一片。

马耀南和赵老师带队攻打长山县城满心充满着希望，以为必定马到成功，没承想才走到半道竟发生了这样的事情，于是赶紧传达命令："所有人就地卧倒，不得轻举妄动。"紧接着两人紧急商讨起来："如果队伍强行通过，双方一旦发生误会后果将不堪设想，但队伍等到天亮再行通过，势必失去夜色作掩护，再想奔袭长山县城就困难了……"

到最后，赵老师便说："马校长，事不宜迟。趁着附近联庄会人马还没囫囵包抄上来，您还是早做决断吧。"

"唉!"马耀南仰起头来长叹一声,紧接着又从牙缝中挤出来一个字:"撤!"

第三中队辛辛苦苦奔忙半宿,到头来竟是竹篮打水一场空。别说攻打长山县城,走了几十华里路,连敌人都没见上一个,半路就被"自己人"挡住了,心中那个窝囊别扭劲就别提了。当队伍无精打采地回到黑铁山时,队员们一个个像霜打的茄子蔫蔫地抬不起头来,而廖老师听说队伍回来了,暗暗吃惊怎么这样快,出来迎接时看见队员们这副沮丧情形,竟与去时判若两支队伍,心中暗暗吃惊,急忙询问马耀南:"昨晚的战斗,进行得怎么样?"

马耀南不免带些颓唐模样:"哎呀,别提了,哎呀,惭愧呐……"

于是又把路上所遇到的情况简单地叙说了一下。廖老师听后也止不住地直摇头:"这一路上纷纷攘攘倒像赶集上店似的,把行动和目标都暴露出来了,却一事无成,这个样子怎么行得通?"

廖老师几句话下来,马耀南心中立刻明白,自己在军事方面终究是个门外汉,论起行军和打仗,也不是光凭勇敢和不怕牺牲就行的,还需要懂得战术和策略,才能取得最后的胜利。马耀南想明白此节,一直沮丧的那颗心也暂时地放松了下来。到了晚间,他又召集几位领导人开会探讨攻打长山县城的利弊。会后,几位领导人再次达成共识,要第二次攻打长山县城。

廖老师这次无须再作谦让了,他直接站起身来说道:"第二次攻打长山县城,其重要意义不言而喻,将直接关系黑铁山抗日武装今后的生存和发展。因此这次战斗只许胜利,不许失败,我必须亲自指挥。"

第二日清晨,廖老师从第三中队中挑选出三十名精干队员,并比照正规部队样式宣布了几项铁的纪律:"首先,一切行动听指挥;其次,队伍必须团结协作;第三,一切缴获要归公……"

廖老师讲完这些,眼睛看向每一名队员:"我的话,大家伙听明白了吗?"

稀稀拉拉的声音从队伍中响起："听明白了。"

廖老师皱了皱眉头，立刻又大声问了一遍："我的话，你们听明白了吗？"

即将出征的三十名队员被廖老师的气势所感染，齐刷刷大声答道："听明白了。"

廖老师点点头："好，很好！再来一遍，我说的三项战场纪律，你们听明白了吗？"

队员们全都挺直了胸膛，声音更是响彻云霄："是，听明白了！"

廖老师终于满意了，但他又看到了队员们身上长袍马褂，花样百出，至今也没有统一的服装，于是明确提出来："全体参战队员的着装，必须一律去除长袍马褂，全部换成短衣衫，以方便行动时更便捷利落。"

布置完这些，全体参战队员都按照要求去做了。这次是在白天出发，队员们通过大石桥时没受到任何阻拦，当他们一口气赶到长山县城脚下时，算算从被轰炸后离开到现在也才十几天工夫。千种滋味万般愁绪齐齐地涌向心头，有些战士的家明明就在县城附近，有些战士的心中明明充满了对亲人的思念，却在大战来临之际反倒近乡情更怯了。

廖老师不管这些，他带领着队员们围绕整个长山县城，反反复复察看地形，精心选择进攻和撤退路线。对于他这种做法，有的队员嘴上不说，心里却嘀咕起来："攻打个长山县城，至于那么费心劳神吗？就我们这些本地人，自小就土生土长，闭上两只眼睛都不会走错。"

队员们那点小心思瞒不过廖老师的眼睛，他趁着大战来临前的一点点空闲时间，又耐心地做出一番解释："我们离开长山县城，已经有了一段时日，虽然看起来时间不长，但是其间的种种变化，谁也不敢完全打包票。况且日寇飞机轰炸长山县城，小日本占领长山县城，给各方面带来极大的改变。我们必须通过详尽的侦察，才能搞清楚发生了哪些变化，才能做到知己知彼，百战不殆。"

廖老师用心良苦，使得队员们终于明白打仗会流血牺牲，只有战前不惮疲劳进行严谨细致的侦察，摸清战场地形地利，追求战斗的每一个细节，才是保障战斗胜利的根本。于是，在接下来的行动中，队员们果然按照廖老师的要求不折不扣去完成任务，表现得都挺积极。

长山县城外面，廖老师正在紧张细致地进行战前各项侦察工作。与此同时，潜入县城搞侦察的队员也赶回来报告敌情："如今整座长山县城内没发现一个日本兵，全是汉奸维持会在活动。"

廖老师闻听一愣，急忙问道："怎么全是维持会在活动，日本人都到哪儿去了？"

侦察员遂说道："根据侦察，津浦路前方战事吃紧，日本兵全部调往前线去了。"

廖老师一把抓下头上的帽子，猛然一拍大腿："哎呀，太好了，真是太好了！如今长山县城内没有一个日本兵驻守，对于我们这些一没战斗经验、二没攻坚利器的队员来说，更能增加一分胜利的把握。"紧接着，他又回过头来，下了一道命令："抓紧休息，养精蓄锐，准备战斗！"

冬日的太阳落得早，天黑得快，仿佛眨眼工夫月亮就已经陡然升起来了，清冷的光辉笼罩着整座长山县城。等得心焦的队员们终于熬到夜半时分，周围万籁俱寂，所有人按照战斗预案迅速地行动起来。他们来到长山县城东北角，这是一处被日寇飞机炸塌的围墙缺口边，只留了两名参战队员负责接应，其余人便搭起人梯潜入了城内。

队员们进入长山县城就像洄游的鱼儿，轻车熟路自不必多说，两只脚底板下立刻虎虎生风，很快便来到县府旁的文庙前。廖老师派两名队员悄悄摸向前去，以干净利落的动作三下五除二解决掉看守大门的哨兵。随后将队员们分成两拨，迅速把文庙包围起来。此时文庙的大殿内，十几名汉奸维持会成员正像死猪似的酣睡着。他们恐怕连做梦都想不到，一群长山县中学的学生，十几天前还是读书的少年郎，如今已化身抗日的勇士，神兵天降般直捣他们老巢。

第三中队的战士们攻打长山县城，没浪费一枪一弹便干净利落地结束了战斗。此次战斗，一共抓获了俘虏三十余人，缴获崭新的钢枪十七支，还有大宗军用物资。队员们满怀胜利的喜悦，押解着汉奸们从长山县城西门撤出，一路来到了孝妇河畔。有些汉奸维持会成员依仗日本人势力狐假虎威，平日里作威作福惯了，此时也自知罪孽深重，以为定会遭到抗日武装严惩，一个个吓得两膝酸软，跪倒在地，磕头如捣蒜，一迭声地哀求队员们放过自己。

第三中队年轻的战士们，看见汉奸维持会人员竟是这样一副德行，感到既可恨又可气，真想好好教训他们一顿。幸亏姚老师及时出面制止了队员们的冲动，又根据我军优待俘虏政策，教育了一顿汉奸维持会人员，然后很快就把他们全部释放了。但是缴获的十七支钢枪，以及大宗武器弹药等物资则带回了黑铁山，特别是枪，成了三中队人人争抢的宝贝。

大华做梦都想不到，手中的一杆红缨枪，竟然一下子变成了真正的钢枪。他把这支崭新的钢枪紧紧地搂在怀中，就像怀揣着一件宝贝，一刻也不愿意离身。当然了，与大华同样笑逐颜开的，还有同窗战友小曹。小个子的小曹，一向聪明机灵，打仗勇敢不怕牺牲。这次虽然没有缴获钢枪，但是他腰上别了两枚手榴弹，立刻觉得腰杆子硬气了不少，身姿也更挺拔了。

第三中队的年轻士兵们，肩头扛着崭新的钢枪，身上挂着武器弹药，一路迎着初升的太阳，雄赳赳气昂昂返回黑铁山。山上其他中队的战士看见第三中队满载而归，立刻呼啦啦围上来一大圈，纷纷询问战斗过程。只有张大队长站在人群中冷眼观瞧了半天，最后还是沉不住气了，假惺惺说道："哎呀呀，廖中队长，第三中队真了不起。没想到你们攻打长山县城，竟然大获全胜，这次收获可不小呀。"

廖老师点点头，谦虚地说道："哪里，哪里？我们第三中队的战士即使打了胜仗，依然人手不足一杆钢枪。若相较起一、二中队的战士们，相较于你们的兵精粮足，第三中队各方面还差得远呢。"

廖老师的话既是客套也是实情，不料张大队长听了，面皮上竟是一红，随即他又问道："敢问廖中队长，不知道你们这次战斗，一共打死了多少日本人？"

廖老师摇摇头："如今整个长山县城内别说什么日本人，我们连个鬼影都没碰上，全是汉奸维持会在活动。"

"什么，什么？"张大队长脸上满是疑惑，"怎么长山县城内，竟然没有一个日本人？"

"我们本来是要打小鬼子的，可是根据侦察员得来的情报，日本鬼子都到津浦路南参加支援徐州会战去了……"

廖老师话未说完，张大队长脑袋瓜子里轰的一下响起来，他定了定神，心中暗想："我作为长山县保安大队长，离开长山县地盘已经很久了，如今屈身在这黑铁山上，衣食住行没有半点保障，弄得人不像人鬼不像鬼。现今日本人既然不在长山县城，那么凭借我手中的实力将其夺取下来还不是易如反掌？"

张大队长一想到这儿，立即转身来找马耀南。见面就说道："马校长，我手底下一、二中队的战士们在黑铁山待得很久了，亟须下山活动活动筋骨，不如趁着敌人已成惊弓之鸟，我们再次攻打长山县城，你看怎么样？"

张大队长突然冒出这个提议，马耀南沉吟了好大一会儿，才委婉地说道："嗯，嗯，张大队长固然勇气可嘉，然而做任何事情，都不可一而再，再而三。空城计最多也只能唱一回，再多就不灵了吧？"

马耀南那儿出于慎重考虑才这样劝阻张大队长，不想张大队长竟然意会错了，又拿出马耀南一打长山县城时出师不利的事情揶揄起来："哎呀，人家都说一朝被蛇咬，十年怕井绳。难道马校长上次遭遇些波折，现在竟真的害怕起来了？"

马耀南挠了挠头皮："张大队长，咱们也不必过分拘泥于一次两次战斗的胜败吧？况且战斗过程无论怎么样，总不是小孩子过家家，想到哪一出是哪一出吧？"

刚愎自用的张大队长对于别人的不同意见，自然一句话也听不进，况且他的肚子里面早另有一套小九九。只见张大队长梗起脖颈，仰起头来两只鼻孔冲天："哼，马校长，不是俺姓张的吹嘘。就这些一、二中队的弟兄在我手底下已经训练多年，别说一个小小的长山县城，即使再大些的地方也无所谓，我可以照样攻打不误。"

按照马耀南的意思，一切为着慎重起见，自然不允许张大队长轻易去攻打长山县城，于是继续劝阻道："廖老师带领第三中队，刚刚攻打下长山县城，已经给敌人造成了不小的震动，估计日伪军会加强戒备。倘若你再贸然前往，恐非良策呀……"

马耀南苦口婆心的话语，张大队长全然当成耳旁风，尤其提到廖老师和第三中队的胜利，更把他刺激得厉害。张大队长就像一头蛮牛撑着八匹马拉不回的架势，撇撇嘴道："一个南方人带领一群娃娃兵，侥幸攻打下长山县城。我一个长年带兵的，手底下又个个精明强干，攻打长山县城岂不易如反掌？况且我话已经说出口，如果不去拿下长山县城，还不叫人家把咱们看扁了，以后还怎么在江湖上混呢？"

马耀南眼见张大队长听不进别人的意见，竟然擅自带领一、二中队一阵闹哄哄地走了。马耀南深知，这个张大队长号称手底下个个兵强马壮，实际上却像银样镴枪头中看不中用，于是急忙召集姚、廖等人商议，决定派出少部分人马前往接应一下。

先不说一、二中队看着三中队胜利归来，眼中羡慕又心中不服，现在自己也要攻打县城了，还是有点小兴奋，他们初时走下黑铁山还像挣脱了笼子的鸟儿，一路上撒着欢地往前赶。结果走了一小半路竟然觉得又累又乏，都想找个地方歇歇脚儿，再补充点给养，但张大队长骑着高头大马走得轻松，自然一点儿也不肯通融。他就像驱赶牲口似的一路督促着手下们一口气奔出五六十华里，直接到了长山县城跟前才停住脚步。

此时天色擦黑，一、二中队个个精疲力竭，又饥又渴又累又乏，顿时怨声不断。他们一屁股坐下来，便开始乱哄哄地张罗吃食，一大群人这么大动静，距离县城又近，不久便被敌人发现了。敌人刚吃过大亏，此刻犹如惊弓之鸟，戒备性和警觉性都极大增强了。附近周村镇、梁邹县城的日寇得到长山县维持会被端掉的消息，就派人赶了过来，此刻正聚集在长山县城内，并派有装甲车来回巡逻。突然发现城外竟然又来了一伙武装人员，于是不管三七二十一，立即主动出城迎战，还抢先开了火。

一、二中队的这班人马从前在长山县城干保安队，不过是当差混饭应应光景的角色，后来上黑铁山也是在走投无路的情况下，暂且找一个栖身之所，本质上始终还是个混吃的罢了。此时面对着密集的枪弹，有些人顿时被吓破了胆，像受惊的野兔一样没命地胡乱逃窜起来。

张大队长骑在高头大马上，还在幻想着攻打下长山县城后的种种美好场景。这机关枪打起来子弹横飞，吓得他一缩脖颈，头脑也顿时清醒了不少，再一看手下人全都不管不顾地四散奔逃，急忙也拨转了马头朝逃跑的人群追去。他扬鞭一阵乱抽，希望能尽快制止住这种混乱不堪的场面，却无论如何都禁止不住，最后他气得拔出手枪朝天放了一枪。

张大队长朝天放一枪本想制止住混乱场面，却反而引起了手下人员一阵更大的混乱，并成功吸引来了敌人更加疯狂的射击。黑暗之中，一颗子弹飞来，也不知道这是对面的敌人枪法精准，还是有憎恶他的手下人打黑枪，这一枪正打在了张大队长眉心。可怜张大队长从马背上一个倒栽葱跌下来，顷刻间死于非命。

长山县抗日游击大队，这支年轻的抗日武装正处于全速成长阶段，这才第三次出发就遭受了重大失败，直接搭进去一个张大队长和一二百人枪。幸亏马耀南马上安排了接应，所以还有少部分人员陆续归队。马耀南终于从几次出战中看出了些问题，促使他进一步认识到党建工作对于队伍凝聚力，对于部队战斗力的生成所能起到的重要作用。

接下来，马耀南便在姚先生，廖、赵老师等人的全力配合下，又对长山县抗日游击大队重新进行了整编改造。一是取消一、二中队编制，将陆续归队又愿意留下继续抗日的人员安排进有党支部的三中队，让他们接受组织的帮助和提高。二是对不愿意留下的则发给遣散费，但所携带武器弹药必须全部留下来……

黑铁山抗日武装初创，马耀南的一颗心，真是掰成数瓣在使用。待看到队伍逐渐稳定下来，情况有了明显的好转，他的心中又无时无刻不牵挂起远在长山县八区长白山中那部分抗日武装的情况了。马耀南把心中想法跟姚先生和廖、赵二位老师说了，并决定抽出几天时间到八区走一遭，看看长白山那边的情况再说。这事三人皆是心照不宣，因此立刻表示了赞成，并叮嘱道："希望马校长路上注意安全，早去早回。"

第二天一大早，马耀南化装成商人模样，大华则扮作小跟班，俩人一起出发了。为了避免在路途中产生麻烦，二人刻意绕开张店城里，选择走胶济铁路线南边那条人迹稀少的昌国路。当二人路过昌城村时，眼看着这座历经两千多年的小村庄，在日本侵略者铁蹄践踏下已经变得了无生气，马耀南不禁感慨："别看这个小村庄现在不起眼，在历史上他却有鼎鼎大名呢。"

据史书记载，公元前284年，趁齐国内乱之机，燕昭王派遣大将乐毅，联合赵、楚、韩、魏四国，共同讨伐齐国。在不到半年的时间内，五国联军连下齐国七十余城，尽收齐国宗庙祭器、珍宝、财物运往燕国。燕昭王闻讯大喜，亲往济水犒赏宴飨兵士，同时为酬谢大将乐毅的功劳，赐封其为昌国君公，其封地就是现今的昌城村。燕昭王死后，燕惠王对乐毅却是采取用而不信的消极态度。后来，又中了齐国的反间计，导致临阵换将，被齐将田单抓住时机，用火牛阵大破燕军。自此，齐国恢复了自己的土地……

马耀南一路走一路想，国家的现状跟春秋战国时期何其相似啊，倭寇悍然发动侵华战争，但是在不屈不挠的中国人民面前，任何貌似强大的敌人都难逃失败的命运。远的不说，就说在长山县抗日游击大队内，在第四中队战士里面，就有昌城村的抗日勇士在做着誓死保卫国家的事情。

马耀南和大华一路西行，终于在太阳落山之前来到了长白山脚下。当马三掌柜和马二当家看见大哥站在面前时，二人顿感惊喜万分。马耀南来不及叙说三兄弟别后情形，当天晚上就找来了马区队长和马乡长等人，向他们了解长白山抗日武装情况。

马区队长首先说道："咱们长白山的老百姓真的就是好啊，只要听说是抗日打鬼子的事情，他们即使豁出身家性命也愿意跟着咱们一起干。"

马耀南点点头，赞道："你不说我也看到了，一走进长白山，气氛立马变得不一样了，老百姓抗日热情真的高涨。"说话间，他又转过身来："马乡长，我这次前来长白山就是想看看后勤方面你们准备得怎么样了。"

马乡长立刻说道："马校长，这个后勤方面，请您尽管放心好了。由于咱们下手早，各方面准备比较充分。另一方面，长白山地盘大，各种物产丰饶富足，供应几百千把人的吃住绝对没有任何问题。"

马耀南点点头，又沉思了一会儿，缓缓说道："不瞒在座诸位，我这次前来长白山，看看情况是一方面，其实还有更重要的一点……"

马耀南话音未落，马二当家早沉不住气了："大哥，你有什么事情，只拣最重要的说。"

马耀南终于说道："黑铁山那边，无论吃住以及周边环境，都面临着不小的困难。每一餐饭都得有人打着小旗子，像乞丐似的去住户家里要着吃，这样的情形终究不可长久。其次，随着人员增加，黑铁山活动范围也有限，已经无法满足队伍需求，更不利于队伍稳定和成长。其三，黑铁山周边地区，包括东边的临淄县、金岭镇，西边的张店、湖田镇，北边的桓台县、新城、索镇，所有这些主要城镇和交通要道，已经全部被日寇占据，或者即将被日寇占据。并且这些地方距离黑铁山，近者不足十余华里，远者不过二十华里，使得抗日武装的活动，被限缩在极小的范围内。"

马二当家皱起眉头："大哥，黑铁山面临的形势看来非常严峻吧？"

马耀南点点头："其实我已经开始担心，万一日寇哪天腾出手向我们发起进攻，咱们在黑铁山的队伍，已经完全没有回旋余地，那是必定站不住脚的。"

马耀南刚讲到这儿，马乡长立刻说道："马校长，咱们长白山连绵百里，回旋余地极大，即使黑铁山那边所有人马全部拉过来吃住都没问题。"

马耀南的眉头终于舒展开来，点点头道："嗯，待我尽快回到黑铁山与其他几位领导人沟通，势必把队伍拉过来，你们要及早做好各项准备。"

马耀南顾不得旅途劳顿，又连夜从长白山返回了黑铁山，并立即召集姚先生，廖、赵二位老师商讨黑铁山抗日武装去留问题。他首先详细介绍了长白山那边各方面的准备情况。其实不用马耀南多说，经过近一个阶段的实践，姚先生等人对于队伍所面临的困境，早已经心知肚明。因此马耀南话音落下，众人立即热烈地讨论了起来，赵老师首先说道："把黑铁山作为根据地，地域的确狭小，四周强敌环伺，队伍很容易遭到敌人围攻。"

姚先生点点头："是啊，是啊。如今眼看着年关将近，我们在粮食和物资供应方面一直没有着落。如果再不走，除了增加民众负担，想渡过年关恐怕都会成为大问题。"

廖老师最后也发表了意见："黑铁山四周边，已被小日本完全占领，我们队伍的生存和发展都面临着不小的困难，看来是时候转移了……"

队伍迅速地进行战略转移，这是摆在黑铁山抗日武装面前一件刻不容缓的事情，意见趋向统一，马耀南内心真是高兴无比。可见当时在抗日武装层面，尤其在咱们领导的队伍里，有着这样一个好传统，就是充分发扬民主。要把重大议题以及动向最后交由战士们来共同讨论，人多嘴杂意见多，这一讨论又因此产生出新的矛盾和问题。

黑铁山抗日武装剩余的三个中队中，第三中队以长山县中学师生为主，比较服从命令听指挥；第五中队属半流动性质，平时分散在家亦工亦农，只有战时才做集中；第四中队的战士们却由张店镇、淄川县九区洪沟，以及附近地区人员构成，抗日救国热情高涨，乡土观念亦很严重，再加上春节临近，很多人都想回家看看，他们对于远离故土西去长白山，心中一直存有顾虑。

以马耀南为首的上层，对于基层战士们所反映出来的实际问题，倒也能够给予充分尊重和理解，又再次召开会议加以讨论，并最终定出一个折中方案，即把长山县抗日游击大队暂时拆分成三路人马活动。第一路人马，以第三中队战士为主体，跟随马耀南、姚先生和廖老师，西向转移到长山县八区，进入长白山抗日根据地。第二路人马，以第四中队战士为主体，仍然回到张店火车站附近，以胶济铁路和张博铁路为依托，开展各项抗日活动。第三路人马，则由赵老师带领少数人员，依然坚持留守黑铁山地区，就地开展抗日游击活动，并保持与第四中队的联系，指导他们的工作。

新的决议下来，既照顾了基层战士利益，又符合客观实际，因此各方面反对声消失了。第四中队的战士们距离张店镇和洪沟村较近，这支五六十人的队伍当天便转移了出去。倒是第三中队的战士们，由于前去长白山路途遥远，需要做一些后勤保障方面的准备，因此走得稍稍迟一些。却不想就在这将行未行之际，又突然来了一位神秘客人。

这位远方来客姓李，是长山县中学毕业生，一九三五年秋考入山东省立济南第一师范学校。他在师范读书期间，极为关注国家前途命运，积极参加各项社会活动，最终接受了共产党的主张，并于一九三六年末，在西安事变爆发后加入"中华民族解放先锋队"。七七事变后，李同志回到母校长山县中学，被马耀南安排进长中附小担任教师，后来又由姚先生和赵老师介绍加入中国共产党。到年末的时候，长中部分师生走上黑铁山，组建长山县抗日游击大队。李同志却接受组织安排，回到家乡长山县第六区小清河畔，开展抗日救亡宣传工作。李同志这次不辞辛劳，前来黑铁山是递送一份极其重要的情报的。

双方来不及寒暄，马耀南急忙问道："你这次前来黑铁山，是递送一份什么样的情报？"

李同志讲道："马校长，我在六区韩家套村一带开展抗日救亡宣传活动时，经常看见一艘小日本汽艇每日定时定点往返于小清河。"

姚先生忙问道："那是一艘什么样的汽艇呢？"

李同志说道："哎呀，跟咱们的橹子船不一样，那家伙跑起来飞快，肚皮下翻滚着浪花，并且突突突直响。"

廖老师沉思着："小日本的汽艇，跑到小清河上干什么？"

李同志摇摇头："嗯，这个真不好说。我只看见汽艇上好像有小日本的大官员在里面。"紧接着，他又特别强调道："小日本的一批批物资在渤海湾羊角沟登陆后，会装进插着膏药旗子的货船上，源源不断地运往省城济南，这些倒全都看得见。再是随船押运的鬼子兵一个个耀武扬威，毫无顾忌地作奸犯恶，咱们的老百姓肚子里早就憋着一股劲，日夜盼望着能够有人出面，带领大家伙收拾这些禽兽。"

马耀南听到这儿，马上说道："太好了，简直太好了！你这个情报来得很及时，我们早就想跟小鬼子干一仗了。"

马耀南说完，两只眼睛望向廖老师，而廖老师坚毅的面孔同样看向马耀南，斩钉截铁地说道："我们上次打下长山县城，但是有些人仍然不相信，怀疑我们的队伍不能打胜仗，这次我们终于有机会可以跟小鬼子真刀真枪干一仗了，也好让周围的老百姓瞧瞧，我们到底是不是抗日的队伍……"

经过充分的商讨后，马耀南等人决定把第三中队战士分成两路展开行动。人马较多的一部分由廖老师和姚先生带领，跟随李同志前往长山县六区，给小鬼子一次狠狠的打击，杀一杀日本人的嚣张气焰。另一部分人则由马耀南带领，前往八区，先进入长白山根据地为第三中队战士打前站，筹措物资，准备食宿，静候廖老师和姚先生他们胜利归来。

一九三八年元月十八日清晨，第三中队的战士们离开了驻扎二十五天的黑铁山。他们中的绝大部分将在廖老师和姚先生带领下，前往小清河地区参加战斗。马耀南过来送别时，紧紧握住廖老师的双手说道："廖中队长，预祝你们此次战斗取得完全胜利，我在长白山上等候你们凯旋。"

廖老师的双眸闪着炯炯的光，他面向马耀南庄重地行了一个军礼，然后说道："借马校长吉言，我们此行前去必定大获全胜，马到成功。就请马校长在长白山上静候我们胜利的消息吧。"

出长山县城向北，直达小清河南岸，便是长山县六区的管辖范围，而队伍沿途需要经过十八个稍大些的村庄。令廖老师和姚先生感觉颇为奇怪的是，散落在鲁北广袤平原上的这一座座像珍珠似的村庄，当地人既不叫"村"，也不叫"庄"，而是一概称呼为"套"，因此，三中队战士们沿途所经过的十八个村庄被统称为长山县"十八套"。

所谓的"套"，或许对于外来人员来讲，会稍稍感觉有些陌生，但是对于当地人来讲却一点都不难理解。在鲁北地区的广袤平原上，有几条自南而北蜿蜒流淌的河流，而在这些河流的弯曲处依傍着的村庄就叫作"套"。过去，若没有大的自然灾害以及兵燹匪祸等困境，人们都是生活在一种日出而作日落而息、半自然的农耕文明状态。自从清中叶太平天国运动兴起，随后捻军之类的队伍屡次侵扰山东，给当地生产生活带来极大不便，各个村镇为了自保，全都修建起又高又大的围子墙，把整个村庄严严实实包裹起来，用以抵御外部敌人的入侵。当地老百姓一直生活在这样一种十分封闭的环境之中，就像蚕宝宝生活在被套里一样，久而久之，便有了"套"这个称呼。

廖老师和姚先生带着队伍一路来到小清河南岸，在一个叫作韩家套的村子停下了脚步。二人又在李同志引荐下与长山县六区的韩区队长取得了联系。长六区的韩区队长，中等偏上的身材，大约三十来岁年纪，说话和行事非常精明干练。这位韩区队长曾经也在长山县中学就读，接受过几年正规国学教育，毕业后回到家乡不几年便担任了长山县六区长，以及联庄会队长的职位。他一听说廖老师和姚先生所带领的队伍由长山县中学师生组成，当即表示出热烈欢迎的态度，又连忙吩咐手下人员，赶快为战士们安排食宿。

廖老师依照多年来的军旅生活习惯，每当大战来临之际，无论多么的旅途劳顿，多么的诸事纷纭，必定会挤出时间来考察熟悉的地形，做到胸有成竹。廖老师和姚先生看着队伍安顿下来，警戒哨也封控住了整个村庄，这才邀约上韩区队长和李同志一起沿着小清河畔一路前行，准备寻找出一个能够伏击日寇汽艇的最佳处所。

韩区队长的家在小清河北岸一个叫陶唐口的村子里，作为本地人，他对于这一带的风土人情可谓烂熟于胸。他领着廖老师、姚先生等人边走边聊，出小村庄往北就能看见小清河在这儿拐了一个弯，河道明显变窄，弯上的水流也明显减缓下来。韩区队长指着这一处河流和村庄说道："这一处就是安家井村，假如小日本的汽艇或船只行驶到这儿，无论如何都要减慢速度通过，我们提前埋伏一支人马在这儿，动起手来必定容易得多……"

廖老师也把这一切全部记下来，同时他还观察到一点：紧靠在小清河南北两岸的地方，到处密布着一人多高的芦苇，以及大片大片的菖蒲和杞柳。这样的地方更便于队伍隐蔽和突袭，便于一击制胜。于是双方一拍即合，决定把伏击日寇汽艇的地点，就选定在小清河安家井村附近的南北两岸。

一九三八年元月十九日，腊月二十三，这一天是小年。临战前的紧张气氛已经使得所有人浑然忘却了年节，忘却了寒冷。廖老师带领四十余名参战战士悄悄来到安家井村外，埋伏在小清河南岸的护堤后面。与此同时，韩区队长带领手下联庄会武装的百余人也埋伏在小清河北岸的护堤后面。

太阳慢慢升起来，大约有一竿子高了，阳光斜斜地照射下来，落在小清河的水面上，像跳荡的油彩画面。此时的杞柳已经落叶，只剩下光秃秃的树枝在寒风中颤抖，而枯萎的菖蒲和芦苇丛疏密适当，恰是隐蔽打伏击的好处所。战士小曹年纪不大，性子却急，他害怕寒冷的天气会把手指冻僵，从而影响投弹和射击，于是，他往手心里哈着热气揉搓双手，保持着手指手腕的灵活性，心中却痛恨小鬼子怎么还不早点来呢。到最后他实在忍不住了，便小声问身边的廖老师："小日本会不会提前得到消息？知道我们伏击它，干脆不来了？"

看来其他的战士与小曹有着同样的心情，此刻都将目光齐齐望向廖老师。只见他默默地思索着，然后又轻轻地摇一摇头："莫急，莫急，心急吃不得热豆腐。你们尽管放心好了，日本鬼子狂妄得很，他们绝对不会不来。即便小鬼子真得到消息，必定也会主动赶过来和我们干这一仗。"

见廖老师语气那么肯定，众人也就慢慢放下心来，然后又沉住气，静等日本鬼子的到来。恰在这时，前方负责侦察的哨兵忽然传递回来消息："大家伙注意，大家伙注意！你们快看前面，小鬼子的船来了！"

战士们闻讯浑身俱是一震，赶紧又低伏进芦苇丛中，只瞪大了眼睛注视着河面。有的战士沉不住气，已经开始拉动枪栓，或把手榴弹攥进手心里。廖老师见状，生怕敌人尚未到来，战士们太紧张而提前开枪，暴露了目标贻误战机，急得他连忙向两边使劲地摆动双手，严令战士们务必听从指挥，没有命令不得擅自开枪。

这么寒冷的天气，等得心焦的战士们手心里都能攥出汗水来，然而盼星星盼月亮，终于眼见着两只带桅杆的大木船缓缓地驶进了伏击圈。这时，他们又感到疑惑了：两只大桅船上悬挂的确属"膏药旗"或类似的旗子无疑，但船上没有身穿黄皮的日本鬼子，只有几名身上穿得破破烂烂、不停摇着大橹的船工，在有一搭没一搭地说着中国话。小曹、小韩、小李子等几名战士自小便生活在长山县附近，对于这一带河流里常见的燕尾子、竹筏之类船只，尤其刚才悬挂旗帜的大对子艚船，更是见怪不怪了。

所谓的大对子艚船，就是那种一模一样的两只一头尖一头方的艚运船。它们完全地连接在一起，可以自由地前进或后退，能成倍地提高载运量。廖老师面对着这样两艘悬挂着日式旗帜的大对子艚船时，显然也发现了情况似乎不对，但是为了谨慎起见，廖老师仍然命令战士们上前截停这只船。

船工们慢慢地摇着橹来到安家井村北面小清河的急拐弯处，照旧小心翼翼地减速，可是等他们抬起头时，却猛然间又看到河岸边茂密的芦苇丛中伸出几十个黑洞洞的枪口。船工们顿时吓坏了，以为碰上了武装劫匪，但是面对着被包围的情况，他们是前进不得又后退不能，也只得在枪洞洞的瞄准中乖乖靠岸。

廖老师看见船工上了岸，也是三步并作两步走上前，打听起日本鬼子的情况。却不想他一口浓浓的南方方言，船工们根本听不懂，小曹赶忙在旁边做起了翻译，等双方说清来龙去脉，船工们才完全明白过来，把刚才一颗悬着的心放回了肚子里。随即，有个年轻的船工大着胆子对廖老师说道："嘻，你们的枪口可把俺们吓得够呛，以为碰到了拦河的劫匪呢！"

廖老师连忙安慰道："老乡，你们不必害怕，我们前来小清河是专门打小鬼子的。"

年轻的船工眼睛里充满疑惑，看着这群身穿布衣，手中握枪的各色人等，他摇摇头："就凭你们这些人，也敢打日本鬼子？"可是紧接着他又说道："也对，是该有人挑头出面整治整治那些畜生了。"

廖老师笑一笑，又问道："你们在来时的水道上可曾见到日本鬼子？"

不等年轻的船工回话，另一个上年纪的老船工说话了："噢，原来你们还不知道呢，别看我们驾驶的大对子艑船悬挂着日本华北株式会社的旗子，那只是被强迫征用而已。真正的小鬼子汽艇多半是铁壳船样式，那家伙一旦撒起欢来比游鱼还飞快呢。"

廖老师顿时一愣："怎么？日本鬼子的铁壳船，撒起欢来比游鱼还飞快？"

老船工的社会经验还是比较丰富一些，他看着战士们手中的武器，直接摇着头道："日本鬼子的铁壳船，不仅行驶起来飞快，而且仅凭你们手中这几支步枪，真要想拦下这帮畜生，恐怕还不是那么容易呢。"

老船工的话，立刻提醒了廖老师："虽然我们设伏的地方，位于小清河狭窄拐弯处，日本鬼子的铁壳船过来，势必要减慢速度，但是日寇遭到伏击后，也必定会加快速度逃窜，或者进行拼命抵抗。若是没有重火力加持，仅凭我们手中这几杆步枪，恐怕真拦不住小鬼子的铁壳船呢。"

廖老师正苦苦思索，身旁的战士小曹此时说话了："如果我们在小清河里筑一道拦河坝，或是设一道拦阻索，不就能把小鬼子的铁壳船拦住了？"

这个道理，所有人都懂得，但是急切之间到哪里去找拦河筑坝的材料？即便能够找到筑坝材料，又哪里有时间筑拦河坝？此时周围的气温，已经很低很低了，连从嘴里呼出的气息都变成了一片白色。廖老师的额头上挂满了汗珠，他倒背着手焦急地走来走去，最后，两只眼睛落在了停在河岸边的那两只大对子艚船上面。

廖老师的行止，看在船工的眼里，他们心下已然明白了八九分。尤其那位老船工，立刻慷慨激昂地说道："从前小鬼子没来时，像这样的大对子艚船，在咱们乌河与小清河上怕不有个几十上百艘。现如今小鬼子来了，那些大对子艚船藏的藏沉的沉，早不见了踪影，而我的这一对却不幸落在了小鬼子手里，反正都要不回来了，只要你们能消灭这些畜生，尽管拿去用好了。这样我也上对得起国家，下对得起祖宗先人，中间对得起自个儿的良心了。"

老船工说完，也不用别人动员，带领几位年轻的船工径自返回到大船上，先把大对子艚船掉转船头横亘在小清河的水面上，再把船尖向外的部分，用铁锚分别固定在小清河两岸。这样总算可以把小清河水道，尤其可以通航的部分彻底拦截了起来。看见船工的举动，大家都感动得不行，刚才的紧张心情也随之平复了不少。

身体放松下来，忽然又觉得肚子里面咕咕地叫唤起来，抬头看看天，才发觉日头已经开始偏西，都过了该吃晌午饭的时候了，于是大家赶紧拿出干粮吃一点。还没吃两口呢，就听见从小清河西边传来一阵阵"突突突"的奇怪声响。听到这样清晰的声音，战士们根本无须再动员，立即揣起手中干粮，抓起枪支就准备战斗了。透过枯黄的芦苇望过去，果然看见一艘铁壳船，正从西往东全速驶来。

日本鬼子的汽艇驶到安家井村北边，来到小清河拐弯处时，习惯性地将速度减缓了下来。但汽艇越来越近，马达声也就越来越响，汽艇的轮廓也越来越大，船顶飘的"膏药旗"也看得越来越真切。一个戴着白手套的五短身材小鬼子，正手持望远镜站在船头瞭望，他们显然也发现了狭窄水面处横亘的大木船挡住了汽艇的去路。

小鬼子顿时气得暴跳如雷，满嘴里呜里哇啦，但是汽艇被拦截在河心，前进不得又后退不能，更不能插翅飞过去，只好垂头丧气走进舱室去报告情况了。少顷，又有六七个阶衔更高的老鬼子鱼贯着从舱室里面走出来，看见前面的水道被阻断，除与先前的小鬼子一样，大为光火地发一通脾气之外，也是束手无策，没有更好的办法可行。

小清河南岸，茂密的芦苇丛中，三中队的战士们一直在静静地等待着。他们端着步枪对目标瞄了又瞄，虽然急得额头上冒汗，可是开枪命令迟迟不下达，他们也是干着急没办法。廖老师心中自有想法，他手中的步枪一直也是稳稳当当地平端着，正在寻找一个合适的下手机会。

恰在这时，一个腰挎军刀的老鬼子，或许是衔级最高的一个吧，围绕着汽艇转一圈后，又绝望地立住了身子，开始四处张望起来，也没看见木船上有船工，便准备安排人上木船去把它开走。廖老师觉得，好机会终于来了，于是他瞄准了这个老鬼子，扣动了手中扳机。"啪"一声清脆的枪响过后，汽艇上的老鬼子被一颗子弹打中了眉心，鲜血顺着面孔流了下来，他想用双手抓住护栏，但两条腿先自软了，身子转了半圈之后便扑通一声栽进了冰冷的河水中。

枪响就是命令。廖老师率先开了火，三中队战士们的几十支步枪立即跟着开火。一向平静的小清河上顿时响起爆豆般的枪声。一向横行无忌的日本侵略者真是做梦都想不到会遭到拦截袭击。日本鬼子四面寻找，知道有人藏在芦苇丛里，可却怎么也看不到人，放了一阵空枪，很快便清醒过来，赶快躲进了汽艇舱室，发动汽艇准备调头逃跑。

子弹打不穿汽艇，廖老师见状，立刻大吼一声："快扔手榴弹！"

廖老师的大吼声提醒了全体战士，大家连忙放下手中枪支，一连投出十几枚手榴弹。手榴弹大都落进了小清河中，爆炸后掀起数米高的水柱，周围水花四溅，但是仍有一枚手榴弹投得又远又准，嗖一下钻进刚掉好头的日寇汽艇舱室。

伴随着轰隆隆一声闷响，人们看见艇身轻轻一抖，一股浓烟从舱室中滚滚地冒了出来。

日寇的汽艇失去了动力，像喝醉酒的莽汉一样在河面上歪歪扭扭打起了转转。即便这样，汽艇里面仍有活着的小鬼子在负隅顽抗。歪把子机枪喷射出炙热的火舌,就像毒蛇吐出的毒芯子,凶猛地舔舐着小清河南岸的芦苇丛,也压得三中队战士抬不起头。战斗已然打成胶着状态,三中队战士中也出现了伤亡,廖老师心中更是急得冒火,额头上再次沁出了汗水。

千钧一发之际,一直埋伏在小清河北岸的韩区队长已经令人悄悄扛来了几座五子炮。趁着小鬼子的注意力全部被吸引到小清河南岸,他们冒险从北岸抵近河岸。随着五子炮的猛烈开火,一阵阵地动山摇之后,大量夹杂着铁砂、齿耙、铁锅碎片的弹丸,就好似一道道火龙,瞬时间吞噬了日寇的汽艇……

落日余晖下,百里澄江似练,小清河重又恢复了往昔的宁静。第三中队的战士们刚刚打扫完战场,还完全沉浸在一片胜利的喜悦之中,廖中队长却命令三中队战士迅速集合,向南撤退二十华里。他这道命令看似不近人情,可第三中队的战士们一旦执行起命令来却一点也不含糊。他们不顾满身的征尘和疲劳,一路强行军来到长六区南部边缘一个叫作焦家桥的地方,方才接到就地休整的命令。

由于连日的鞍马劳顿,第二日拂晓了,第三中队的绝大部分战士仍然在沉睡之中。站岗半宿的廖老师没有丝毫的倦意,他又来了一个紧急集合,带领队伍继续向南撤退了五华里。直到队伍进入与长山县接壤,属于梁邹县地界的苏家庄时,队伍才收住了脚步。廖老师看到此处属于邹长两县交界地带,方便隐蔽和撤退,这才又派出哨探布置好警戒,下达了就地休整的命令。

隐藏了一个相对完整的白天时间,到了傍晚,战士们饱餐一顿,又是一夜强行军。一月二十一日清晨,队伍终于抵达长山县八区地界。马耀南派出接应的人员早已经在此等候多时,黑铁山与长白山两支抗日武装,历经千难万险之后也终于胜利地会师在一起。

马耀南看着两支队伍终于胜利会师心中满是喜悦,而当他听说队伍中竟有一位"世袭圣人"后裔伏先生也前来参加抗日武装时,立刻走上前紧紧地握住他的双手,连连说道:"哎呀,了不起,哎呀,真是了不起!如今连'世袭圣人'后裔，都前来参加抗日武装，我想小鬼子离失败那一天，总归不算远了！"

原来这次小清河伏击战，虽然只打死了十二名鬼子，从数量上看似乎不算多，但是打死的那些日寇，军衔级别却很高，除去一名旅团长级将官，其余十余名均是校尉级军官。这些小鬼子是去济南参加一个高级别军事会议后返回羊角沟，途中在小清河安家井村遭到伏击的，且悉数被歼，无一漏网。这次小清河伏击战对敌我双方都造成了极大的影响。

小清河两岸民众拥军参军的热潮就像小清河水一样波涛滚滚。六区的韩区队长自从参加小清河伏击战后，就认准了马耀南的队伍，毅然带领长六区联庄会百余名成员，并入长白山抗日武装中来，被编为第十九中队。令人欣喜的是，梁邹县第六乡的苏家庄有个"世袭圣人"后裔伏先生也参加了抗日武装。

历史上的伏生系孔门弟子后裔。秦始皇统一六国后，设立博士官七十名，伏生即为其中之一。当秦始皇焚书坑儒时，他又冒着杀头的危险将《尚书》藏在墙壁夹层内，而后一直逃亡流浪他乡，直到秦亡汉立后伏生才回乡，可惜藏书仅存二十九篇了。至汉文帝时期，随着社会逐步稳定下来，国家大乱之后需要大治，儒家学派开始受到重视。朝廷四处征求能通《尚书》的研究者，然而无一人能应求。后朝廷又闻伏生能治《尚书》，欲召他进京，其年逾九旬，老得不能出行了。

汉文帝派出晁错等人前往伏生处当面授受学习，终将其胸藏《尚书》整理记录下来，之后再补叙出其他所失篇章，才使得整部《尚书》篇章，能够世代流传下来。且因为伏生所藏《尚书》，是以秦朝流行的小篆写成，到他向晁错等人传授时，则改用汉代的隶书写成，因此，也被后世称为今文《尚书》。后世的人们为了纪念伏生为保留和传播儒家文化所做出的巨大历史性贡献，遂在他的家乡，即现今梁邹县第六乡苏家庄建了一座伏生祠。

历朝历代皇帝为了统治需要，为了表示尊儒崇儒，对伏生后裔不断地加以封赐，因此演变成了"世袭奉祀官"。伏生家乡的人们可能无人懂得这些，为了叫起来方便顺嘴，就把伏生直系后裔的"世袭奉祀官"，直呼为"世袭圣人"了。当廖老师带领第三中队战士取得小清河伏击战胜利后，途经梁邹县第六乡苏家庄宿营时，其间曾经为小清河伏击战提供重要情报的李同志赶来对廖老师说道："有一位'世袭圣人'后裔伏先生想登门拜访您。"

廖老师颇感意外："我只晓得孔子、孟子等圣人在山东，怎么'世袭圣人'后裔伏先生也是山东人士？"

虽然心存一丝疑惑，廖老师仍走出来与"世袭圣人"后裔伏先生见面，这才发现所谓的"世袭圣人"后裔，既不是上年纪的白胡子老头，也不是宽袍大袖的读书人，竟是一位年纪二十来岁的年轻人。他头戴一顶黑呢子礼帽，脚穿一双针纳黑布鞋，身上一件斜襟长袍子，脖子上围一条长围巾，皮肤白皙，单眼皮细眉毛，说话轻声细语。

廖老师与伏先生简单地交谈了几句，这位瘦削年轻人脸上的拘谨表情便消失了，眼睛也随之明亮起来，他自我介绍道："我就是人们传说中的'世袭圣人'后裔，今日特来参加抗日武装打鬼子。"

廖老师心中不免打了一个问号："这样一种家庭出身，这样一个与众不同的人，能否经得起严酷战争的磨炼，能否从容面对生死问题呢？"他沉吟了一会儿，才说道："伏先生，你能够出来参加抗日武装，愿意扛起刀枪打小鬼子，这份爱国之心我可以理解。但是既然想参加抗日武装，就必须有坚持抗战到底、毫不动摇的决心，必须经得起磨炼，还要有在必要时奉献出宝贵生命的思想准备。"

伏先生听后，先是长长地叹了一口气："唉，为了不当亡国奴，我曾经寻找抗日救亡组织，也受到国民政府的欺骗宣传。结果连小鬼子的影子都没看到。这些高喊抗日爱国的国府要员已经仓皇逃窜得不见了一丝踪影。"稍过一会儿，他又说道："只有从你们身上，我才看到了抗战的决心，以及抗战必胜的信念。因此，我坚决要求参加抗日武装，追随你们抗战到底，为驱除倭寇略尽绵薄之力。"

伏先生说话不紧不慢，逻辑十分严密，显然受过良好的教育，也有抗日热情和决心，他彻底打动了廖老师。廖老师心道："如果有这样一个公众人物加入到我们的队伍中来，将对全面贯彻实行抗日民族统一战线起到事半功倍的作用……"

这位年轻的伏先生跟着廖老师的队伍一路来到长白山根据地，马耀南对于伏先生的到来满腔热忱地表示欢迎，双方最后约定："为抗击日本侵略者将不遗余力，直到献出生命。"

这边马耀南与伏先生二人刚刚约定不久，那边伏先生的父亲，老伏先生听说独生儿子跟着抗日武装跑了，急得他一路打听，连夜追踪了过来。老伏先生要死要活，一定要拉着儿子回家，将来好继承"世袭圣人"衣钵。年轻的伏先生看见老父亲一副死脑筋，情知不是三言两语就能打发得了的，于是他一面安抚着老父亲，一面又向马耀南和廖老师说道："请二位首长放心好了，我跟随老父亲回家后，必定会抽冷子再回来。"

年轻的伏先生不情不愿地回家去了，安抚下老父亲，果然又不负誓言，利用自身社会影响力拉起了一支几十人的武装，并在一九三八年春节过后不久，就偷偷带领这些人马回到了长白山。

黑铁山与长白山两支抗日武装会师后，再过十余日就是春节，战士们在高兴之余，心中难免产生些松口气的想法。夜晚站岗放哨时，马耀南叫来大华，特别叮嘱道："廖老师带领三中队战士刚刚长途奔袭打了一仗，如今正需要休息调养，尤其是廖老师带领着队伍刚刚进入长白山根据地，他们对于地形还不熟悉，对于各方面情况也很陌生。今晚，你们警卫人员站岗放哨时，除在指挥部周边的山头多放几个流动哨之外，务必还要瞪大眼睛，时刻保持警惕不放松。"

大华听后竟然笑嘻嘻道："马校长，眼下年关临近，老百姓都忙着过年去了，难道小鬼子不过年？何况咱们两支队伍会合起来，抗日力量变得更加强大，难道还怕小鬼子前来捣乱不成？"

马耀南看着大华稚嫩的脸庞，立刻变得严肃起来。他一字一顿道："正因为咱们两支队伍刚刚胜利地会合在一起，才更加不能掉以轻心，现在正值战争时期，日本人一门心思想着要为死去的老鬼子复仇，敌人还会管你过年不过年的事情吗？"

马耀南的每一句话都像铁錾子一样，一下一下凿在大华心头。幸亏天色暗淡，屋子里光线不好，不致让人看到他的窘境，但大华的心中也立刻明白过来："如今正是战争时期，越到年关底下越不能抱有侥幸心理，更不容许有丝毫差池。这既是一个战士的责任，更是马校长对自己的教诲，以及无比的期待和信赖。"

隆冬时节，山间气温极低，肆虐的风吹在脸上，就像无数小刀子在割，大华瘦小的身躯裹在一件薄棉袍子里面，根本抵御不住严寒肆虐。他已经明显感觉到手脚变得麻木，两边腮似乎被冻僵，呼吸都不那么通畅了。即便这样，他心中却有一个警钟在时时刻刻提醒着，精神上绝不能放松，思想上更不能麻痹。大华把脖颈处的衣领往上提了又提，热气往两只手心处不停地哈了又哈。突然，一阵窸窸窣窣的声音从远端的黑暗处传了过来。

"天色这样晚了，不会有豺狼或野兽趁机出来捣乱吧？"大华心中一动，边想着边摘下肩头的钢枪，赶紧把身子往暗处靠去，两只眼睛盯牢了声响处，直到借着积雪的微光终于能够看得清楚，前方有两点泛着寒光的镜片，和一个高大瘦削的身躯。大华一颗紧绷的心总算稍稍放松一些了，待到来人快步走到身前时，他才从暗处猛地蹦出来，一把抓住来人衣襟，大声喝问道："什么人？口令！"

来人回答完口令，一边往上推着眼镜，一边埋怨起来："好小子，你吓我好大一跳呢。"

大华这才松开手，一张调皮的脸孔上，露出两排洁白的牙齿。说道："马校长，这么大冷的天，您不在屋里暖和，怎么出来了？"

"我一直放心不下才出来看看你们的，周边没什么情况吧？"马耀南话音刚刚落下，没想到其他哨位的士兵听到这边有动静，早已经悄悄围拢了上来。

大华赶紧端端正正敬了一个军礼："报告马校长，请您放心，周边一切情况良好。"

马耀南的脸上露出一丝满意的笑容。有个小战士见状，趁机央求道："马校长，都快过年了呀？您就破费破费，请请我们的客吧。"

马耀南拍拍身上衣兜，无声地笑起来："咱们可都是同志呢，大家伙儿一样的待遇，我哪里有钱请客呀？"

另一个小战士又说道："马校长，您若说兜里没有钱，咱们大家伙谁信呢？"

"是吗？"马耀南立刻诧异起来，"我说兜里没有钱，你们为什么不相信呢？"

又有一名战士接茬说道："马校长，您可是大户人家出身，在外又当教授又当校长，家里又有宅子又有地，假如您说兜里没有钱，我们大家伙肯定不相信呀！"

马耀南慈爱的目光从这些年轻战士身上一个一个地看过去，他的内心也是感慨万分："眼看着春节临近，正是阖家团圆的时候，可是眼前这群孩子却因为日寇铁蹄践踏，不得不放下手中书本，把刀枪扛上稚嫩的肩膀，过早地担负起家国重任……"马耀南想到此处，忍不住轻轻地叹口气："唉，真是可惜呀。"

"马校长，有什么可惜的呢？"战士们纷纷问道。

马耀南先是摇摇头："没什么，没什么。"紧接着，他又缓缓说道："我的衣兜里有钱不假，那都是过去的事情了。从前为了办好教育，我捐出去了一部分；如今为了抗击小日本，我把身家性命都豁出去了，还要那些金钱做什么呢？"

几名年轻的士兵围拢在马耀南身边，一张张稚气未脱的面庞，全是崇敬的神色。马耀南忽然又说道："那么好吧，既然大家伙都要我请客，我请你们吃芙蓉街的周村肴鸡，或是义衢门的卤汁羊肉怎么样？"

战士们的脸上，立刻露出惊喜神色："马校长，您说话可得当真，什么时候请客呀？"

马耀南慢吞吞说道："等到打跑了日本鬼子，咱们胜利的那一天，我必定请大家客。"

战士们立刻纷纷道："嘻，等到打跑日本鬼子，还不得猴年马月了。马校长说了半天，这不是哄我们吗？"

马耀南坚毅的目光扫过身边每一位战士的脸庞，然后坚定地说道："不管哪年哪月，也不管有多少时日，在中国的辽阔土地上，决不容许任何侵略者踏足……"

除夕日，长山县抗日武装全体成员在长白山中葫芦峪度过。到了大年初三，黑铁山和长白山两支抗日武装才刚刚会合十多天，又被划拨成两路人马分头到各处去驻扎。从黑铁山过来的三中队战士仍然跟随廖老师和姚先生驻扎进三官庙村，原长白山抗日武装人员由马耀南和赵老师带领，分别进驻上娄峪村和下娄峪村。这样做的好处是，一方面避免人员过度集中，可以缓解后勤方面的压力；另一方面，队伍即便分散驻扎，各处相距也不算远，可以形成遥相呼应、互为掎角之势。

大年正月初四拂晓，寂静的长白山仍沉浸在一片睡眠之中，突然几声清脆的枪响彻底打破了大山的宁静，日本人就像嗜血的野兽，循着黑铁山抗日武装的行踪，一路追赶了过来。日寇这次进攻长白山显然做了充分的准备，不仅调集驻扎在周村镇，以及长山县和梁邹县的日伪军，而且还兵分三路，两路直扑上下娄峪村，一路猛攻三官庙村，而第三路日军最狡猾，绕行百余华里，一直跑到长白山西麓偷偷地设下埋伏，企图截断抗日武装西撤之路。

面对气势汹汹的日伪军，马耀南和赵老师并没有感到丝毫惊慌害怕，而是根据敌强我弱的态势迅速制定好应对策略。他们决定充分利用上下娄峪村深处的长白山腹地山间尽是羊肠小道，地形曲折盘桓的优势，与敌人大打山地游击战。马耀南和赵老师所带领的队伍本就是长白山抗日武装原班人马，这部分战士中绝大多数成员都是土生土长的八区人士，他们熟悉长白山地形，又习惯于走山爬岭，可以充分利用自己的长处，克制日伪军的短处。

马耀南和赵老师各自率领着部分人马一头扎进了长白山深处。一会儿跑到这个山头放一枪，一会儿跑到那个山头放一枪，打得日伪军晕头转向，毫无还手之力。战斗持续了整整一天，抗日武装不仅未遭受任何损失，反而打死打伤数十名日伪军，筋疲力尽的日伪军眼看着天色暗淡了下来，又害怕遭受更大的损失，只得狼狈撤出了战斗。

上下娄峪村这边，战斗胜利地结束了，但是马耀南的心中竟然还是没有丝毫放松，他还在牵挂着廖老师和姚先生所带领的第三中队战士们。这群长山县中学的娃娃兵是马耀南用心血一点一滴浇灌出来，看着他们一步一个脚印茁壮成长起来的。他尤其牵挂第三中队的战士们，因为对于长白山地区的地形，他们相比日伪军并不熟悉多少，而且三中队刚从黑铁山转移过来，尚未来得及充分休整，即遭到日伪军的凶猛进攻。依照廖老师的坚强性格，即使面对敌强我弱态势，他也必定坚持以牙还牙，以硬碰硬。马耀南心念及此，就更加担心起来，立刻派出一批熟悉地形的战士，速速前去接应廖老师他们。

其实，就在清晨战斗尚未打响之前，廖老师依照往常习惯，已经早早地起床，照例准备到处走走，熟悉一下地形，但他前脚刚迈出屋门，竟突然听见几声极其凄厉的枪响。作为一名极富战斗经验的老兵，廖老师已经立刻判断出，这是日本鬼子三八大盖的声音。他迅速地返回屋内，其时姚先生已经起来，于是二人紧急集合队伍，迅速占据了三官庙村周边有利地形，决心给予来犯之敌以迎头痛击。

三官庙村这场战斗，敌我双方交上火杀得天昏地暗。三中队战士们已经在廖老师的带领下经历过几次实战考验，他们面对蜂拥而至的日伪军，并未感到丝毫畏惧和胆怯，都把手中钢枪握得更紧，准星瞄得更准，只想把每一颗子弹都射向敌人。战斗从清晨打到黄昏，战士们滴水粒米未进，顽强地打退日伪军一次比一次凶猛的进攻，战斗一直坚持到最后时刻，战士们的子弹打光了，就搬起石头打击敌人；阵地上的石头扔完了，战士们又攥紧双拳，准备与敌人肉搏到底。

廖老师和姚先生二人直到此时才赫然发现，无论第三中队的战士们如何英勇顽强，如何不怕牺牲，仅凭赤手空拳，终究无法抵挡住大股日伪军像饿狼一样地猛扑上来。廖老师和姚先生眼见着情况越来越危急，人员牺牲越来越大，竟至有全军覆灭的危险，二人简单地商量了几句，为了保存队伍有生力量，急令战士们迅速撤出战斗。要撤也不容易，这时候，凶残的日伪军在身后紧紧地咬住，一路追赶着抗日武装。眼看着越追越近，伪军又开始不停地喊话劝降起来，疯狂地叫喊着放下武器，停止抵抗之类。

恰在此时，就在日伪军的背后，突然响起来一阵排子枪，顿时就把敌人打蒙了。日伪军当然不明白，这是马耀南派出来接应三中队的援兵。援兵的及时出现不仅解了廖老师和队伍的困境，更提振了全体战士士气，他们立刻又反转身，像猛虎下山一样扑向敌人。日伪军眼见着到口的肥肉顷刻间化为乌有，还突然遭受前后夹击，队伍立刻大乱起来。天色已晚，天时地利诸般不利，又担心夜间遭受攻击，各种人员损失势必更大，日寇在诸般衡量之下，只得匆匆集合起队伍，带上大批死伤人员狼狈地撤出三官庙村战斗。

三官庙村战斗结束，长白山重又恢复了大自然的平静本色，待到马耀南和赵老师带领增援部队赶过来，三中队已有数十名年轻战士的躯体在大地上躺成了一排，他们身上的鲜血已经融入长白山，与山川大地结成永恒，更把素净的雪地洇出一片片红，像三月的桃花朵朵、五月的杜鹃丛丛，那是怎样一种惊心动魄的颜色与精神啊。

此时，已有不少百姓聚拢，看着这些年轻的牺牲的战士，有的还是熟悉的孩子或者亲人，他们忍不住痛哭流涕。马耀南到来的时候，只能强压着无边的悲痛，先安排做好各方面善后工作，然后才又转过身来细细地察看那一张张既熟悉又略显陌生的面孔，十六岁的小张、十八岁的小刘，还有通信班长小仇……在正常情况下，这些孩子今年应该可以从学校毕业了，他们或走向职场，或升入高等级学校，或回家承担起家族责任……可是现在呢，由于日寇铁蹄入侵，一切该有的人生全都戛然而止。

马耀南鼻尖酸酸的，眼睛变得一片湿润，他再也无法忍受下去，于是转过身悄然抹去泪水。大华与这些牺牲的战士是同窗或是师友，昨天还一起欢声笑语呢，今朝已是阴阳相隔，他跌坐在雪地上，眼睛死死地盯着那些永远不会再起身的战友，死死地盯着，像是不愿意相信，又像是在等他们起身。

"起身啊，起身啊，哪怕是受伤待救，赶紧动一动啊，再不动一动就来不及了。起来啊，起来啊！"大华盯着，希望看见奇迹出现，他盯得眼睛里要淌出血来。

战士们，百姓们，大家一起动手，在冰冻坚硬的山坡上一点点挖，终于挖出了一个大坑，然后将十几名战友的躯体并排着安放在坑中，再流着泪告别，流着泪一锹一锹把土填细填实。马耀南带领全体战士最后向战士们敬礼告别，并承诺一定会战斗到底，直到把日本鬼子全部赶出我们的国家。他的两只大手抚摸着坟前竖立的临时木牌，就像爱抚着年轻战士的脸庞，嘴里仍在喃喃说着："同学们，同志们，你们安息吧！自古有奋斗就有牺牲，但是你们的鲜血不会白流，我们必定要为你们报仇雪恨，要用日寇的鲜血来偿还血债。"

三官庙村战斗之后，长白山抗日武装高层马上召开了一次联席会议，主要讨论两个方面的问题。一是检讨三官庙村战斗的得失，二是探讨长白山地区究竟适合不适合做抗日根据地。在这一次高层会议上，大家伙畅所欲言，在讨论过程中发现问题，讨论问题，解决问题。这次会议对长白山根据地和抗日武装建设，以及今后发展和壮大产生了极其深远的影响。

略去三官庙村战斗得失不谈，廖老师和姚先生坚持认为，长白山是泰莱山脉之余脉，处于其北部边缘地带，若把长白山地区作为根据地，那么抗日武装回旋余地仍嫌狭小，无法进一步壮大抗日武装。其次，从长白山向北一直延伸到黄河南岸地带，都是一览无余的广阔平原，日寇的机械化部队可以行动迅速，来去自如，在抗日武装弱小的情况下，是无法与其直接抗衡的。但是，长白山根据地南麓再跨过胶济铁路线向南，是广阔绵延的鲁中丘陵地带，有山地树林掩护，更适合发展抗日游击战。

马耀南和赵老师则对上述观点不尽赞同，尤其是马耀南的老家在长白山中，他对长白山周边地区熟悉，感情极为深厚，而赵老师则是从鲁北工委特地调来鲁中开展抗日救亡工作的，对于黄河两岸地理民情也是相当熟悉。马耀南和赵老师始终坚持认为，整个长白山地区有着非常优越的地理条件，而长山县第八区有深厚的群众基础，把长白山作为依托，向周边广大平原地区扩展，从而形成一种山地与平原相结合，进可攻退可守的游击战争方式，才是最佳选择。

队伍今后的发展问题，在长白山抗日武装高层产生了两种不同声音。对于这两方面的意见自然也像一家人过日子，公说公有理，婆说婆有理，一时难有定论。会议整整持续了两天，却是谁也说服不了谁，谁也不肯退让半步。但马耀南和赵老师的看法明显得到与会其他同志的支持，尤其马三掌柜和马二当家，以及马区队长，他们都是长白山及其周边地区人士，对立足长白山地区开展形式多样的抗日游击战争，心中觉得更有把握。

马三掌柜和马二当家等人也提出来，鲁中丘陵对于长白山抗日武装，对于惯常走山路的人来说，这一点都不在话下，但鲁中丘陵地带地广人稀交通不便，贸然涌进大队人马会给部队和当地老百姓带来诸多意想不到的困难。再就是马耀南在前期组织抗日武装过程中，已经把长白山地区及其周边老百姓动员起来了，假如部队遇到丁点儿困难就要进行大范围转移，岂不是冷了老百姓的心！队伍一旦失去老百姓拥护，岂不是更不利于发展，更不利于壮大？

会议讨论来讨论去，双方各持己见，始终无法达成共识，最后还是由马耀南拍板。马耀南本着不能把所有鸡蛋全部放进一个篮子的想法，从中定出一个折中方案：黑铁山和长白山抗日武装将以胶济铁路线划分界线，分成南北两路活动。马三掌柜和马二当家手下的队伍以及原长八区中队和联庄会武装，组成"长白山抗日武装北路军"，由马耀南和赵老师带领，继续坚持在长白山地区斗争。第三中队的战士们以及原长山县保安大队部分成员，组成"长白山抗日武装南路军"，由廖老师和姚先生带领向南跨越胶济铁路线，拉到鲁中丘陵地带开展活动。

一九三八年正月初十，天空一大早就阴沉沉的，不一会儿又开始纷纷扬扬飘起细碎的小雪花。按照分兵计划，长白山南路军已经集合起来，即将踏上一段未知的征程，而马耀南和赵老师也是早早赶来，为即将出发的将士们送行。此时的马耀南是一副憔悴的面容，两只眼睛也熬得通红，大家一看就知道马耀南这又是一夜未眠。

马耀南的一双大手紧紧握住廖老师和姚先生的手，久久不肯松开。并且声音沙哑地说："黑铁山和长白山两支抗日武装，刚刚会合起来就要分开，二位又要带领队伍出发，你们要注意，如果南边实在不适合发展，随时可以回来，以保存队伍实力为主。倘或再有什么困难，也望及时来信函告知，两边队伍要互相帮助纾困。"

廖老师和姚先生连连应是，再看南路军队伍已经走出好远了，两人也就不再多说什么，只是齐齐地举起手来，向马耀南庄重地敬了一个军礼，转身跟上队伍出发了。

南路军从长白山下来，先是一路逶迤向西，来到长白山西麓章丘县普集镇地带。廖老师和姚先生心中想着从普集镇万山村附近，伺机向南跨越胶济铁路，再进入淄川县西境丘陵地带。不想队伍正在隐蔽时，已有侦察员从前方回来，并带回一个很不好的消息。日寇军队已经占领普集镇，铁路沿线以及所有村镇路口全部封锁盘查。大队人马若想从此处安然跨越胶济铁路线，恐怕有极大困难，并且非常危险。

前方的情况显然已经发生变化，但廖老师和姚先生仍然带领着队伍在普集镇万山村附近兜兜转转数天，几次欲越过胶济铁路线南去，却始终没能找到好的机会。恰在此时，前出侦察的侦察员，又传回来一个更坏的消息。胶济铁路线以南鲁中丘陵的广大地区已被土顽部队完全占据，而且他们还跟日寇沆瀣一气狼狈为奸，对外来武装防范极严。

南路军本想从长白山西麓跨越胶济铁路线南去，这条道路看来是行不通了。退一步说，即便队伍能够从此处勉强跨越胶济铁路线，一旦进入鲁中丘陵地带，也可能是进入了一个危机四伏的地域，像羔羊落入了狼群，能够生存下去的概率极低，而且队伍中有少部分战士，尤其原县保安大队部分人员，已产生了不满情绪。

于是，廖老师和姚先生只能率领南路军队伍重新返回长白山根据地休整，而马耀南也表现出了热烈欢迎的态度，积极帮助南路军队伍驻扎休整。时间过得真快，眨眼间出了正月门儿，按照节气也到了七九河开、八九燕来的时候。廖老师和姚先生却随着天气渐渐转暖，山间野地迎春花的星星点点绽放，心中不免再次波动起来。

廖老师和姚先生决意带领队伍继续执行南进战略，而且他们二人这次也接受了上一回的教训，带队伍从长白山东麓下来，直接一头向东北方向插下去，准备从此处寻找一个合适地点，再伺机向南进入鲁中丘陵地带。南路军队伍二次下山，初时走得还算顺利，他们按照行军计划，走到了周村镇东北方向一个叫作梅家河村的地方。此处正位于孝妇河中下游地段，不想一件极其惊险的事件不期然地发生了，不仅差点断送了队伍的南行计划，还使得廖老师和姚先生差点连命也丢在了这儿。

原来，南路军中那些保安大队的战士对艰苦危险的生活极度不适应，最近一个时期围绕长白山根据地东奔西跑，他们便产生了动摇。廖老师和姚先生看着队伍中有人开始鼓噪起来，不肯往前多走出一步，急忙出面制止，那挑头闹事的宋队长直接从怀中掏出短枪就偷偷朝二人背后搂了火。

不幸中的万幸，宋队长打出的黑枪恰恰是颗臭弹，手枪卡了壳，廖老师和姚先生算是堪堪躲过一劫。保安大队的其他人员看见事情已经发展到如此不可收拾的地步，寻思着留下来也没有好果子吃，于是趁乱一哄也就赶紧散了，只剩下了原第三中队不多的几个学生兵。

南路军队伍本就兵源不足，此后人数更加少得可怜，但是事情发展至此，廖老师和姚先生也没了办法，只得收拾起残存人马，继续向东踽踽前行。他们在胶济铁路线以北地区又反反复复兜转二十多天，出周村进张店，再到桓台县，最终于三月上旬又踏上了返回黑铁山的路途。

从哪里来又回哪里去，这像是一种历史宿命，南路军队伍历尽波折，终于回到熟悉而亲切的土地。

黑铁山抗日武装早前向长白山地区转移时，队伍分成了三个部分，赵老师指挥第五中队一直留守黑铁山地区坚持抗日武装斗争。第五中队自组建伊始就是平时在家生产，战时才集中参战，是一种半脱产性质的准军事组织。黑铁山的老百姓听闻子弟兵归来，当然一派欢欣鼓舞，牵羊担酒上门犒劳慰问。这时候，一直重压在三中队战士心口的一块巨石才遽然落地。

三中队与五中队重新走到了一起，廖老师和姚先生迅速把两个中队整合起来形成了新的南路军，实力也相应地得到了增强。

面对各种艰难和打击，廖老师和姚先生仍然保持着一份难得的清醒认识。二人在黑铁山周边地区曾经战斗和生活过一个时期，虽然待的时间不算长，但是对于其间的有利不利因素，早已经了然于胸。廖老师和姚先生均认识到黑铁山周边地域狭小，又处于日伪军心腹地带，根本不适宜大队人马久留。况且按照长白山会议部署，二人还肩负着带领南路军向南跨越胶济铁路线，前往鲁中丘陵地带发展的任务。

原第五中队战士全部是本乡本土人员，对于此处胶济铁路沿线状况，简直熟悉到不能再熟悉，因此也无须廖老师和姚先生多言，即由第五中队战士为主，引领南路军队伍很快来到张店以东十数华里处一个叫作湖田镇的地方。湖田镇是由上、下湖田两个自然村落组成的镇子，地势大致呈南北高中间低的态势，南北两面是大片的荒草野坡，中间则是大片的沼泽湿地，且地处偏僻人迹罕至，南路军人马若经由此处向南跨越胶济铁路线，确是一处难得的好地方。

廖老师和姚先生带领南路军队伍一路战胜各种艰难险阻，这一次终于成功地跨越了胶济铁路线。接下来，队伍到达淄川县寨里镇佛村，在这里，却又有一个更大的惊喜正在等待着他们。当初黑铁山抗日武装向长白山地区战略转移时，第四中队辗转来到淄川县东南方向，在寨里镇佛村坚持下来。当廖老师和姚先生带领着第三和第五中队突然出现在第四中队面前时，大家伙儿立刻陷入一片欢乐之中。

一九三八年春末夏初时节，廖老师和姚先生率领着一支完整的长山县抗日游击大队南路军终于在鲁中丘陵地带开始了游击打小鬼子的行动，并且又在淄川县东南磁村镇马棚村附近与山东人民抗日游击第四支队北路军相逢。这是在中共山东省委领导下的两支成建制的抗日武装首次取得正式联系，也为山东八路军发展史留下了浓墨重彩的一笔。

同年五月下旬，第四支队洪司令员身染重疾不幸去世，中共苏鲁皖省委随之作出决定，由廖老师接任第四支队司令员，他和姚先生也就率领着长山县抗日游击大队南路军汇入了四支队的洪流中。此后，这支英雄的部队就在廖老师的带领下长时期转战鲁中地区，为国家独立和民族解放，立下了不世功勋。

三

　　廖老师和姚先生走了，并且还带走了一部分以长中师生为骨干所组成的南路军队伍。这就像在自己双手呵护下好不容易带大的一群孩子，忽然有一天离开了家门，被人带到很远的地方。马耀南黯然地坐在椅子上怅然若失，但是抗日需要生力军，这群孩子能为国家和民族奉献力量，又是一件让学校和老师们骄傲的事。

　　马耀南平复好心情，这才召集赵老师和北路军中其他几位领导人一起开会，商讨接下来队伍的发展问题。在本次会议上，马耀南首先讲道："长山县抗日游击大队自从去年底成立起来，一直在敌人的夹缝中求生存，如今历经两个多月的发展，终于建立起一块根据地，形成一支稍具规模的队伍。廖老师和姚先生带领部分人马到南边发展去了，而我们北路军队伍在现有条件下如何生存，如何谋得更好的发展，尚希望在座诸位，务必积极建言献策，马某定当洗耳恭听。"

　　马耀南话音刚刚落下，马二当家立刻站起身抢先说："还是我大哥说得对！既然长白山有了抗日武装，那么咱们首先就应该擎立起一杆大旗子，那样队伍才够敞亮。"

　　"嗯，是这个道理，是这个道理。"赵老师听罢频频点着头，并且还说道："我从鲁北工委调来鲁中地区开展抗日救亡宣传活动时，曾经听省委的领导同志讲过，已把山东省全境的抗日武装预先做出了序列安排。"

马二当家转过身来，迫不及待地问道："赵老师，真有那么回事？那就请您赶快讲一讲，省委对长山县抗日游击大队做出了怎样的序列安排？"

赵老师点点头，缓缓说道："根据早前山东省委安排，长白山地区划归鲁东所属，那么具体到长山县抗日游击大队，咱们对外的正式名称就是'山东人民抗日救国军第五军'。"

原来早在七七事变之前，山东省委已经未雨绸缪，开创性地提前拟定了省内各处抗日武装部队番号。冀鲁边区部队为抗日救国第一军，鲁西北部队为抗日救国第二军，胶东地区起义部队（天福山起义）为抗日救国第三军，泰山地区起义部队（徂徕山起义）为抗日救国第四军，鲁东地区起义部队（长白山、黑铁山起义）为抗日救国第五军，淄川、博山矿区起义部队为抗日救国第六军，潍坊昌潍地区起义部队为抗日救国第七军，寿光、广饶、博兴地区起义部队为抗日救国第八军，济宁、菏泽地区起义部队为抗日救国第九军，沂水、莒县地区起义部队为抗日救国第十军。

马二当家听后顿觉眼前一亮，又用力一拍双掌，兴高采烈地说道："哈哈，赵老师，您怎么不早说呢？既然根据山东省委安排，咱们长山县抗日游击大队叫作'山东人民抗日救国军第五军'，那么，就应该把这面大旗子尽快张挂起来，也好让长白山周边老百姓知道咱们是支什么样的队伍，今后再开展抗日武装活动也更合情合理合法，更会得到周边老百姓拥护了。"

紧随马二当家、马三掌柜之后，其他与会人员也是纷纷表态道："是呀，是呀。还是省委领导有远见，已把咱们队伍的番号预先安排好了。那么接下来的任务就是把'抗日救国第五军'这面大旗子尽速地张挂起来，也好使得咱们队伍上的人看到大旗子就有了主心骨。"

马耀南和赵老师早前就有了给长山县抗日游击大队制作一面军旗的想法，只是队伍一直分分合合没有稳定下来，才暂时搁置。如今既然有人提出要把队伍的旗帜尽快树立起来，马耀南和赵老师就决定先把制作军旗和安排关防等事宜提到优先的事项上来。马耀南找来如今正负责长白山根据地内所有抗日武装后勤工作的马乡长，直接把制作军旗、关防等诸事项一并交代给他去办理了。

马乡长领到制作军旗的任务后，先拿出了两床整张的、未曾使用过的鲜红被面，来到西董镇一家口碑不错的裁缝店，请裁缝师傅把两床被面缝连起来，做成一面鲜红的大旗帜，又在整幅旗面上方偏左部分，绣出一个中国共产党党徽图案，"山东人民抗日救国军第五军"字样则竖列在靠近旗杆的白边部位。这面鲜艳的"第五军"旗帜一直高高飘扬在长白山上，使得长山县抗日游击大队终于有了一个正式称号，这也是长白山抗日武装明显区别于其他各路武装的地方。

马乡长将制作军旗的任务完成得相当漂亮，受到"第五军"全体战士的交口称赞。接下来制作袖章的任务马乡长就完成得非常轻松了，袖章上清晰的"八路"字样让战士们佩戴着显得倍儿精神。再接下来就是制作部队关防，马乡长实在想不到，这儿竟遇到了大麻烦。

一块木质的关防呈长方形样式，虽然看起来只有二寸宽三寸长，可是马乡长的足迹踏遍了整个西董镇都找不到一个会刻制部队关防的人。他再围绕整个长山县第八区周围辖区内转悠了一圈，却仍然不得要领。马乡长到最后实在是万般无奈了，只好跑回来报告马耀南。不料马校长听后竟只是笑了笑："其实刻制关防么，说起来也不复杂……"

马乡长闻言，一颗心先就放下了大半，忙道："听马校长意思，刻制一枚关防应该不算难事喽？"

马耀南再次点点头，又吩咐卫兵道："去找大华过来。"

"不过刻制一枚小小的关防，难道要两个人一起行动？"

大华两只脚底板生风，噔噔噔走进司令部，先是两脚并拢端端正正敬了一个军礼，然后开口道："报告马校长，不知您找我来有啥任务安排？"

马耀南两眼端详着大华，先正正他的军帽，抚抚他的双肩，然后满意地点点头，这才说道："嗯，这半年多你又长高了不少，身体也更结实了，但还不知道是不是一名勇敢的战士？"

马耀南最后一句话，顿时把大华一张脸激得一片通红，他立刻挺起胸膛，用铿锵的语气说道："报告马校长，有什么急难险重任务，您尽管吩咐就是。"

马耀南依然不紧不慢："嗯，我这里正有一项极其危险的任务，需要你跟随马乡长一起去完成。"

"请马校长放心，大华保证完成任务。"

马耀南脸上露出赞许的笑容："嗯，好小子，我是知道你的，一贯胆大又心细。"接着也向他交代了此次需要去完成的任务："你和马乡长进到周村镇，寻找一位姓周的刻印师傅，为咱们部队刻制一枚关防……"

马乡长和大华从马耀南处受领任务出来，一直在下面做着各项准备工作，等到周村镇大集日，两个人天不亮就起来，换上一身老百姓衣衫，摸黑走下了长白山。马乡长带领着大华途经淄河上游的大小窑湾时还故意多绕些远路，来到周村镇西北方向一个叫作通济街的地方。这是一条在过往的岁月中，周村镇通往省城济南，如今仍旧在使用的青石官道。

马乡长和大华站在通济街前打量四周。街道两旁的说书院、永乐戏院、西市场等场所，虽然因为日本人的到来已经变得冷冷清清，但那些高大的牌楼，奢华的外表，以及那些金字招牌，都有冷清所掩饰不住的繁华过往。两个人来到了汩汩流淌的淄水河前，隔着一座精美的七孔汉白玉雕栏大石桥，就能看见周村镇西边围子墙上，全遍布着日伪军的明岗暗哨，以及闪着森森寒光的刺刀。大华的一只手下意识地摸向腰间，却被身后的马乡长使劲一戳腰眼，然后压低了声音说："怎么，你害怕了？"

大华这才猛然想起，再怎么往腰间掏摸也不会有真家伙出来了。因为临下长白山之前怕暴露身份，还要避免沿途的盘查，早把随身携带的家伙一股脑儿全都放下了。他回转头看看马乡长，见他毫无表情的脸上满是坦荡轻松的表情，立刻受到了感染。于是摇摇头说："叔，我没害怕。"

称呼马乡长为叔，这是临来周村镇之前两个人早就商量好的。马乡长攥紧了拳头，给大华鼓一鼓劲道："对，别怕。咱们站在自己的土地上，根本不用害怕小鬼子。"

大石桥西边的人眼见着越聚越多，到太阳升起来一竿子高时，周村镇西门终于打开，马乡长和大华随即夹杂走进了熙熙攘攘的人流，经过桥头岗哨几番盘查才进了西门。马乡长头前带路，大华紧紧跟随，两人沿着一条曲曲折折的巷子一径往东南方向走下去，到临出胡同口儿时，大华看了看路旁的招牌，才知道这条曲折的巷子叫作北旗杆胡同。

说句实在话，大华长这么大还是第一次进入周村镇。况且他此时也还是个童心未泯，对于任何新鲜事物都抱有好奇心的青年。大华的两只眼睛盯着街道两旁那些起起伏伏、错落有致的青砖瓦舍，一水儿的深宅大院，一色儿的砖瓦到顶，比起老家的泥坯草房来不知道要好上多少倍。再加上曾经读过私塾，大致晓得在过去年代只有中过进士功名的人家，才有资格在门口竖一根高大旗杆，以显示家族的荣光和功名。不过到了现今社会，旗杆胡同自然没有一根旗杆了，只有胡同口北侧一座坐北朝南的二层小楼引起了他的注意。

这座通体由青砖雕砌，灰曲瓦覆盖房顶的小楼，或许由于年代的久远，门窗早已经陆离斑驳。只是二层小楼的门楣上"北极阁"三个楷书大字，笔势很是雄沉健壮。尤其二层小楼前面，一幢三层莲花底座，两条盘龙团花覆顶，八角形汉白玉的石碑，其一面刻着"今日无税"四字，另一面刻着"倡设义集"四字，其余各面则镌刻着倡设义集始末的内容，更是引起了大华的注意。于是他心中想："怪不得周村镇看似不大，竟能引动天下客商纷至沓来，是有这个'义集'作保障，也算作一种制度创新了。"

大华因贪看街头景致，不知不觉间放慢了脚步。马乡长肩背着褡裢一直在头前里走着，当他忽然间发现身边竟然不见了大华，急忙停住脚步回过头来寻找时，见他站在北旗杆胡同不远处，也不知中了什么邪怪，正一脸的痴痴迷迷。马乡长赶紧冲他招手，又压低嗓音喊了几声才把大华叫到跟前，并且立刻训斥道："臭小子，你怎么回事？磨磨蹭蹭像个小脚女人一样。"

大华脸上一红，心中立刻自责起来："任务还没完成，怎么先就分神了呢？"

此后，大华就紧紧跟随在马乡长身边再不敢离开半步，二人走出北旗杆胡同，顺着一条南北的通衢一直走下去。他们先来到一个十字路口，马乡长往左右两边瞅瞅，没有发现异常情况，只见路口东边店铺门前一拉溜摆满各种干鲜渔货，而在路口西边店铺门前则一拉溜摆满各色纺织品。西边再远处，则是一座宏大的寺庙，红彤彤的庙门两侧排列着各式各样的小吃摊。

马乡长推一推大华，两人朝着路口西边那些小吃摊位走过去，随意找了个地方坐下。在大华看来，马乡长对于这一切似乎早已经轻车熟路。先点两大海碗鲜羊汤，接着又伸手探进裆裤里摸出两个硬硬的杠子头火烧，随后就有一个伙计端着两大海碗冒着腾腾热气的鲜羊肉汤上来，口中直道："客官，请慢用，芫荽和醋随意添加。"

一大早时间曲里拐弯走到这时候，大华腹中早已饥饿，一看见鲜羊肉汤端上来，看着伙计转过身走了，他就想开始狼吞虎咽，一抬眼却瞧见马乡长正不急不缓地把手中杠子头火烧细细掰得像花生米粒大小，全部泡进热羊肉汤里，他只得强忍着腹中饥饿，放下筷子，先学马乡长模样把个杠子头火烧细细掰碎了投进碗中，但他却等不得杠子头火烧浸透，也不用添加香菜葱花等佐料了，摸起筷子来三下五除二，一碗热羊汤泡杠子头火烧直接全部呼噜进了腹中。

马乡长这厢筷子还没拿起来呢，就看见大华已经放下了碗筷，而且碗中空空如也。马乡长不由得呆了一呆，问道："嘿，小子，够吗？"

一大海碗热热的鲜羊汤，加上黑胡椒的辣，黄米醋的酸香，吃完就激出一身的热汗。大华正撩起衣角擦额头的汗珠，听见马乡长两只眼睛望向他，大华打一个饱嗝，急忙点点头："叔，够了，已经足够了。"

马乡长见大华说是够了，也就放下心来。这时候，马乡长碗中的杠子头火烧已被那浓浓的鲜羊汤浸透，更把滋味勾到十分醇厚。唯有如此入口，才是鲜香甘糯，可惜大华却不懂得。马乡长一边享受着鲜美滋味，一边开口又问道："大华，这碗鲜羊汤，你觉得滋味怎样？"

"滋味怎样？"大华一边咂摸着嘴唇，一边迟疑着说道："只是有点辣，还有点酸吧。"

马乡长的嘴角漾起一丝笑意。随手又放下碗筷，说道："好，你既然说吃饱了，那么咱们就走吧！"

大华以为这次一定会很快完成任务，不料马乡长竟然放慢了脚步，两个人真像赶集的一般裹在熙熙攘攘的人流中，把大街、丝市街、银子市、长行街等处差不多走了个遍。大华跟着一路走来，也算见识了谦祥益、瑞蚨祥、泉祥等孟氏八大祥的老字号，并且每走到一个稍大点的店铺门前，马乡长都不免啰唆几句："大华，这些老字号你一定要牢记，说不定哪天对你还有用处呢。"

马乡长所说的一切，大华未必全能记下，但他依然用心在听。因为他心里明白，要是进入敌占区工作，就必须熟悉各方面情况，这些都是最基本的要求。当两人走到一家叫作"汇昌绸缎庄"店铺门前时，也不用马乡长再做介绍，大华心中先就泛起了波澜。大华两眼望向店铺门楣上方悬挂的"汇昌绸缎庄"牌匾五个金光闪闪的大字，他一下子想起来，从前在老家李庄时，有几回听见爹娘说过："李家胡同西边李老爷家，他家的二少爷就在周村街上经营一家叫作什么'汇昌'的店铺，专一做各种丝绸布匹买卖。如今看来，莫非说的就是这一家？"

也怪不得大华看到这个店铺名字就产生了遐想，因为这一家"汇昌绸缎庄"店铺，以及店铺主人李老板，与他还真有一段渊源。

李老板出身大户人家，住在李家胡同西边的高大房子里，大华家是小户人家，住在李家胡同东边的三间破旧小屋子里，两家之间一直没有什么来往。这位李老板自从完成私塾学业出来，因着时局动乱，也就不往学业上发力，而是到周村大街学做买卖了。从族谱上划分，李老板与大华不仅仅是同乡，更是同宗同源的本家，只是大华比李老板晚一辈，因此应该称呼他二叔才对。

大华第一次走进周村镇，凡肉眼所能够看到的，以及呈现在眼前的物象，只不过是一些明面上的东西。而日寇自从进占周村镇，所修建的大量明碉暗堡，以及街市上的明岗暗哨，则是数不胜数。尤其日寇对城市的严密控制，以及残暴无耻，他根本没有看到。因此马乡长批评了大华几句，指出他的行事不谨慎，当然也在所难免。

大华终于再也不敢离开马乡长身旁半步。两个人一路溜溜达达，转眼间一两个时辰过去，慢慢地，街面上的行人明显少起来，大华抬起头仰望天空，太阳已然升到正中的位置。可是，马耀南交代的任务却还八字没有一撇儿呢，大华心中有些着急起来。大华心态上的变化，马乡长已然觉察出来，于是也就停下了脚步，先向四周围瞧一瞧，没见有什么异常情况，才道："嗯，时辰不早，该是时候了！"

马乡长说话间，即刻转过身来，专捡那些人少僻静，又曲里拐弯的胡同走。这次，他明显加快了脚步，大华紧紧地跟着，还得一拉溜小跑才不会被落下。两个人从长行街南头出来，顺着东西向的棉花市街向西走不远，再向南爬上一条青石铺就的大崖头，终于走进一条叫作庚辛街的街道。

位于周村镇最南端的庚辛街是一条南北走向的街道，其街道最南端的城门，又正冲着周村镇南边的凤凰山，因此取名"凤来仪门"。这是一个多么吉祥如意的名字，可惜在过去的年代，城池坚固的周村镇失陷了几次，而且都是被从南门打进来的。再加上这条街巷曾莫名其妙发生了几次大的火灾，造成了很严重的损失，就像蝎子一样毒害了人们，因此又被称为"蝎子门"。城内有信奉阴阳八卦、迷信风水之人，就花费重金请来风水先生仔细查勘，为震慑这条街道的邪祟又特地撷取庚辛金之"辛"字，以克南方丙丁之火，因此也就有了这条"庚辛街"。从此以后，这儿再也没发生大火灾，算是不枉了取此街道之名。

马乡长回过头，看见大华紧紧跟在身后，这次是一步也不曾落下左右，就对他点点头，再看庚辛街道两旁亦不见有什么闲杂人等，也就放下心来。这次他不再迟疑，带着大华就往庚辛街南头走去，来到一家门脸儿朝东的低矮门面房前。

大华站在马乡长身后，两只眼睛瞧过去，只见两扇房门关得正紧。且门脸儿的右手边，一副长条形木牌上面是清晰的"文华斋"三个字，底下垂着几条彩色丝绦。

马乡长知道，兵荒马乱的年代，人们都已变得极其谨慎。他走上前轻轻地敲了几下屋门，不一会儿，屋子里便有了动静。随着房门打开小半扇，一位头发花白的男子戴着一副厚厚的眼镜，正弓着身子向外观瞧。等那人终于看清楚站在屋门外边的两位男子穿着朴素的乡下衣衫，竟然一个也不认识时，脸上便露出困惑的神情，问道："不知二位有何贵干？"

马乡长连忙道："哦，打扰了……不知我们能进屋说话吗？"

屋内的人闻听一愣："这个，这个……"

马乡长再次道："我们是奉马校长指派，前来寻找一位姓周的师傅的。"

这次不等马乡长话音落下，屋内的人马上打开了房门，嘴里急忙道："噢，请进来吧。进里面说话更方便些。"

狭小的"文华斋"内，周师傅问马乡长："我最近听人家说，长白山中有了抗日武装，领头的叫马校长，不知是不是长山县中学那位？"

"一点不错。"马乡长点点头，"正是马校长指派我们前来寻找周师傅。"

周师傅听了，摇摇头道："唉，老朽年迈体弱，手无缚鸡之力，不知马校长寻我究竟有何公干呀？"

马乡长转头看看桌上有几枚成形的刻章，拿起来放在手中，反复地把玩着，说道："周师傅真是好手艺，马校长指挥抗日武装，在人马调度信函来往上却没有任何凭证，需要请周先生刻制一枚关防……"

周师傅一听，心中早明镜似的，忙伸出一只手拦住马乡长道："这个勿要多言，这个勿要多言！周村镇这边，日本宪兵一向盘查得紧，日头稍偏西就会关闭城门，二位还是趁早出城门的好。"

周师傅的意思，马乡长已然明白，于是进一步道："不知什么时候，我再来比较合适？"

周师傅摇摇头，接着又摆摆手道："这个我自有理会，这个我自有理会，二位还是趁早走吧。"

周师傅话已至此，马乡长亦无须赘言，于是拱手谢过，带着大华转身离开。二人这次返程无须再绕行远路，而是径奔庚辛街南头，从"凤来仪门"出城，然后便顺着胶济铁路线方向，寻一条偏僻无人的小道直奔长白山而去。

大华从天不亮起来，只早晨吃过一次汤饭，待走出戒备森严的周村镇，他才觉得一颗悬着的心终于放下，肚子里才感觉到真的饿了。但他仍然咬紧了牙关一步不落地跟在马乡长身后，一直坚持回到了长白山中。在昏暗的豆油灯底下，马乡长一边吸着旱烟袋，一边向马耀南汇报工作，大华则只顾低了头狼吞虎咽往嘴里塞饭。耳边又听见马耀南说道："嗯，你们两个任务完成得不错。尤其大华经受住考验，表现得很好。"

大华吃饭的节奏慢下来，两眼看向马耀南和马乡长，见他们两个脸上都笑眯眯的。大华心中实在想不明白："只为一枚小小的图章，他跟着马乡长转悠一日，明明什么都没做成呀，马校长竟然也夸奖他们任务完成得不错，这是怎么回事？"

事隔一日，大华简直不敢相信自己的眼睛，因为他看见了"文华斋"的周师傅来到了长白山中。大华当然不知，在周村镇大街的市面上，周师傅早已经闯出了很大名声，他的一双手能刻制出极好的图章，因此能在庚辛街上开上一间"文华斋"，市面上那些凡事讲究的主儿，莫不以能够得到一枚"文华斋"篆刻的好图章为荣耀。

马耀南从前与周师傅多有来往，他还知悉周师傅内人的娘家也是长白山中之人，与自己有一层老乡关系，自然会比旁人更熟络些。而周师傅对于马耀南的学识和为人是相当敬仰的，所以马乡长说自己走遍了整个长八区，也没找到一个会刻制之人，马耀南马上就想到了周师傅。

且说那位周师傅一向处事谨小慎微，也是个未雨绸缪之人，他在风闻日寇即将打过来之前，就先把内人和孩子们转移到了相对安全的长白山中。日寇占据周村镇之后，市面上各行各业一律盘查管控得十分严紧，偶尔有鬼子汉奸上门骚扰，但周师傅是一个年老的闲人，他并没有格外担心，而是继续在文华斋里守着。只是兵荒马乱的年月，刻字的业务也着实萧条得厉害。马耀南派人来请求刻制一枚关防，他经过一番深思熟虑之后，决定三十六计走为上。于是，周师傅就把两扇门脸儿关了，把"文华斋"牌子摘了，对外只说回乡探亲，便收拾起了一应东西直奔长白山中来了。

第五军鲜艳的红旗已经高高飘扬起来，往来信函的关防也有了正规的样式。马耀南为了在更大范围内继续扩大第五军的影响力，又倡议召开了一次长山县及毗邻地区各界人士联席会议。这个倡议甫一提出，立刻就得到长白山周边地区以及社会各界人士的积极响应。

一九三八年二月下旬，长山、梁邹、桓台、章丘、淄川五县的各界爱国抗战知名人士联席会议在长山县八区董家庄召开。在此次会议上，马耀南大声地疾呼："国家兴亡，匹夫有责。日寇入侵我国土，梦想六个月灭亡华夏，但凡有志之士皆应挺身而出，高举义帜奋勇抗日杀敌……"

马耀南的呼吁立刻得到社会各界人士的一致赞同，再加上他又是本次会议的首倡者，深孚社会各界众望，因此，在会议上就有人提出来："马司令，我们愿意听从您的号令，跟随您一道抗日打鬼子。马司令，我们愿意服从您的调遣，请您给我们队伍一个番号吧……"

马耀南所领导的第五军在短短不到半年的时间内，已经快速扩充到了二十个中队，一个特务大队，有了四五千人的规模。在这些前来投靠马耀南的规模较大的抗日武装中，有两支队伍不得不说，一是高司令带领的一支活动在梁邹县南部地区的队伍，大约有二百余人枪；另一支是张司令带领的一支活动在梁邹县北部地区的队伍，大约有三百人枪。

高、张二位司令过去都是"梁邹县乡村振兴研究院"的学生，思想深受大儒梁先生影响。但在日寇军队打过来之前，梁邹县县长便如同长山县县长一样带着一班国府要员们，不发一枪一弹抵抗，闻风就逃得不见了踪影。高、张在痛心疾首之余，又想着国民政府指望不上了，倒不如依靠双手自救。于是，他们利用自身影响力各拉起了数百人的队伍，与日本鬼子周旋和战斗。

直到有一天，梁邹县城南面不远处的长白山上忽然来了大批抗日武装，还高高地飘扬起一面旗帜。高、张似乎看到了希望，急忙派人前去探听消息，探得详情之后竟是大喜过望。

知道长白山上这支武装对外称作"山东人民抗日救国军第五军"，而这支队伍的带头人是长山县中学马耀南，也是二人一直敬仰的人物，于是，高、张二人不再犹豫，立刻派人前往长白山中与马耀南联系洽谈，表示愿意把手底下的队伍一并拉过来听从指挥……

这日，梁邹县县长坐在县衙内，正为日寇军队全部被抽走参加"鲁南会战"而感到惴惴不安，忽然就有手下进来向他报告了一个更坏的消息，说有一大股土匪从梁邹县城北面打来了。县长闻听后立刻惊吓得手脚哆嗦起来，但事到临头，他现在谁也指望不上，只得自己硬着头皮爬上城头去查看情况。展眼望去，只见一群肩扛刀枪、手持棍棒的人正从县城北边方向乱哄哄乌泱泱地涌了上来。

见此情景，县长悬着的一颗心先放下了一大半，他认定这不过是一群暴民而已，是暴民见日本兵都被抽走了，县城内只剩了些维持会人员，所以才来趁火打劫。县长一边指挥手下抵御进攻，一边又像看西洋景似的，看着那一伙武装人员来来回回一连攻打了梁邹县城北门几次，却由于人员混乱无序，手中武器过于低劣，攻城手段全无，结果无功而返。天色渐渐暗下来，只见暴民那边长长地呼哨一声，接着又大喊了一嗓子："弟兄们，今日天色不早，咱们先撤了，赶明日再来。"

县长站在城头看着那伙武装人员犹如潮水般退去，他在松一口气的同时，又心中暗暗道："老天爷保佑，好歹叫我保住了这座城池。"

一个手下见了这情形，也走上前来满脸谄媚地说道："嘿嘿嘿，乱世刁民何足挂齿，倒叫县长老爷受惊了。"

"一伙乱世刁民有什么值得害怕？何不趁他们逃跑不远，追上去一网打尽，回头再从日本人那里邀功请赏捞些好处？"县长一想到此处，立刻两眼一瞪大声嚷叫起来："来人啊，给我打开县城北门，全力追击刁民。"

县长被表面的胜利冲昏了头脑，再不顾手下人员激战一日后的疲劳，硬是大开城门倾巢出动，又尽全力追击了好一会儿，却连半个攻城人员的影子都没看见，天色却渐渐朦胧起来，他们也只能停止追击。当他收拢起队伍准备掉头返回梁邹县城时，夜色已经笼罩了大地。

县长带领着队伍回到梁邹县城，突然发觉情况似乎不对。先不说城内没有人员出来迎接县长大人凯旋，城门还一直关得严严实实。县长心中大感惊异，赶紧派人上前擂门，又突然看见城头被数十只火把照耀得亮如白昼，一面硕大的红旗正迎风招展。县长的心中咯噔了一下，但他还是抱有侥幸心理派人上前喊道："城上的，我们是自己人，县长大人回来了，速速打开城门。"

县长中了马耀南和赵老师设下的一条调虎离山之计。这一次，夺取梁邹县城似乎不费吹灰之力了。这时候，城头之上有一个响亮的声音答道："县长大人别来无恙！我们已经占领梁邹县城了，现在摆在你们面前的只有两条道路，要么投降，要么被消灭……"

驻守梁邹县城的日本兵全部被抽调到鲁南苏北地区参加会战，如今城中防守兵力十分薄弱。马耀南得到这条情报后，立刻意识到这是一个绝佳的机会，于是，他马上与赵老师商量，并派出少部分人员提前混入梁邹县城做内应，又派人前往梁邹县以北地区，让张司令率领队伍进攻梁邹县城。张司令得到的作战命令十分怪异："此次攻打梁邹县城，只许失败不许胜利，但要把梁邹县县长和队伍吸引出城。"

张司令果然不负众望，他带领手下人员袭扰梁邹县城一天，"败逃"时也显得慌里慌张，终于把梁邹县县长给引上钩了。接下来的事情就变得相对简单，马耀南亲自率领着第五军主力从长白山根据地出来，沿路又联合了梁邹县南边的高司令，一起将队伍悄悄埋伏在距梁邹县城南面不远的几个小村子里，只待守城的敌人倾巢出动，他们就由先潜入城的人员做内应，一鼓作气拿下梁邹县城。

马耀南和赵老师用妙计夺取梁邹县城，随后将第五军司令部从长白山迁来平原地区，先是将司令部设在梁邹县原政府院内，后又搬迁至县城东门外的乡村建设研究院内。在此期间，第五军才终于得到了一小段难得的喘息和整训时间。在这里，马耀南才按照上级党委指示，依照正规部队建设模式，在第五军中建立健全起来政治处、参谋处、供给处等八大组成部分，其中赵老师担任政治处处长，马乡长担任了供给处处长。其后又在梁邹县城以北建了一所后方医院。

第五军像滚雪球般快速地发展起来，与此同时，一系列问题也显现了出来。那就是队伍成分混杂，人员良莠不齐，致命政令不畅。马耀南和赵老师再三地探讨之后，决定将第五军所辖的二十余个中队进一步整编成七个支队，在每个支队下面设立三至四个中队，这样一来便解决了集中领导和军令不畅的问题。

第五军辖七个支队，其司令员人选如下：

第一支队司令员由马三掌柜担任；

第二支队司令员由原长山县八区马区队长担任；

第三支队司令员由原在梁邹县南部活动的高司令担任；

第四支队司令员由原在梁邹县北部活动的张队长担任；

第五支队司令员由原长山县六区韩区队长担任；

第七支队司令员由马二当家担任。

第五军下属的第六支队，因为初始只有两个中队，人数和枪支规模较小，因此未任命司令员，由第五军司令部直属领导。

马耀南率领的第五军声威越来越大，也引起国民政府以及地方实力派的注意。一个占据黄河以北地区、号称鲁北抗日游击军刘总司令的派秘书携公函前来拜访马耀南。双方见面还没寒暄几句，这位秘书就先已吹嘘起来："我们刘总司令，占据黄河以北广袤地区，手下有几个旅的兵力，武器精良，粮弹充足。倘若马校长识时务，能够服从刘总司令指挥，地位就不是现在……"

马耀南耐着性子听那位秘书讲了一半，实在忍不住了，便一句话打断："既然刘总司令兵精粮足将广，不知抗日业绩如何呀？"

秘书闻听，张口结舌道："这个，这个……我们刘总司令以为，目前乃队伍发展壮大阶段，不宜与小鬼子撕破脸。"

马耀南的脸色马上严峻起来："什么这个那个，等你们刘总司令什么时候抗日打鬼子了，你们再来洽谈合作问题吧。"

秘书的脸色变得难堪起来："只是，只是，我们刘总司令……"

马耀南不再啰唆，起身只说了一句话："谢谢刘总司令厚爱。马某不才，恕不远送。"

刘总司令秘书刚刚被马耀南撵走，省府的沈主席又派人来了。这位山东省府的沈主席刚上任不久，他接替了原省府韩主席的职位，又身兼山东省保安司令，以及苏鲁战区副司令之职。当他获悉马校长率领的队伍已经占据长白山地区，又光复了梁邹县城，手下有数千人之众时，即刻派专人送来了一纸委任状，职衔为"鲁北行署抗日纵队司令"，并且还做出承诺："倘若马长官服从国民政府调遣，但凡一切薪资、军饷均由省府即刻拨付；马长官属下各部武装及所需一切武器弹药，均由省府和战区司令部供应。"

国民政府的拉拢手段以及封官许愿伎俩，马耀南一眼看穿，他毫不留情地拒绝道："马某投笔从戎，志在抗日救国，不为升官发财。沈主席的封官许愿，马某实不需要。"

马耀南的拒绝，使得来人极为尴尬，但是他仍然劝说道："过去中央对于马先生的处分现在已经取消，即刻恢复马长官党籍。如今大敌当前，希望马先生能够摒弃前嫌，以党国前程利益为重。"

马耀南听罢，嗤之以鼻道："大敌当前之际，马某誓死舍身报国，不敢有升官发财之望。"

面对国府要员及地方实力派的各种封官许愿，拉拢利诱，马耀南全部予以拒绝。与此同时，他接到了中共苏鲁豫皖省委传达的中央最新指示："山东基干武装，应该组建成支队的样式，恢复使用八路军游击队番号。目前可组成四五个支队，区县武装由支队领导。"

一九三八年六月初，仲夏时节，天气渐渐炎热起来。某天，马耀南忽然叫来大华，并神情严肃地说道："我安排你一项极其重要的任务，不知你能不能保证完成？"

大华神情一凛，赶紧问道："马校长，不知您要安排给我一项什么重要任务？"

马耀南看一眼赵老师，然后说道："我们刚刚接到上级指示，山东人民抗日救国第五军即将整编成八路军，负责整编队伍的杨副司令正在赶来第五军的路上。我和赵主任安排你带领一个警卫班的人马，前去把杨团长安全地迎接过来。"

大华顿感肩上责任重大，但他却也把身子挺得更加笔直："报告马校长，大华坚决保证完成任务！"

马耀南的脸上露出欣慰的笑容。他双手拍着大华的肩头："嗯，不错，是个好小伙子。这半年来，你各方面进步很快呀。"

"马校长，我什么时候出发？"

赵老师微笑着说："这次我和马校长派你去迎接杨团长，这是上级对你的信任，你可千万马虎不得，各方面必须做好充足准备。"

马耀南接过话茬："对，杨团长跟廖老师一样也是一位优秀的红军团长，参加过二万五千里长征，杨团长能来到咱们部队就是宝贝。现在发布命令，你就是杨团长的贴身警卫员，中间如果出现任何差池，必定唯你是问……"

大华一愣："怎么？难道马校长身边不再需要我了吗？"

马耀南两眼瞪着大华："不许瞎说，军人以服从命令为天职。"

大华迟疑着，还想再说点什么，马耀南显然早已看穿他那点小心思，于是慢慢耐心解释道："咱们第五军虽是抗日队伍，却从没公开打出共产党和八路军旗号。这次杨团长前来整编第五军，是一项极其敏感的工作，势必会触动一部分人的利益。因此，我才安排你在他身边，随时随地保护好杨团长安全，这个任务无比重要。"

马耀南的深切用意，大华完全明白过来，同时他也感受到肩上所担负的重大责任。于是又问道："马校长，我怎样才能保护好杨团长的安全呢？"

马耀南尚未说话，赵老师紧紧盯住大华，一字一顿道："第五军整编这件事情，如今只有你知、我知、马校长知道，就是马三掌柜和马二当家暂时都不知情，所以要求你务必做好保密工作，在队伍正式整编之前不得走漏半点风声。"

马耀南和赵老师用心良苦，大华不敢有半点松懈，他立刻保证道："请马校长、赵老师放心，大华坚决严守秘密，坚决保护杨团长安全。"

一九三八年六月上旬某日，大华顺利接到了杨团长，并把他秘密地安置在长山县六区苑城镇一所不起眼的小学校内。马耀南和赵老师得到消息后，立刻马不停蹄地赶过来，杨团长和马耀南甫一见面，两双大手就紧紧地握在了一起。

一身灰布军装的马耀南态度和蔼而谦逊，经过了战火和硝烟的洗礼，他身上既有学者风度又有军人气概。身经百战的杨威走过二万五千里长征，斗争意志坚定如钢，他言辞恳切地说道："马司令，我初来贵宝地，人生地不熟，今后各项工作开展还需仰赖您的大力支持，我一定努力当好参谋和助手。"

马耀南望着杨团长，同样表达了敬仰之情，接着又向他讲述了国民党企图用高官厚禄引诱自己，被他一口回绝的事情。马耀南也真诚地说道："马某向来软硬不吃，只是一心跟着共产党，走抗日救国的道路。"

杨威用炯炯的目光看着马耀南说道："国民政府企图用高官厚禄引诱您

是失败了，但是他们那一套把戏还会继续用在我们队伍中的其他人身上，今后斗争的道路还很漫长，我们必须时刻保持警惕，把第五军整编工作尽速完成，以免夜长梦多。"

马耀南听了杨团长的话后深有感触，不由得频频点头。

国共双方早前尚有共同抗日宣言，但是山东省境内却并非八路军防区，马耀南所率领的队伍从发动抗日武装起义时起，一直未公开打出共产党和八路军旗号，此时把第五军整编成八路军的队伍公开接受共产党领导，势必会遭到国民党顽固派反对，也必将经历一场尖锐而复杂的斗争。

先不说日寇和国民党等外部的阻挠，就是在第五军内部也是各方势力阻碍重重。马耀南和杨团长深知一着不慎满盘皆输的道理，当天晚上，马耀南又特别命令大华："你带上两个人骑上几匹快马，连夜去把七支队长接来，我们要共商整编大计。"

马二当家赶过来时已经是下半夜了，马耀南把红军杨团长介绍给他认识，二人互致问候，杨团长开门见山向马二当家传达了第五军即将改编成八路军的决定。马二当家闻听后，脸色顿时变得严肃起来，或许他感觉到事关重大，所以并没有立刻表态。只听杨团长又进一步说道："咱们抗日游击救国第五军，只有接受共产党的领导，公开地打出八路军旗号，今后也只有走这条道路，才可以彻底放手发动群众，把第五军打造成一支真正的属于人民的抗日武装。"

杨威说到这儿，马耀南首先激动起来，只见他紧握起右拳，猛力砸向左手掌，说道："对，杨团长讲得太对了！如今的第五军正面临着发展瓶颈，就像抽穗拔节的庄稼需要一场及时雨浇灌！这不，共产党八路军就来了……"

马耀南接下来就向杨团长详细介绍了第五军及其下属七个支队的基本情况。第五军下属七个支队基本由长白山周边地区的人员构成。直属司令部领导的六支队主要由章丘县人员组成，只是这部分人员相对较少，还构不成决定性力量。一、二、五、七支队，包括其主要领导人，均由长山县各区县人员组成；三、四支队包括其领导人，主要由梁邹县本地人员构成。这两股抗日武装名义上为一个整体，共同遵从第五军"马司令"领导，实则属于大联合性质。

马耀南介绍完上述情况，紧接着说道："我坚信抗日救国第五军整编为八路军，公开打出共产党旗号，绝大部分战士都会赞成。即使有个别人一时想不通，经过说服教育后，也能逐步地转变过来。有极少数顽固派可能会对我们的整编行动进行一些破坏活动，但这也是避免不了的。"

杨威沉思着："马校长讲得对，做任何大事都很难一帆风顺。我们接下来对第五军进行整编时，必将面临复杂而尖锐的斗争，必须处处小心应对才是。"

马二当家看见大哥和杨团长为着第五军整编的事情费尽心思，便想着要为他们分担点什么。他到底玩惯了枪杆子，于是就提出来："这有什么好顾虑的，第五军想要顺利地整编，手底下必须先掌握一部分抓得牢且可靠的武装才行。"

马二当家提出这个想法，马耀南和杨团长互相看一眼，随即抚掌大笑起来："哈哈哈，真是英雄所见略同。"

马耀南、杨团长、赵老师和马二当家几人彻夜讨论，最终做出第五军整编时分四步走的策略。第一步，先从马三掌柜七支队中抽调两个中队组建一支"特务营"，由杨团长身兼特务营长，作为第五军整编的骨干和抓手。第二步，召开第五军司令部会议，统一司令部下属八大处，以及七个支队领头人思想。第三步，召开中队长以上基层干部会议，传达部队整编决定。第四步，召开第五军全体军人大会，直接宣布整编决定。

第二日清晨，一看就是个响晴天儿，一轮红日头正从东方冉冉升起。马耀南和杨团长并辔齐驱一起离开了长山县六区苑城镇，返回第五军司令部驻地梁邹县城，旋即又召集第五军下属八大处，以及各支队长前来参加会议。

马耀南首先介绍了红军杨团长，接着又逐一介绍八大处，以及各位支队长与他认识。

对于杨团长的到来，一支队长马三掌柜，二支队长马区队长，五支队长韩区队长都表现出热烈欢迎的态度。倒是介绍到三支队高司令、四支队张司令时，二人却显现出截然相反的态度。他们只与杨团长随意打了个招呼，不冷不热地寒暄了几句。对于高张二位支队长身上所表现出来的倨傲态度，杨团长并不多加理会，只是紧接着就在会上宣布，按照中共山东省委指示，将"山东人民抗日救国军第五军"整编为"八路军山东人民抗日游击第三支队"。

对于第五军的整编，马耀南、赵老师、杨团长等人早已作出安排，一直都在按部就班往下进行，但对于八大处长以及另外几位支队司令来说，整编决定明显来得有点儿突然。果不其然，不待杨团长整编决定宣布完，四支队张司令就忽地站了起来，明确地表示了反对意见。他煞有介事地说道："现在是国共合作时期，八路军也得接受国民政府领导，我们第五军凭啥要用共产党的番号？"

张司令这番话貌似是为第五军前途着想，实则是一种咄咄逼人的架势。杨团长当即反驳道："国共合作抗日不假，但共产党领导的八路军在政治、思想、组织等各方面都是独立自主的人民军队，与国民党军队有着本质不同，在座各位应有深切体会，日寇大军压境时，国军部队不管不顾地撤退，逃跑起来比老百姓还快，才致使大片国土沦落敌手。只有共产党领导的八路军深入敌后坚持抗战，这不正符合民族利益，符合国共合作精神吗？"

杨威有理有利有节的反驳使得张司令声音低了下去，但他仍然狡辩道："杨团长话虽如此，但是八路军的防区根本不在山东省。如果我们接受共产党领导，贸然使用八路军番号，势必违反国民政府禁令，张某还请在座诸位三思啊。"

张司令的话语，乍听之下确实很有道理，其他几位支队司令员也跟着窃窃私语起来。杨团长见状立刻站起身反驳道："国民政府设在南京，莫非国军的防地也仅限于南京城吗？现在是全面抗战时期，凡是日寇铁蹄践踏之处，共产党八路军就有权利也有义务把此处作为抗日最前线，这难道还有什么不对吗？"

杨威的反驳直指问题要害，顿时让张司令哑了火。但三支队的高司令又站了出来，只听他阴阳怪气道："你们长山县人要跟着共产党八路军走，我们不好反对，但是我们梁邹县人必须由梁邹县人来治理，我们凭啥相信共产党八路军？"

这次不待杨威答复，马耀南早听不下去了，他霍地站起身斩钉截铁说道："高司令，咱们第五军组建起来是专事抗日的队伍，绝不是个人私产。你们现在有些事情，或许看不清楚搞不明白，但是将来必定会转变过来。"

高张二人仍然喋喋不休："我们敬佩马校长为人，愿意服从您的领导，跟着您打日本鬼子。可这位杨团长初来乍到就要整编第五军成为八路军，我们凭啥理由相信他？"

马耀南耐着性子，继续解释道："第五军能够整编成八路军，这是共产党对我们的信任，也是这支队伍的光荣和前程所在！"紧接着，他又郑重宣布："杨团长是中共山东省委派来领导我们队伍的军事干部，我完全拥护这个决定，大家不得再无理纠缠。"

高张二人满肚皮意见，也不好再多加妄言。杨威见状又说道："咱们第五军的整编，还是要充分发扬民主嘛。既然在座的各位都是各部门各支队主要负责人，同意当八路军的就请举起手来好了。"

杨威话音刚刚落下，就有七支队长马二当家毫不犹豫地率先举起手来。紧接着，一支队长马三掌柜，二支队马区队长，五支队韩区队长，以及司令部下属各位处长都纷纷举手表示同意。三支队高司令、四支队张司令看见众人纷纷举起手来，在稍作犹豫之后也跟着一起举起手来。

整编工作第二步是统一上层人员思想，这一步虽然进行得有些磕磕绊绊，但是最终还是迈过了这道坎。一天后，按照第五军整编工作计划应该是走到第三步，即召开中队长以上基层干部会议。不料会议还没开始就发生了一段小插曲，山东省国民政府沈主席派出的两名代表匆匆地赶过来，提出要在会议上发言。

第五军整编工作一直是在秘密状态下进行的，却有两名国府代表不请自到，不用多说大家伙也明白，肯定是有人走漏了消息。但是鉴于当时的形势，国府派来的代表人员主动要求参加本次会议，贸然拒绝肯定不合适。马耀南、杨团长和赵主任，三人略略地商议了几句，很快便有了应对策略。

马耀南叫来后勤军需官小李子，吩咐道："你赶紧带领几个机灵鬼，负责接待这两位国府代表，招待一定要热情周到，否则唯你是问。"

马耀南安排的工作，小李子自然心领神会。他立即带领几名年轻的战士上前迎住这两位国府代表。一边热情地打着招呼："二位老总啊，我们盼星星盼月亮，可把国府的人盼来了。"一边又生拉硬拽着二人："二位老总啊，会议召开还早着哩，先让俺们带领二位去隔壁屋子抽支烟喝杯茶休息片刻，过会儿再来开会不迟……"

说话间，已有人倒茶的倒茶，递烟的递烟，划火柴的划火柴。还有人端出来水果，说道："老总啊，你这时候来，虽说山杏已经没了，但是长白山水蜜桃个头又大，味道又甜，您就尝尝吧……"

小李子带领几名年轻战士，不顾两位国府代表的意愿，生拉硬扯着他们离开了。马耀南趁着两位国府代表还没进入会场的短暂间隙，采取了快刀斩乱麻的方式，由杨团长直接宣布，第五军奉命整编为八路军："现在各支队的司令员，各位处长们都已经全部举手表决通过了，现在就请各位中队长举手表决通过，往后咱们就是八路军的人了。"

各基层指战员对共产党八路军领导的队伍早有深刻认识和体会，因此未等杨威话音落下，会场内便齐刷刷地举起一片手来。会议的主要议程很快便圆满结束了，马耀南和杨威等人终于得到了想要的结果。这才派人邀请两位国府代表莅会，而两位国府代表坐定后还蒙在鼓中，依然自我感觉良好。他们上来先大讲一通第五军不能整编为八路军的理由，接着又把封官许愿，拉拢人心那套把戏，重新端出来讲了一遍。

台面上的两位国府代表正讲得天花乱坠，旁边的杨威坐不住了，他决心要挫一挫两位国府代表的锐气，于是站起身来缓缓地说道："杨某有一事不明，尚请两位国府代表给出解释。目前正是国共合作时期，共同抗击日寇应为主流，八路军乃是合法抗日之武装，请问第五军为什么不能改编成八路军？"

面对杨威的提问，国民政府的两位代表显然没有任何心理准备，二人迟疑了许久，仍是一句话也答不出。杨威趁机又问道："二位先生既然是省政府委派，请问你们的国民政府沈主席难道也把八路军当作异军吗？"

杨威的犀利提问像射出的一支支利箭，直刺国民政府代表心窝。二人屁股坐在那里，却像坐着一盘热鳖子，身子一直扭来扭去似乎极度不舒服，而坐在台下的各位中队长却被杨威的话点醒，开始纷纷抢着发言。先是有个中队长大声地说道："我们大家伙都知道，八路军为了保护老百姓，流血牺牲都在所不惜，他们是真心抗日的队伍，我们为什么不能当八路军！"

另一个中队长亦随声附和道："国军么，我看就算了吧！年前日本人南渡黄河，韩主席放弃抗敌守土职责，致使日寇不费一枪一弹占领了山东。当时的情形尚且历历在目，如今又叫我们怎么相信国民政府？"

随后几个中队长的发言大体上差不多，都是痛斥国民政府腐败无能，国军队伍抗日不足扰民有余。主持会议的马耀南眼看着时机已经成熟，也趁机说道："我们抗日救国第五军是一支专门抗日的队伍，不是某个人的私有财产。第五军是否改编为八路军只倾听在座各位的意见，不知你们愿不愿意当八路军？"

马耀南话音未落，底下的声音已经像波涛一样响起来："我们坚决要求参加八路军。"

第五军广大基层战士参加八路军态度如此坚定，这既是他们的选择，更是他们的心声。两位国民政府代表再也找不出反驳理由，只得收拾起公文包灰头土脸地走了。而一直躲在阴暗角落处的高司令和张司令，眼看着搅乱第五军整编的阴谋不能得逞了，只能铁青着脸从会议室出来。二人凑在一起又是好一顿谋划，终于弄出来一个更大更危险的阴谋。

第五军整编成八路军的第三步走得非常顺利，杨威心情无比振奋。待送走所有与会人员，他又对马耀南和赵老师说道："我想出去走走看看，顺便熟悉一下地理民情。"

马耀南和赵老师闻听，立刻同时说道："我们二人陪你一起走走吧。"

杨威赶紧摆摆手："不必了，不必了！我只是随意走走，很快就会回来。"

杨威说话的工夫，已经走出司令部院子，不想三支队高司令和四支队张司令看见杨团长孤身一人出来，立刻迎了上去。张司令脸上堆满了笑容道："嘿嘿嘿，杨团长，我与三支队高司令尚有一事不明，能否请您过去讨教一下？"

事起仓促之间，杨威心中一惊，但他沉住气不动声色地问道："你们二位有什么问题？怎么会上不谈，会后却要讨教？"

高张二人闻听，依然赔着笑脸："嘿嘿嘿，某等愚鲁。尚祈杨团长能够当面示教，当面示教。嘿嘿嘿……"

"越是面临复杂危险的局面，越需要沉着冷静面对，才能够化险为夷。"杨威拿定了主意，他一脸平静地说道："那么好吧，就烦请张高二位司令稍等片刻，待我先回司令部与马校长和赵主任打过招呼，再随同二位前往如何？"

杨威答应得如此爽快，让高张二人顿感意外，遂胡乱答应道："啊，啊！不急，不急！我们二人且在此处等候片刻，待杨团长回司令部交代完毕，咱们一同前去不迟！"

杨威不过略施个"拖"字诀，虚与委蛇高张二人几句，待他转过身一边往司令部走着，一边又思量起来，该如何化解掉这场危机。可他一抬头，竟看见贴身警卫员大华正行色匆匆迎面走过来。大华忍不住抱怨道："杨团长，您也忒大胆！您在此人生地不熟，就敢一个人跑出来，倘若出现半点差池，叫我怎么向上级交代？"

看见大华迎面走来，又听到他的抱怨声，杨威一颗心就完全放下了。

他心中明白，自己刚到第五军，马校长就把大华安排过来做贴身警卫员，一方面显然看中他忠诚可靠，另一方面也是对他能力的认可。杨威早已知晓，大华年纪轻轻却身手了得，通过在队伍中的磨炼，早已炼就一手百步穿杨的好枪法，已经被人称作"神枪手"了。

杨威给大华递一个眼色，急忙把刚才发生情形压低声音向他简单介绍了几句，大华听后，当即气愤道："这些个孬种，就是不安好心。"紧接着，他便拍着腰间的盒子炮，慨然说道："杨团长，没什么。我这就陪着您去。看他们若敢动您半根汗毛，定对他们不客气。"

高张二人自以为阴谋得逞，正等着杨团长归来。一看见他的身影大老远地过来了，二人就急忙迎上前去，却突然间发现情形似乎有点儿不对，杨团长身后竟然还紧紧跟随着几名全副武装的警卫人员。身后寸步不离左右的那个战士一脸冷峻，两只眸子里闪着晶晶寒光，就像两柄出鞘的利刃，要把人的胸膛刺穿一般。

高张二人的嚣张气焰在大华的凛然气势面前，顿时消减下去一大半。二人一路上赔着小心，说话的语气也客气了不少，一直走到了梁邹县城北边的四支队张司令驻地。众人进了屋子，屁股尚未坐稳当，热茶端上来尚未来得及喝一口，高张二人便说道："敢问杨团长，第五军改编成八路军，我们手下有很多弟兄不同意，咱们是不是可以从长计议？"

杨威立刻道："第五军整编成八路军，是上级党委作出的决定，已然走到这一步，绝不可能从长计议！"

四支队张司令沉默片刻，举起双掌说道："推迟十天行不行？"

杨威摇摇头："不行！"

三支队高司令伸出来一只手掌："那么，推迟五天，总可以吧？"

杨威仍然摇摇头："不行！"

高张二人耍起了无赖，继续讨价还价道："即使推迟一天，推迟一天也行啊。"

杨威斩钉截铁道："不行，坚决不行！根据整编大会安排，半日都不能推迟！"

一九三八年六月十六日一大清早，惠风和畅，微尘不展。山东抗日救国第五军四千余名战士阵容严整地列队于梁邹县东关操场内（原梁漱溟乡村建设研究院）接受八路军的整编。整编大会由马耀南主持，杨威宣读整编决定，第五军从此之后正式更名为"八路军山东抗日游击第三支队"。

抗日救国第五军整编成八路军三支队，事情俨然已经成功，第三支队的绝大部分战士沉浸在一片兴奋之中，但原第五军三支队高司令和四支队张司令对此却耿耿于怀。在整编过程中，二人一直明里暗里反对整编，不仅用种种理由进行搪塞，也始终没把手底下队伍拉进梁邹县城进行整编。

一切从实际情况出发，马耀南和杨威把手上的四千余人暂编为两个团，再外加一个特务营的编制。八路军三支队司令员一职则由马耀南担任，副司令员一职由杨威担任。三支队下属七团长一职由马二当家担任，八团长一职则是红军程团长担任。第五军整编任务完成后，杨威的工作重心已经转向更高层次的司令部事务，他留下的特务营长一职则改由马三掌柜接任。

至于原第五军的三、四支队，马耀南和杨威想待高张二人的思想转变过来再整编，但这一举动使高张没有获得相应职位，更加激起了他们的不满。他们不怪自身对整编工作不积极，不愿把手底下的队伍交出来，相反却抱怨整编工作是借机铲除异己。于是他们商定好，趁着当晚夜色幽暗，天空中又飘着小雨，要偷偷地跑出梁邹县城。二人来到梁邹县城北边，到了张司令队伍驻地后，立即召集了原四支队干部会议。

张司令在会上恶狠狠地说道："诸位，三支队高司令也在此，我姓张的明人不做暗事！咱们先把丑话说在前头，愿上北的做官，愿上西的发财，愿留下的打鬼子。"

张司令所谓的"上西"或"上北"，就是带领手下队伍去投靠这些地方的国民党或日寇，而所谓愿意留下"打鬼子"，就是指接受共产党的领导，继续留在八路军四支队中，跟着马耀南抗日打鬼子。

张司令会后拉着手下全体战士准备即刻逃走，不想原四支队战士中竟有近一半人马不肯走，坚决要求留下来参加八路军。因此，这原四支队下辖的四个中队只被张司令带走了两个，另两个中队的战士则留下整编为八路军四支队九团一营。同样情形也发生在原第五军三支队，高司令也只带走了两个中队，其余剩下的两个中队被整编为八路军三支队九团二营。当时的第九团只有两个营的规模，就没另设团长一职，而是由三支队司令部直接领导。

第五军刚刚整编成八路军，队伍中就发生了叛逃事件，这给部队带来了极坏影响。尤其是高司令还挑衅似的把队伍驻扎在离八路军三支队司令部几华里之外。于是，八路军三支队许多战士立刻向马耀南表示："马司令，既然高张二人骨子里反动，倒不如趁着他们立足未稳之际，咱们先出兵把他们消灭了。"

马耀南的心情同样非常沉重，但他的想法和做法却不能像普通战士那样任性。马耀南摇摇头："算了，算了！虽然高司令和张司令带着部分人马不辞而别，但是他们毕竟还没投降日本人，名义上还是抗日队伍。如果我们因为这个火并，干出亲者痛仇者快的事情来，反而不利于团结抗战的大局。我们打起来，最高兴的莫过于日本人吧。"

但部分战士看法还是不一样，他们依然坚持道："马司令，咱们对待叛徒还用客气什么？"

看着群情激昂的战士们，马耀南沉思片刻，又从上衣兜里摸出一支自来水笔，顷刻间写出一封长信。然后把大华叫到身边说："大华，咱们这些人里面，高张二位司令你最熟，还是你带上我的亲笔信到北辉里庄杏花沟一趟，务必把此信当面交呈张司令。一来看看他有什么反应，二是说我们欢迎他随时回来，若是他们肯归来，我必定亲自出城迎接。"

大华带着马校长的亲笔信飞马来到北辉里庄，把马校长的亲笔信交到张司令手上，又把马校长的口信一并转述了。张司令接过信后，看见是封皮上写着"亲启"字样，不知道马耀南葫芦里卖的什么药，又害怕走漏风声引起高司令怀疑，于是马上派人去把高司令请来，二人一起拆阅了马耀南的信件。谁曾想，就在二人看完信件后，先是泪流满面，接着就号啕大哭起来，并愧疚地喃喃自语道："我们对不起马司令，是我们对不起马司令……"

虽然口中一直说着对不起马司令的话语，但高司令和张司令自脱离八路军队伍，已不愿接受共产党的领导了。两位长官是王八吃秤砣——铁了心，但马耀南的亲笔信还是传了出去，对被他们带走的队伍起到了分化作用。对于原第五军中三、四支队的部分战士来说，包括在队伍里的高张二位的部分至亲好友，他们是被蒙蔽了才离开八路军队伍的，经过了这一段时日的实践认识，慢慢也看清楚民高张两人假抗日真投降的丑恶面目。这些人觉悟了，心还是向着共产党八路军，于是他们又纷纷弃暗投明，自觉回到了三支队中来。

高张二人眼看着手底下的战士一天天在变少，队伍的实力一天天在削弱，心中除了恐惧，还怀疑马耀南在从中捣鬼，对他的怨恨也越来越深。

一九三八年七月上旬，天气已进入一年中最酷热的时候。八路军三支队经过一个来月磨合，队伍已经逐渐稳定下来。此时又传来邹县城东边百余华里的临淄县城活跃着几支抗日武装的消息，而这几支抗日武装一直在坚持打鬼子杀汉奸，抗日活动搞得有声有色。经过商讨后，马耀南和杨威决定派出一支队伍迅速东征临淄地区。一方面扩大八路军三支队在该地区的影响力，另一方面可争取把这几支抗日武装纳入八路军三支队，同时也是进一步扩大抗日根据地。

根据东征方案，杨威率领三支队特务营以及七团和九团各一个营的千余人队伍，离开梁邹县城出发了。他们一路向东逶迤行军，一路大张旗鼓地做着各项抗日宣传工作。某天，队伍辗转来到了长山县九区卫固镇。杨威早已知晓黑铁山及其周边地区，包括刚刚到达的卫固镇，正是手上这支队伍的光荣诞生地，于是他下达了一道命令，让队伍就地驻扎休整一天，让手下战士和老百姓好好地联络互动一下。

第二日一大早，按照原定行军计划，杨威集合起队伍准备继续向东行军。附近村庄的老百姓得知后都纷纷赶来送行，双方正在依依不舍挥手告别，忽然一名侦察员就领着一名老乡跑过来，报告了一个重要情报，说是驻扎在张店的一百多名日伪军正在前来卫固镇扫荡的路上。

原来这天恰是卫固镇大集，驻扎张店的一小队鬼子兵，每逢大集日必定前来"维持秩序"。杨威闻讯后不由得想到："咱们八路军到处宣传，是一支真正抗日的队伍，现在获悉日本鬼子前来，队伍就绝不能一走了之。必须先消灭这股日伪军，给老百姓树立起信心，才是最好的宣传工作。"

杨威心中拿定了主意，赶紧带领几名营连主官登上卫固镇南面的围子墙，开始仔细观察地形。然后他又带领这些人走出卫固镇进行侦察。当杨威的目光落在了张店直通卫固镇大道两旁那些一人多高的青纱帐时，眼前禁不住一亮，一个完整的战斗方案即刻从脑海中呈现出来。

上午十点，太阳悬挂在半天空，热浪已逼迫得人们连呼吸都有点困难。此时，一支稀稀拉拉的伪军队伍慢慢地进入了瞭望视线，等他们慢慢靠近了，八路军才发现伪军队伍后面是数十名身穿黄皮子的日本鬼子。

日伪军是常规性扫荡，全然没想到此刻正有数百名八路军战士隐藏在道路两旁的青纱帐里，这是杨威给他们准备好的口袋阵。而且战士们得到了严令，没有命令不得开枪，必须等后边的鬼子兵完全进入伏击圈内，听到号令后才可展开攻击。

鬼子兵一向目中无人，骄横跋扈，这时竟然毫无防备意识地一头扎进了八路军的伏击圈。茂密的青纱帐中突然射出一排排密集的子弹，数十名日伪军当场被打死打伤，紧接着就是密集的手榴弹冰雹一样从天而降，在敌人慌乱起来的队列中炸开了花。

被打得晕头转向的日伪军此刻终于清醒过来，于是赶紧跳进道路两旁那些排水沟中，企图利用地势负隅顽抗。却不想八路军战士早就占领了有利地形，现在围歼没有思想准备的鬼子，就像在打一些活靶子。

卫固镇保卫战进行了不到一个小时，百来人的日伪军队伍仅剩几人拼死钻进了青纱帐，侥幸逃回了张店大本营，在此后很长一段时间内，张店的鬼子兵都不敢轻易流窜到黑铁山等地区耀武扬威了。这一次卫固镇保卫战不仅打得干净利落，战果也极其丰硕，既大大提高了八路军三支队的声威，也提振了三支队东进战士的战斗信心，他们怀揣着胜利的喜悦，在杨威的带领下继续挥师东进临淄地区。

数日后，东进部队终于来到了临淄县西北召口村，他们首先与临淄县抗日游击一大队相遇了，两支队伍短暂接触之后，领导人们友好协商，临淄县抗日游击一大队被顺利改编成八路军三支队特务二营。随后，三支队东进部队前往临淄县桐林镇，与县抗日游击三大队取得了联系，并将这支一千五百余人的抗日武装进行整编，杨威宣读了命令，并向该团授予了军旗，临淄县抗日游击三大队整编为山东八路军三支队第十团。

杨威率兵东进临淄，队伍连战连捷，一路凯歌高奏，取得的成果远远超出了预期。卫固镇保卫战大捷消灭了日伪军百余名，在临淄地区又扩编出一个特务营和一个齐装满员的第十团，这样三支队麾下就有了四个建制整团和两个特务营。杨威这儿还想趁着队伍兵强马壮，人员士气正旺之际，紧锣密鼓地在谋划着一举夺取临淄县城，建立一块新根据地的计划呢。

这天，杨威突然接到一封马耀南从梁邹县城那边寄来报送平安的短信函。

杨威初时还有些纳闷："一封报送平安的信函，也值得大老远寄来？"可待他拆开信函后竟大吃一惊："原来是梁邹县城那边差点儿着了叛军的道儿，幸亏马二当家及时出手相救，他们才堪堪躲过一场灾难……"

原来，杨威离开了梁邹县大本营，消息被原第五军下属三、四支队的高张二人获悉，他们立刻派人进行详细打探，侦知梁邹县城内只剩下了两个警卫连的兵力，防守力量十分薄弱。高张二人禁不住心花怒放，顿时觉得机会来了，于是纠合起全部力量包围了梁邹县城，并以大部分兵力猛攻驻扎在县城东关的八路军三支队司令部。

高、张二人的突袭事起仓促之间，但是马耀南表现很镇定，他没有丝毫错乱慌张。一方面指挥警卫连战士奋起反击叛兵的进攻，另一方面安排赵老师火速翻过后院墙头去搬救兵。

高、张二人的第一波进攻在警卫连战士的奋勇抗击下暂时被打退了，但是高、张不达目的誓不罢休，再次纠合兵力继续猛攻三支队司令部，且这次的进攻更加凶猛，曾经一度攻进了司令部前边院落，将三支队的大军旗都夺走了。

军旗是军队的象征，代表着队伍的灵魂，也是军人的荣誉所在。眼看着三支队大军旗被叛兵队伍夺走，自己却没有更多的兵力，也没其他办法可以立即夺取回来，马耀南心中焦急如焚，就在这千钧一发之际，叛兵队伍的后方却突然响起一阵密集的枪声，叛军队伍瞬间大乱起来。马耀南立刻明白这是赵老师搬的救兵到了，于是急忙下令警卫连全体战士倾力出击，会同救援队伍前后夹击消灭叛兵，务必夺回三支队大军旗。

马耀南指挥警卫连全体战士倾尽全力出击，命令战士们务必夺回三支队大军旗。高、张二人骑着高头大马目睹了八路军三支队军旗被手底下喽啰抢夺过来，心中禁不住一阵得意忘形，却没料到自己队伍后边却响起了一阵激烈的枪声。高、张是无利不起早的投机分子，想着趁着八路军三支队主力东征的机会，攻打三支队司令部泄私愤，顺便还能趁机捞一把，结果变成了螳螂捕蝉黄雀在后，自己先着了人家的道儿，竟有全军覆灭的危险，如果再不赶紧撤退，自身都会有生命之虞。再也顾不得手下一众弟兄的死活了，高张二人立刻拨转了马头先夺路逃跑起来。

一众手下眼见着司令尚且贪生怕死，逃跑起来比野兔子还快，他们哪还有不逃跑的理由，于是一哄而散各自奔逃起来。在这些逃跑的叛军中，居然还有个不知死活的家伙，腋窝里仍然挟着抢夺来的八路军三支队的军旗不撒手。

活该他倒霉，要知道被枪法神准的马二当家盯上，就是神仙出面也救不了他。随着一声清脆的枪响，只见那家伙就像条癞皮狗似的从马上猛地栽下来，咕噜噜滚落在路边的沟渠中。紧追不舍的战士们一拥而上，转眼就从他怀中将大军旗给夺了过来。眼见八路军三支队军旗又完好无损地回到了队伍中，马二当家才又补了一枪打中了这名叛军的胸口。

不多会儿，鲜艳的大军旗又重新飘扬在三支队司令部大院的上空。

八路军三支队司令部这次遭到叛军的突然袭击，马二当家在危急时刻及时赶过来解围，而这次援军的到来真还有些玄机，最关键的节点其实只在马二当家一人身上。

行伍出身的马二当家警惕性一向特别高，在第五军整编过程中，他一直从旁冷眼观察——先已看出三、四支队的高张二人表现不积极，并且明里暗里还在使坏，接着还拉队伍叛逃了。杨威带队伍东征临淄时也从马二当家的七团里抽调走了一个营的兵力，因此，他更加不急于带队伍离开梁邹县城了，他借口七团抽调人马太多，需要休养生息和扩充兵力，于是就带队伍在支队司令部东边两三华里外的一个小村庄里驻扎了下来。

今日一大清早，马二当家从睁开眼睛起就觉得右眼皮一直在狂跳，即便他揉了好几次也不管用，心中觉着老大不爽，待看见天空中阴云密布，似乎有一场暴风雨即将来临，就更觉着心神不宁起来。马二当家倒背着一双大手正在屋子里踱来踱去，心中琢磨到底是有哪里不对，会不会出现问题，耳中突然就听见了从县城方向传来的阵阵枪声，他立时就愣在了当地。

县城出事了！马二当家意识到情况似乎不妙，于是急忙传令队伍速速集合。

队伍刚集合完毕准备出发，负责外围警戒的哨兵就领着浑身湿透的赵老师气喘吁吁地进了院子，也不待赵老师把情况说完，马二当家就跨上战马率领着骑兵和洋车子队，急如星火地飞驰而去了。幸好马二当家隔得近，反应快，所以才能如此迅速地化解了三支队司令部的危机。

刚化解完一个危机，临淄县城那边又传回了一个喜讯。

杨威带领着整编后的三支队十团战士准备攻打临淄县城，却恰逢山东八路军八支队途经临淄。八支队是奉山东省委命令南下鲁中进行整训的，于是两支队伍联合起来一举攻克了临淄县城。当杨威率领着队伍圆满完成东征任务，从临淄胜利归来后，他的贴身警卫员大华急忙前来面见马耀南，并言辞恳切地说道："马司令，还是让我留在您身边跟随您一起工作吧！"

马耀南紧盯着大华，诧异地问："大华，你这是怎么了？"

大华急忙解释道："马司令，没什么。就是我跟随杨副司令东征临淄时，听说三支队司令部遭到了叛兵攻击，我都时刻为您的安危担着一份心呢！"

马耀南心里感动，笑着说："大华，谢谢你，我不会有事的。"紧接着他又严肃地问，"那么，大华，我特地把你安排在杨副司令身边，你知道是为了什么？"

"时时刻刻保证杨副司令安全！"

马耀南点点头："也对，但是不全对！"

大华疑惑起来："怎么也对，也不全对呢？"

马耀南慢慢解释起来："杨副司令是老红军团长，他走过二万五千里长征，在军事和政治素养上都特别优秀。我安排你跟在他身边，一是出于对你能力的信任，另一方面也是希望你跟着杨团长能多学习观摩，从他身上学习带兵打仗和处理事情的能力，让你能尽快取得更大的进步，将来能担起更重的责任……"

一九三八年八月中上旬，大武汉保卫战打响了。远在山东的八路军序列为了配合国军作战，马耀南也抽调了部分精锐兵力袭击和骚扰驻守的济南之敌，并曾一度攻入东城门。并派出部分战士前往章丘龙山至临淄金岭镇间，完成大约四百华里铁路线的破袭任务，争取将胶济铁路沿线的主要桥梁隧道涵洞炸毁，从局部牵制日寇兵员物资运输，拖住济南之敌，使之无暇南顾。

在此期间，马二当家闻说要打大仗，心中那个畅快啊。马二当家首先利用各种复杂社会关系，在日伪占据地区各行各业中，甚至在日伪军内部，都安插了眼线，以至于在八路军三支队辖区内，尤其是在胶济铁路中段沿线地区内，但凡日寇军队有风吹草动，我方都能及时获得准确情报。根据对敌斗争需要，马二当家又在七团之下成立了由二三十人组成的特务队。

八月下旬某天，刚刚立秋不久。老天爷不抬爱，已经多时不下雨了，天气依然如盛夏一般燥热得很，狗子趴在地上吐出长长的舌头呼哧呼哧喘着粗气，门前的老柳树也是半死不活地卷着叶片儿。马二当家眯缝着一双眼睛，大敞着胸怀坐在堂前的躺椅上，身子扭来扭去怎么都觉得难受。恰在此时，他的警卫员却领着一个浑身透着油腻，身材肥硕的人走了进来。

马二当家微睁开双眼瞧了一下，说道："咦，这不是老包吗？"

"嘿嘿嘿，马二当家！是我，是我呀！"这个叫老包的人，一边点头哈腰，一边又随手撩起小褂儿擦着头颅上油光光的汗珠。

马二当家又说："这么大热天难为你跑来一趟，不知有什么事情呀？"

老包赶紧道："马二当家，我可是特地赶来的，要向您报告一个好消息……"

马二当家斜睨着老包："你除了吃喝嫖赌，还能有什么好消息？"

老包弯下腰，脸上挤满了谄媚的笑容："嘿嘿嘿，马二当家，俺老包不瞒您说，小周家庄据点内的伪军全部拉出去执行任务了。炮楼内剩下半个班，只有七名日本鬼子驻守……"

马二当家停下手中的蒲扇，把身子往上一挺就坐了起来，他仿佛不相信自己的两只耳朵："说什么，你说什么？"紧接着，他那亮晶晶的黑眼珠滴溜溜地转开了："老包，你再说一遍！小周家庄鬼子据点只有七个日本兵驻守，你敢保证情报绝对可靠吗？"

老包一张大肥脸，脖子涨得通红："马二当家，我老包是啥样人，您还不清楚吗？"

马二当家的看家本领包括向来不按常理出牌，脾气叫人捉摸不透。只见他一双黑眉毛突然扬起来老高，两眼盯紧了老包，却把手向怀中一带。老包还没闹明白马二当家葫芦里卖的什么药，便觉得眼前一花，再看马二当家手掌间竟然多出一支驳壳枪，黑洞洞的枪口指向他，并厉声喝问道："老包，我来问你，小周家庄那么重要的据点，日寇怎么只派七个鬼子兵驻守？我估摸你小子是和日本人做好了扣，再来传递假情报引诱我吃亏上当的吧？"

马二当家瞬间的举动可把老包吓得够呛，他内心此刻抓狂得可比天气还炙热，额上汗水就像断线的珠子，顺着肥腻腻的脸颊滴滴答答洒落一地。他怕马二当家失手扣动了扳机，一双大肥手胡乱摇摆着："不要误会，千万不要误会！马二当家，我在您老人家面前可以赌咒发誓。如果我胆敢说出半句瞎话，叫我全家不得好死，再就是您手中的大肚匣子可以照我脑门上任意搂火儿，我老包绝不吭声儿。"

话语说到这个份上，马二当家不再犹豫，只把一杆驳壳枪杂耍般在手掌心滴溜溜旋转了几圈，重又插回到腰间，然后开口道："嗯，老包。那你给我好好唠唠，为啥小周家庄据点鬼子兵那么少呢？"

老包与马二当家也曾是旧相识，他凭着一手好厨艺曾在周村镇内某饭店做掌勺师傅。老包手中有本事，赚银钱来得容易些，但他却贪杯滥赌好色，容易耽误人家正事，干了不久就被酒楼掌柜给开除了。在周村街这样的小地方，一个人的名声弄坏，别的酒楼都不会再雇用他，因此他的生活就不如意了，背上了不少债务。在周村镇失陷之后，这老包又被日本人征召，让他到小周家庄的日寇据点内干起了伺候鬼子兵饮食的活儿。

刚开始，老包也心中害怕，做什么都得小心翼翼，尽心尽力地伺候鬼子兵。但就在十几天前他发现小周家庄据点内的日本鬼子大部分都被抽走了，据说是去参加武汉会战。接下来几天，就连据点内的伪军也被全部抽走了。老包又从别人处打听得知，这部分人是被派往鲁中南配合日寇围剿八路军去了。老包觉得只需伺候剩下的七个小鬼子可以轻松点，于是紧绷着的一根心弦也就稍稍放松了一些，却不料这仅剩的七个日本畜生也是一样地尬蹴子，老包不仅被日本畜生无缘无故地暴打一顿，还说他饭菜质量不高，亏待皇军，等等。

这要搁在从前，老包何曾受过这种窝囊气，因此他感觉自尊心受到了极大伤害。老包想趁着出据点采买的机会弄一包毒药回来下到锅里，干脆毒死这些日本畜生。奈何小鬼子人员虽少，但是警惕性却一点不少，对他的一举一动盯得很紧，所以他也一直没办法下手。恰巧这日他到集市上采买，听人讲马二当家率领队伍打回来了，不仅重新占据了周村城南地方，而且正在米山和萌山地带开展抗日游击活动。

老包乍听之下不觉心头一动，便停下来问道："敢问那位先生，您所说的马二当家，可是长山县三区的那位回来了？"

但见那人点点头说是，老包不觉长长舒了一口气，心下遂想："哎呀，这可真是太好了，天可怜见俺老包，要替我出一口窝囊气。我何不瞅个机会跑过去，把小周家庄据点内情形全部报告给马二当家，借他之手消灭日本畜生，正好解得我心头之恨？"

老包跑来的原委，马二当家弄得清清楚楚，也就彻彻底底放下心来。待老包前脚刚走，马二当家随即作出决定："打掉小周家庄据点，消灭七个鬼子兵，间接为鲁南八路军反扫荡略尽绵薄之力。"

胶济铁路未修建之前，从省府济南去往胶州湾最主要的出行交通线路，除了长白山北麓的"青齐古道"，还有小清河水道，再就是长白山南麓的"济青要道"了。走出号称"天下第一村"的周村镇中正门，向东再走出六七华里就是小周家庄了。小周家庄的南边就是胶济铁路线，小周家庄的北面则是古老的"济青要道"。

因为夹在铁路和公路两条交通运输线之间，才显得小周家庄的地理位置如此重要。日本侵略者占领周村镇不久，很快看上小周家庄的地理位置，因此便在此处安设了据点。日寇只需在小周家庄的高炮楼上架设一挺机关枪，就可以控制住胶济铁路和"济青要道"，以及封锁周边大片的村庄。

马二当家出生在北旺庄，北旺庄与小周家庄之间相隔并不远。忽然某一天，日本鬼子在小周家庄安上据点竖起高炮楼，又把枪口对准了自家的屋门口，他愤怒的情绪可想而知。马二当家几次三番想捣毁小周家庄据点，奈何此处地理位置特殊，日寇一向防守十分严密，不想这次老包恰好送来这样一份重要情报，因此经过一番思索，马二当家觉得此等机会稍纵即逝，他希望能借机拔除小周家庄日寇据点。

子夜时分，旷野沉静如水，静谧的月光下有几条矫健的身影若隐若现。

马二当家带领数名身手敏捷作战勇敢的队员来到小周家庄据点外围，他布置好警戒，又按约定与老包取得了联系，顺利地潜入小周家庄据点。有了老包头前引路，队员们一阵健步如飞，很顺利就到了小鬼子宿营处，一座四合院形式的大宅院前面，现在已被日寇强征做了营房。

马二当家从暗影里看过去，只见一名负责值守的小鬼子抱着三八大盖，正在转来转去巡视。他挥一挥手，立刻就有两名队员悄悄摸上去，等了一阵，趁着放哨的小鬼子转身的工夫，飞身上前干净利索做掉了他。紧接着，又有两名队员搭人梯翻墙飞身进入院内，轻轻打开了大门，数人便鱼贯而入，兵分两路直奔北屋和南屋而去。

直到靠近南屋门前，队员们发现天气过于炎热，房屋门竟是虚掩着。轻轻一推门就开了，他们蹑手蹑脚进到屋内，这时他们才吃惊地发现，五个小鬼子正浑身赤条条地并排躺在大炕上，就像褪净毛的猪一样正等着挨刀呢。

仇人见面，分外眼红，面对作恶多端的日本侵略者，战士们下起手来丝毫不留情面，对准炕上的小鬼子齐齐扣动了扳机，而且恐怕还有未死绝的，又抽出随身携带的快刀，就像砍瓜切菜一般，手起刀落保证不留一个活口。北屋的门从内锁上了，马二当家此刻早已站在北屋窗外，一听见南屋响起枪声，立刻甩动盒子炮一下捣碎窗户，右手则朝屋内扔进了一枚日式甜瓜手榴弹。手榴弹咕噜噜滚进屋内，屋子里的人声动静刚响起来，就随着"轰"的一声巨响消失了。一团巨大的硝烟从屋内蹿出来，住在北屋里的小鬼子军曹也当场去见了阎王。

第二日清晨，历经一宿奔波劳累的勇士们兴高采烈地回到驻地。

在马二当家心目中，或许觉得拔除小周家庄日寇据点消灭的日本鬼子数量少了，也许是觉得此次行动太顺利，七个日本小鬼子兵转瞬间被消灭干净，战斗不够紧张激烈，总有种意犹未尽的感觉。有的战士见状，不免关心地问道："马团长，您这是怎么了？"

马二当家摇摇头道："嗯，没什么……"

但也有战士揣摩到了马二当家的心思，便说："马团长，要不咱们干脆再干一票更大的？"

马二当家眼前一亮，立刻双手使劲拍着大腿："对，对，你说得太对了！要干，咱们再干一票更大的，让小鬼子瞧瞧中国人绝不是好欺负的！"

马二当家想好的事情说干就干，绝不拖泥带水。当天晚上，他就穿上从据点刚缴获来的日军军装，化装成日寇军官模样，带领几名身穿鬼子军装的八路军战士大摇大摆来到涯庄火车站。涯庄火车站是一座位于周村和张店之间的火车站。马二当家凭借伪装，使驻守涯庄火车站的日伪军一时难辨真伪，然后突然出手打死了站内的全部八名日本兵，并俘虏伪军一个警备小队，又缴获了所有武器弹药。在炸毁涯庄火车站之后，马二当家带队迅速地撤离了出来。

就这样，在整个大武汉保卫战期间，马二当家带领着队伍来无影去无踪，打得日军手忙脚乱，却又奈何他不得。彭家庄火车站外，一列火车在长大坡道缓慢前行时，几节车皮突然脱轨冲出了道外，车上军用物资全部被劫走。张店火车站内，两节正在作业的火车头毫无征兆地迎面相撞，导致车头报废。横跨孝妇河的铁路桥突然被连墩炸毁，桥面坠落在孝妇河中，又适逢河中洪水暴涨，导致很长一段时间内都无法修复通行。

马二当家的对敌斗争只是鲁中大地上抗日斗争中的一个缩影，八路军三支队的战士们同样一直驰骋在东起临淄县金岭镇，西至章丘县龙山镇的数百华里的胶济铁道线上，频频出击，屡战屡胜，打得日本侵略者疲于应付，难以招架。各地请求救援的电报像雪片般飞向日军驻济南大本营。战士们的行动极大地牵制了日寇的南下进程。

八路军三支队在战斗中成长，马耀南的抗日思想也在战斗中更加成熟升华。于是，刚从延安派来的八路军三支队霍政委，听到了马耀南的郑重申请："霍政委，我想加入共产党……"

正在司令部内忙碌的所有人都停下了手头工作，大家吃惊地望向马耀南。只见他满脸虔诚，再次郑重地说道："霍政委，我想加入共产党绝非一时冲动，而是历经多年观察和体验的结果。只是像我这样出身的人，又是个旧知识分子，还曾经加入过国民党，不知道你们肯不肯批准我加入共产党？"

霍政委上前一步，紧紧握住马耀南双手："马司令，你想加入中国共产党，这是天大的好事呢。咱们的出身不能选择，但是你的思想和行动是为解放劳苦大众，是为驱除日本法西斯作斗争，完全符合共产党员的标准。假如像你这样的人都不能加入中国共产党，那么还有什么样的人才能加入呢？"

一九三八年十月，马耀南的夙愿终于实现，他终于成为一名光荣的中国共产党预备党员，他怀着无比激动的心情说道："共产党就像天上的北斗星，将永远照耀着我前进，指引我前进的方向。我一定按照党章要求，做一名合格的好党员，抗战到底，誓死不渝。"

一九三九年，八路军三支队接到中共山东省委分局的指示，要求从三支队选派六十二名团、营、连、排职干部，分别到"山抗军政学校"和"延安抗大"学习。但这些进修学习的同志必须先到中共山东省委驻地，即沂水县王庄集合，再统一分派到各学校去。

学员队伍临行前，马耀南赶过来送行，他紧紧握住每一名战士的手谆谆叮嘱："能够在戎马倥偬中得到一个学习进步的机会，甚至有的同志还要去延安，亲身聆听领袖的教诲，这是件多么幸福的事情啊。"

马耀南的话语引来众多同志的共鸣，而那些即将参加学习的同志，眉眼间早已掩饰不住内心中那份渴盼。马耀南看在眼里，把话锋一转："现在有些话说出来可能不怎么好听，但我还是要说出来。我提醒在场的每一位同志：你们此次前往山东分局驻地汇集，将要通过国军防区，虽然我方已就借道问题与其第五纵队进行了沟通，国军方面亦表示愿意为我方提供通行方便，但是狼子野心不得不防呢。"

原来自从武汉会战以后，抗日战争进入相持阶段，但在国府内部却出现了日益明显的右倾投降主义。尤其是元月二十一日至三十日期间，重庆方面召开了五届五中全会，"抗战和反共"竟然成为中心议题，并最终确定了"溶共、防共、限共、反共"的八字方针。再就是山东省国府沈主席于二月五日在蒙阴县鲁山村召集全省军政联席会议，抛出酝酿已久的所谓"三统"方案，即统一划分防区，统一行政事权，统一粮秣征收，以及定下给养粮秣，统筹统支等种种规定。

马耀南是知识分子，又是从原国民党阵营中自觉走出来的一员，他对于国民政府的黑暗和腐败早有着极其深刻的认识。在说这些话时，他的语气是严肃而认真的，可是仍有许多同志被"团结抗战"的大局蒙蔽了双眼，他们半信半疑道："马司令，现在是国共团结合作、共同抗日时期。我们和国民党是友军，他们已经同意借道，难道还能把我们怎么样？"

于是马耀南向同志们再次耐心解释："就我这些年来与国民党长期打交道的经验来看，对于顽固派所采取的消极抗日积极反共策略，我们务必时刻保持警惕。尤其在山东省国民党军队中，普遍流行着这样的口号：'宁匪化，勿赤化；宁亡于日，勿亡于共；日可以不打，共不可以不剿'……"

马耀南再三地提醒："此行路途艰险，小心谨慎为上，对于国民党顽固派的动向，务必严密防范。"

一九三九年三月初，正是冰雪融化、鲜花绽放的时候，八路军三支队的学习培训人员顶着料峭春寒，从长山县六区苑城镇出发了，他们经过二十来天长途跋涉，一路穿越数道日伪封锁线，来到淄川县寨里镇井筒村。在这里，他们准备通过前方的太和镇，然后进入山东八路军四支队防区，而现今四支队的司令员，正是与马耀南共同发动黑铁山抗日武装起义的廖老师。

学员队在井筒村短暂休整，准备继续向南前行。

此时负责护送学员的队伍是三支队十团下属第三营，大约有二百人规模，再加上六十二名学员，这就组成了二百七十余人的临时队伍。他们从凌晨时就摸黑出发了，为保险起见，一路上都是由四连做先导，"学员队"

在中间，七连做后卫的行军模式。鲁中丘陵地带，大家行走的多为山间羊肠小道，道路崎岖，行进速度十分缓慢，但好在"学员队"多是战斗经验丰富的指挥人员，大家的战斗意志和组织纪律都很强，这才使得整个行军队列没有出现任何混乱情况。

当队伍来到一个叫"同古村"的地方时，离太河镇大约还有八华里路程，此时天色开始蒙蒙亮起来，走在队列最前面的人员忽然发现从太河镇方向，迎面飞驰过来四五名身挎短枪，骑大洋马的便衣装束人员。这几人一来到学员队伍跟前，立刻便蛮横无理地阻止队伍继续向前行进，这班人自称是"王司令"手下的人，坚称必须得到上峰命令后方可放行。

漫长的等待着实令人心焦，大约两个小时过去，太阳都已经升起一竿子高，大家才终于等来了"王司令"的"口谕"，同意队伍继续借道前行。

队伍再次起行后，先来到了太河镇外围西北角，此时已近晌午，饥肠辘辘的战士们也需要进食和休息了。但负责护送的十团3营吕营长警惕性颇高，他丝毫不敢掉以轻心，也不顾连日来的奔波劳累，带领手下数人前出侦察，发觉藏在山洼中的太河镇四面全是丘陵，如此四塞之地，队伍陷入进去，无异于刀俎上的鱼肉，虎口中的羔羊。

侦察归来，吕营长即刻集合起队伍，向全体人员耐心解释："此处绝非久留之地，只能继续南行，出了太河镇进入四支队防区再找地方休息。"

吕营长所言非虚，太河镇位于博山县城以东，两地相距大约六十华里，面积虽然不大，但地势十分险要。太河镇东北方向有金鸡山和青龙山，西面有豹岩山和虎头山，西南方向则是钓鱼台，再加一条玉带似的淄河水蜿蜒流转在山谷间，流经太河镇西面围子墙，再折个弯向西北方向一径地流过去。

从一九三八年夏秋起，八路军山东纵队三、四支队各分部就经常在这一带开展活动。当国民党的王某部开进太河镇地区后，八路军顾全国共合作大局，为避免两军产生矛盾冲突，也就主动撤出了这一地带。八路军三支队"学员队"此行途经太河镇，虽早与王部有所接洽，并且对方也是答允好的，但学员队抵近太河镇北门时，走在队伍最前列的战士赫然发现北面围子墙大门竟然紧紧关闭着。

一个副官模样的人站在高大的墙头上大声喊着："八路弟兄们，对不起了，我们王司令不在家，兄弟我也做不得主，就劳驾贵军队伍从西面围子墙下走吧……"

途经此处的八路军战士知道国共双方就借道问题已经达成了一致协议，但队伍到了此处却受到对方刁难。战士们都感到很气愤，但强龙压不过地头蛇，也奈何不了人家。再说西围子墙上还站满了王部士兵，有人正不怀好意地大喊大叫道："共军兄弟们啊，你们走得也忒累了，前途凶险不如歇歇再走吧。"

吕营长一直走在队伍最前列，听到对方阴阳怪气的喊叫，果断下达命令："别理他们，排成一列纵队加速前进……"

其实，太河镇的"王司令"此时此刻正站在西南端的制高点上，他面色阴鸷地牢牢盯紧八路军战士，就在吕营长带队即将走出南端围子墙的时候，长长队列的尾部也进入了北端围子墙。王司令掏出手枪扣动了扳机，随着两声清脆枪响划破寂静的山谷，各种长短枪顿时喷射出道道火舌……

一直走在队伍最前列的吕营长，当场中弹喋血牺牲。

前进的道路被封锁，后退的道路被阻断，狭窄的淄河滩涂上无任何遮蔽物。此时队伍中职级最高的是鲍主任，就在这生死存亡的紧急关头，他仍在命令所有战士："不要向敌人开枪还击！"并命令战士们向围子墙上的敌人喊话："枪口一致对外，中国人不打中国人！"

正义的呼声终究无法唤醒泯灭的良知，反而引来敌人更加密集的子弹。

紧跟着，太河镇的西城门大开，连同南山、北山、西山的敌人，他们利用地理优势向八路军三支队的学员队发动了凶猛的进攻。

二百七十余人的队伍，当时走在最前面的先导四连三十八名战士果断向东南方向冲击，打开了一个缺口，突出重围。后卫七连的二十多人刚走近北端围子墙处，发现进了敌人的封锁圈，立刻就从淄河滩向北逃出了虎口。其余二百一十余名干部战士，包括走在队列中间的学员队，除了当场牺牲的部分外，其他悉数落入了敌人的魔爪。

"太河惨案"消息传来，举国震惊。

八路军三支队全体战士个个义愤填膺，强烈要求为死难同志报仇。惊闻噩耗，马耀南立即将"太河惨案"情况上报中共山东分局，以及八路军山东纵队，又紧急召开三支队军事干部会议，并在会议上指出："血淋淋的惨痛教训告诉我们，在抗日民族统一战线当中，必须坚持毛主席提出的独立自主抗日游击战方针，必须放弃对国民党顽固派所抱有的一切不实幻想……"

一九三九年四月四日晚，在"太河惨案"发生五天后，讨顽作战行动正式展开，三支队十团以摧枯拉朽之势攻下太河镇东北面的金鸡山，特务团则迅猛占领太河镇西面的豹岩山，并趁机掌控了太河镇流域以及淄河上游广大区域。讨顽作战持续到后来，枪炮声明显地稀疏下来，眼看着胜利在望，作为杨副司令的贴身警卫员，大华的一颗心才稍微放松下来。而正当此际，一颗迫击炮弹带着尖锐的声音呼啸而至，大华心中暗叫一声不好，随即一个箭步上前将杨副司令扑在身下，随着轰隆隆一声巨响，巨大的硝烟腾空而起，大华只觉得身子猛然一震，他便什么都不知道了。

四月中旬，历经十多天的反击国民党王部顽军的战斗最终取得了胜利。战斗结束后，八路军三支队十团的部分战士继续留驻太河镇周边，以及淄河上游地区，杨威则率领特务团胜利西返，准备前往长山县八区长白山根据地休整。马耀南出梁邹县城来迎接参战战士时，在队伍中一眼就看见了脸色蜡黄的大华正躺在一副担架上。马耀南走上前来询问道："大华，你怎么样，伤无大碍吧？"

大华摇摇头："马司令，只是受了点皮外伤，无大碍。"

马耀南微笑着摇了摇头："小鬼，我听说了，你作战很勇敢啊。好好养伤，早早把身体养好，好去消灭更多的日本鬼子。"

马耀南与杨威率领得胜归来的队伍朝着长白山根据地进发了。刚走到七区，天空突然下起了毛毛细雨。马耀南考虑战士们最近一直都在行军打仗，已经比较疲惫，队伍里面还有部分受伤的战士们呢，淋了雨可不行，于是他马上下达了一道命令："队伍就近在司家庄驻扎休整，明日再出发。"

队伍按照命令安顿下来，刚布置好警戒，封控好周边出入口，一名哨兵便匆匆地跑了过来："报告马司令，有一股日伪军正在扫荡司家庄东边的大吕家村。"

马耀南一听，眼中顿时喷射出怒火："小日本又出来扫荡，烧杀抢掠我村民。这些狗强盗，我们绝不能放过。"

由于连日来不眠不休，杨威两只眼睛已经熬得通红，但听马耀南说要打，他的一双眸子里，瞬间又燃起了火焰，他连声附和道："对，对，对！马司令说得对，这些日本狗强盗，咱们坚决不能放过！"

马耀南和杨威随即联合下达作战命令，首先派出十余名骑兵战士前往大吕家村截击和引诱敌人，随后又命令其他参战战士充分利用司家庄围子墙高大而坚固的有利条件，迅速做好战斗准备。战士们遵照命令和部署进入了围子墙阵地，不久就看见骑兵们且战且退，引诱着小鬼子往这边追了过来。大股日伪军从吕家村被吸引到了司家庄前，进入了八路军的火力攻击范围。

杨威随即一声令下："打！"

一阵排子枪迎头打过去，日伪军被猝不及防的迎头痛击打懵了，丢下十几具同伴尸体就开始狼狈撤退。日伪军撤出了八路军火力范围，稍事休整之后再次卷土重来。这次敌人有了准备了，进攻也来得更猛烈。八路军则凭借高大坚固的围子墙，再次打退了敌人的进攻。日伪军有点疯狂，气急败坏地又连续进攻了几次，也全都被八路军迎头打了下去。在多次吃亏之后，日伪军开始改变进攻战术，一边利用小股部队不断上前骚扰八路军。一边向周边地区寻求增援，准备调集重兵前来包围司家庄。

富有战斗经验的杨威早已从中看出端倪，急忙说："马司令，我军在平原地区作战，虽有围子墙作一时之屏障，但面对的是日伪军的优势火力，如果他们再有大量增援兵力，势必对我方不利，所以我们要速战速决，不能恋战。"

马耀南听了杨威的提醒，立刻说道："杨副司令，指挥队伍作战的事你做主。"

杨威迅速下达命令："全体指战员注意，必须节约子弹，一切行动听指挥，待我下命令后方可开枪射击。"

马耀南到司家庄开始动员全体村民，号召大家不分男女老幼齐上阵参战。司家庄的村民们早就被八路军的英勇顽强和不怕流血牺牲的精神所感染，一些精壮的青年男子立刻拿起梭镖大刀去了围子墙头支援，还把过去抵御土匪所用的几门五子炮，以及十几杆大抬枪，一并抬上了围子墙头。

五子炮填充弹药的过程，马耀南全都看得清清楚楚，他看见日伪军进攻上来时，杨副司令一声令下，村民们就不慌不忙点燃了火捻——一声震耳欲聋的炮响过后，携带着大量碎屑铁流铺天盖地飞了出去，射向了敌群中。马耀南站在五子炮附近，那地动山摇的声音震得他戴着的眼镜都掉落了下来。当他再次摸起眼镜戴上时，又被五子炮的巨大威力，惊得一阵目瞪口呆。

八路军三支队的战士们在司家庄村民的积极配合下，凭借地形地理优势，打死打伤日伪军百余人，而自身的损失却很小。直到天色渐渐暗淡下来，敌人也没能攻破司家庄，反而被五子炮的巨大威力吓破了胆，再也不敢贸然进攻了。杨副司令看到我军打击日伪军已经收到了预期效果，又看到敌人援军正源源不断赶来，并带来了大口径野山炮，经过权衡之后，他与马耀南商讨，最终决定主动撤出战斗。

杨副司令下达命令，警卫营派出一个排，坚守在敌军进攻主要方向。待日伪军再次进攻时，先打出三通排子枪，一旦迟滞敌军进攻后，伺机撤出所坚守的阵地，前去追赶大部队。紧接着，马耀南也下去号召司家庄全体村民，请他们跟随八路军大部队，趁着夜色撤出北围子门……

日伪军与八路军激战一整天，伤亡惨重，根本没占到任何便宜，还被威力强大的五子炮吓破了胆。而负责掩护的八路军战士看见敌人被指挥官威逼着再一次发起进攻时，接连三通排子枪打过去又把敌人吓得趴在了地下，好半天不敢向前挪动半步，直到八路军的断后队伍都已撤出司家庄挺长时间了，村内再也听不见任何动静了，他们才战战兢兢从地上爬起来，一步一步地摸进村子。敌人在村里挨家挨户搜了好半天，一个人也没找到。面对着空荡荡的司家庄，恼羞成怒的日伪军一把火烧毁了几间房屋才悻悻撤退。

司家庄战斗过后，三支队战士们进入了长白山根据地，难得地原地休整了一个多月时间。到六月中旬又接获省委最新指示，命令该部与清河特委联合起来，挥师前往章（章丘县）邹（梁邹县）齐（齐东县）地区扩大清河抗日根据地，同时伺机打通与冀鲁边区的联系。上级的这个指示与马耀南的思路不谋而合。

原来，去年十月中日武汉会战之后，抗日战争进入战略相持阶段，日军大本营亦转变了策略，开始采取以正面"战场为辅，敌后战场为主"的方针，将侵华日军的绝大部分转入华中华北战场，反复地扫荡八路军各根据地。而此前与八路军有统战关系的国民党守军大部分已逃往河北地区，倒是该部队中的一些秘密共产党员，还有一些工兵营战士们不愿意追随长官逃跑，便派出人员与马耀南取得了联系。

马耀南获悉情况后，认为"友军"退出章邹齐地区造成该地区实力真空，正是八路军前去开展工作的大好时机，于是作出如下决定：第一，将原国军的工兵营改编为八路军"章邹齐"边区独立营；第二，令独立营做好准备迎接马耀南率部西征，收拾该地区残局。

且不说马耀南正思量着要率领一支部队前往"章邹齐"地区开辟新的抗日根据地，却因"太河惨案"占用了他很大一部分精力，直到杨副司令率部发起讨顽反击战役，打得顽匪军节节败退，才终于把被动局面扭转了过来，马耀南也才终于能腾出时间和精力来回头处理"章邹齐"地区的事情。

一九三九年四月末，马耀南第一次西征。

马耀南率领三支队警卫营的战士来到章邹齐地界，驻扎在田李靳村，但这次行动不慎走漏了消息，驻守魏桥镇的日寇得知此处来了八路军，很快就赶过来围剿。马耀南率领警卫营联合"章邹齐"边区独立营与日伪军激战了一整天，直至天黑双方才同时撤出战斗。此次田李靳村战斗可以说是一次前哨战，在"章邹齐"地区迅速扩大了八路军的影响力，也彻底鼓舞了当地老百姓的士气民心。

五月上旬，马耀南又率领百余人的警卫营马不停蹄进行了第二次西征。这次，他们悄悄来到了齐东县六区的文南村，并顺利地起出国民党军撤离时埋下的一部大功率无线电台。马耀南一见到电台，立刻也变得神采飞扬起来，他满怀感慨地说："有了这部大功率电台，我们以后就可以跟山东省委，跟延安八路军总部取得直接联系了，这可真是一件大宝贝呐。"

大家正为获得电台兴奋不已，部队行踪却被日寇发现了蛛丝马迹。

齐东县和魏桥镇的日伪军利用机械化优势，兵分两路迅速包抄过来。马耀南认为文南村根本无险可守，况且起出电台的任务已经完成，遂与敌人稍一接触后，便径自撤出了战斗。

八路军三支队的两次西征虽然稍有收获，但都没有站稳脚跟。马耀南撤回长白山根据地后，也对两次西征情况进行了一番总结。认为部队之所以站不稳脚跟，有以下几个方面原因：一是对于地理民情不怎么熟悉；二是没有沉下心来放手组织发动群众；三是带领的队伍人少，武器也不足，与敌人对抗的能力不足。

马耀南正对两次西征情况进行总结，六月份他又收到了省委指示，着令三支队再次挥师"章邹齐"地区，继续扩大清河抗日根据地。马耀南没有丝毫犹豫，迅速传达指示，命令此前分散行动的各支部队，前往长山县六区三元庄会合，开展行动前的训练和准备工作。

经过两个来月将养，大华身上的伤势已经好得差不多，行动上也没大碍了，听闻队伍上将有大行动，他马上就跑到马耀南那儿请求跟随大部队走。马耀南和杨副司令正在伏案研究队伍动身前的各项工作，看见大华走进来，不约而同地直起身子。听完大华的想法后，马耀南尚未表态，杨副司令首先表示不同意，他觉得前次太河反顽作战，大华为了掩护自己，被敌人的炮弹炸伤，虽然没有伤到骨头，但是流了许多血，身体还需要多养养。大华年纪尚小，以后打鬼子机会多得很，此刻正该把身上的伤彻底养好再说。

杨副司令的初心全是为了大华好，可是又不同意他跟随大部队一起行动，大华心中立刻着急起来，目光恳切地望向马耀南，希望他能够帮忙说几句话。大华那点小心思，马耀南心中跟明镜似的，看看他脸上气色还不错，身体也应该恢复得差不多了，于是转向杨副司令，说道："温室中的花朵终究经不起风霜，笼子中的小鸟终究飞不上云霄，大华既然决心很大，我看他的行动亦无大碍，不如就编入特务团跟随大部队一起行动吧。"

大华一听，顿时乐开了花，向二位长官敬一个标准军礼后，转身就要离去，又听马耀南在身后喊了一句："小鬼，慢着！"

"马司令，又怎么了？"

"小鬼，不要高兴得太早，即使把你编入特务团，也不得擅自行动。必须时刻听从杨副司令指挥，明白了吗？"

大华再次挺直胸脯，庄重地敬了一个军礼："报告马司令，大华明白！"

特务团前身是头年六月初杨副司令奉命前来整编第五军的时候，从马二当家手下抽出的两个中队编成的八路军三支队特务营。这支小规模的武装初始人数虽然不多，但是人员精干，战斗力极强，直属司令部领导，对于整编改造第五军，起到了至关重要的作用。后来，杨副司令带队东征时又把临淄抗日游击一大队编为八路军三支队特务二营。如今不到一年时间就又增加一个营，扩充成了特务团的规模。马耀南安排大华前去特务团报到，还是想让他继续跟在杨副司令身边，除了继续保护杨副司令，还能得到更好的锻炼和成长。

六月初，八路军三支队的三千余名战士从长山县六区三元村出发了，他们一路浩浩荡荡开进梁邹县的第九乡，在刘家井村为主的几个村庄驻扎下来。别看这个刘家井村规模不算大，只有百来户人家，但他西北接壤齐东县，西南接壤章丘县，距离省府济南也不过六七十华里。再从刘家井村向北跨过黄河进入鲁西北地区，就能与毗邻的河北省连接起来，真正属于冀鲁边的范畴。

马耀南和杨副司令率领队伍刚到达新的地区，一切地理和民情都不熟悉。出于谨慎考虑，需要避免被日寇和顽军围剿，即刻下令部队展开布防。支队司令部和清河特委机关率领特务团下属一个营驻扎在刘家井村，特务团的另两个营驻扎在西左村，"长桓"独立营则驻扎在郑家村，"章邹齐"独立营驻扎在马庄村，从临淄过来的十团驻扎在吴家和大碾村。从地理和形势上判断，日伪军从东北方向进犯的可能性最高，于是杨副司令就把战斗力最强的，由马二当家率领的七团布防在刘家井村东北方向一个叫作韩家庄的大村子里。

八路军三支队下属各部的任务部署下去，马耀南和杨副司令心中仍觉得不踏实，于是不顾疲劳，骑上马到各处村子又进行了一番实地勘察。一路行来，马耀南和杨副司令看到各支部队驻扎的村子虽然有大有小，又都处于平原地区，过去为了防御匪患而垒砌的青石围子墙都在，已经算是很好的防御设施了。这些围子墙的高度有三四米，宽度也有两三米的样子，围子墙外有一人多深的壕沟，可算作一道防护措施了。

马耀南和杨副司令巡视一圈，看到各处防备并无不妥，也就稍稍放心了一些。但他们仍然告诫战士们："我军初来乍到，务必时刻注意日寇动向，不可有丝毫马虎大意。"并且又特别叮嘱道："将所携带的'五子炮'全部安放到围子墙上，一旦日寇前来进攻，可用炮火居高临下轰炸……"

一九三九年六月六日，是个响晴的天气。一大清早，三支队外围的哨兵就已发现有大批日伪军正在靠近，哨兵急忙飞奔去司令部向马司令和杨副司令报告情况。二人闻听之后心头均是一愣："这日伪军来得也忒快些了吧？"紧接着，司令部里便发布了命令："所有指战员迅速进入阵地，准备迎击敌人的进攻。"

日伪军来得如此突然，如此迅速，不止马耀南和杨副司令觉得不可思议，三支队的战士也都觉得奇怪，却不知日寇对于八路军三支队特别重视，驻济南日军指挥官松本少将获悉三支队大批人马进驻齐东县刘家井村，于是立刻调集齐东县、青城县、魏桥镇、九户镇等地的两千多名日伪军，从西面和北面两个方向黑云压顶般直扑过来，同时，还有从梁邹、长山、周村等处调集的三千多名日伪军从东面和南面合围过来。日寇的狼子野心昭然若揭，就是想趁三支队立足未稳，采取分进合击的重围战术，把八路军彻底消灭在此。

刘家井村保卫战很快打响，驻守马庄村的"章邹齐"独立营首先与日伪军接火。虽然八路军战士很英勇，很顽强，奈何手中没有重火力，面对优势装备的日伪军，无法有效阻挡敌人的进攻。他们奋力抵抗一阵后，便利用熟悉地形的优势跳出敌人的包围圈，向西北方向转移了。驻守郑家村的"长桓"独立营与日伪军激烈交战一个多小时，也跳出敌人的包围圈向东南方向转移走了，但在此次战斗中也出现比较大的人员损失，营长、副营长和教导员，先后以身殉职壮烈殉国。

刘家井村外围的战斗进行得紧张激烈，但战斗的焦点没出马耀南和杨副司令所料，正在刘家井村东北方向。驻守韩家庄的七团长是马二当家，从枪声响起的那一刻，他就站在高大的围子墙上关注着战场发展态势，当他听到外围的枪声稀疏下去后，立刻传达命令道："同志们，大家听好了，这场仗一定要沉住气打。我不说开枪，谁也不准开枪；我不说放炮，谁也不准放炮。"随即他又命令五子炮手："将九门大铁扫帚，都填实炮药，只待听我一声口令，随时准备开炮！"

马二当家这儿刚刚安排部署完毕，就看见日伪军大队人马已潮水般涌到韩家庄外围。他急忙伏下身子，屏住气看着日伪军就像群狼似的跨越壕沟，终于进入步枪的有效射程。此刻，正因为驻守刘家井村外围的"章邹齐"和"长桓"独立营部队在与日伪军短暂交火后很快便撤出了战斗，给进攻中的日伪军造成一种心理上的错觉，误以为八路军不堪一击，胆子不免大了起来。

马二当家看着日伪军大队人马冲上来，立即挥动驳壳枪率先打出第一枪。其他战士紧跟着一阵排子枪打过去，把冲在头里的日伪军当场打倒好几个，其他人吓得赶紧趴在地上，等了一阵也不见围子墙上有什么动静，于是又爬起身来继续一窝蜂地往前冲锋。这下正中马二当家下怀。待蜂拥而来的日伪军快到围子墙跟前时，马二当家才下令点着五子炮的药捻子。一阵阵轰隆轰隆惊天动地的巨响过后，数十条火龙呼啸而出，瞬时间吞没了眼前的一切。

此前作战中，日伪军从未发现八路军手中拥有如此规模的重武器，故而一向有恃无恐。而此次作战中，日伪军采用了密集队形展开疯狂的进攻，却突然遭到一种威力巨大的火炮轰击，不仅是正在冲锋的日伪军，即使是负责指挥作战的日本松本少将也感到颇为震惊。敌人不知道八路军三支队究竟掌握了什么新式武器，于是赶紧下令暂停进攻。

说起"五子炮"，其最主要的架构就是一根大铁筒。使用时要先将铁筒固定在炮台上，让铁筒朝向与地面之间形成一个合适夹角，将定量火药倒入铁筒中后，预先埋好点火引线，再装入大量譬如碎铁片、烂铜屑、石头等破坏力较大的坚硬东西，就算完成射击前的一切准备了。作战时只要点燃炮筒上的药捻子，火药在有限空间内瞬时膨胀爆炸，爆炸所产生的巨大能量推动碎片从炮筒内飞出，从而大面积高破坏力地击杀敌人。

五子炮的优势就是操纵简单，只需掌握好火药量，计算好金属弹丸体积量，再把握好炮筒朝向和俯仰角，就能够有效杀伤敌人。而其主要耗材火药，则是民间制造鞭炮时所经常使用的黑火药。五子炮的主要劣势也明显，它的一般射程只有一二百多米，装填火药和弹丸花费时间长，不适合连续发射，射击准头也不够，只能够追求火力覆盖面，适合打击近距离的集群敌人。

五子炮虽有这些劣势，但是在近距离战斗中威力绝对不容小觑，尤其当敌人麻痹松懈，或是不知对方有此种武器时，一旦进入有效杀伤范围内，俨然就是面对着一杆巨型霰弹枪，能够成批成片地大量杀伤敌人。因此，五子炮也被一般老百姓形象地称作"铁扫帚"，或是"没良心炮"。

尤其八路军三支队司令员马耀南，他毕业于天津北洋大学的工科专业，一听说小清河伏击战使用了一种威力巨大的"五子炮"，心中就很好奇，此后他亲自指挥司家庄战斗又亲眼看见了五子炮的巨大威力，大感震惊，并立刻产生了浓厚兴趣。队伍回到长白山休整期间，马耀南下令所属各部队务必对五子炮加以研究，因此才使得八路军手中拥有了一款重型火器，终于能够在与日寇作战时给予其重大杀伤。

日伪军第一波攻击遭受重大损失，第二波攻击明显地吸取了教训，进攻队形变得松散起来。五子炮对付密集队形的敌人才能发挥最大效能，对付松散进攻队形的敌人，其威力显著下降。马二当家见状即见招拆招，命令战士们用手榴弹和步枪阻击敌人，坚决把小鬼子打下去……

韩家村方向，马二当家的七团与日伪军正打得激烈，十团和特务团的战士们也先后与敌人接上了火，刘家井村方向的日寇更是派出大批人马，正在采取黑虎掏心战术，以横列成排密集队形凶猛地扑了过来，却遭到八路军预设的八门五子炮的兜头猛烈轰击。炮响后，敌人就像秋风中的枯树叶在地上翻滚着，发出痛苦的哀号声。

这次刘家井村保卫战是马耀南的第三次西征，八路军三支队差不多把大部分家底都搬过来了，战斗从清晨直到黄昏打了一整天，共耗用黑火药四百多斤，填充物三百多斤，全村能填进炮弹的所有物资消耗殆尽，而敌人也付出数百条人命的代价，最终没能踏进村子半步。

根据前方侦察得来的情报，仍有大批日伪军正从济南和益都两个方向源源不断地开过来，而八路军三支队这边除了两个独立营被打散，仍在外围坚持骚扰敌人，其他再无任何援兵可用。

面对越来越严峻的形势，马耀南和杨副司令进行了简短的分析，认为历经一整天的激烈战斗，虽然给予了日伪军以重大杀伤，但自身遭受的损失也不小，八路军各支部队目前都已经出现弹药匮乏，指战员严重减员等不利局面。为了避免队伍遭受更大损失，八路军各部应该乘夜色跳出敌人包围圈，及时撤出战斗。二人随后就做出了决定，由马耀南带领三支队司令部机关以及七团和警卫营为一路，杨副司令带领十团以及特务团战士作为二路分头突围。

夜色里，马耀南那一路在杨副司令强力掩护下，从刘家井村西南方向顺利地突出了重围，而刘家井村东面的敌人利用四五门重炮齐轰，一举炸塌高墙进入村内，同时，另一股日伪军趁着马耀南带队突围后造成的局部防守真空，也从西南两面进入村内。担负掩护任务的杨副司令则要同时面对东西南三个方向像蝗虫一样包抄上来的日伪军，最后被压缩在刘家井村北边一个非常狭小的区域之内。

战斗到了最危急的时刻，杨副司令一边指挥剩余战士与敌人展开了惨烈的白刃战，大家心里也都做好了随时为国捐躯的准备。然而在冥冥之中，就像是老天爷开眼，平地上忽然就卷起来了一阵极其怪异的黄沙，碎石尘土被漫天狂风卷起乱飞，刮得人睁不开眼睛，即使睁开眼估计也看不见什么物什。杨副司令果断利用了这个天赐良机，指挥战士通过熟悉地形的优势，火速冲出了日寇的包围圈……

刘家井村战斗结束，八路军伤亡三百余人，消灭日伪军八百余人，其中打死日军四百多人。八路军虽然暂时未能实现与冀鲁边区联片的目标，但是也给了日本侵略者迎头痛击。刘家井村战斗过后，鉴于八路军三支队伤亡过大，各部又进行了一个多月休整，直到七月中旬才重新集结起来。由于抵抗了日寇的主要进攻方向，马二当家率领的主力七团战斗减员太多，已由原来的三个营缩编成两个营规模。三支队下属其他各部与主力七团情况相差不多，除了牺牲的同志外，各部被打残打散的战士更多，只能进行重新整编。

一九三九年七月二十一日黄昏，刘家井村战斗过去一个半月了。马耀南和杨副司令根据省委指示，率领警卫营及七团少部分战士从长山县六区李家套村出发，东去临淄地区，准备伺机前往鲁南进行一次大的全面整训，这也是上级对三支队的关心和爱护。

经过一夜急行军，队伍于二十二日拂晓时分到达桓台县四区牛旺庄。

马耀南看到天气炎热，战士们一路昼伏夜行十分疲劳，于是下达原地休整命令，待用过早餐后，才继续整队东行。大家都想不到，就在这个休息过程中，牛旺庄的汉奸地主假装热情招待队伍，又以筹措物资给养需要一些时间为由拖住部队的离开时间，然后派人前往桓台县城向日寇递送了情报。

上午九点，太阳升到半天空，又饥又乏的战士们看着饭菜端上来，正准备起身吃早餐，突然间就看见大批大批的日伪军挺着明晃晃的刺刀像潮水般涌来。战士们立刻拿起武器投入战斗。战斗很快就陷入了白热化状态，敌人一波进攻被打退，另一波紧跟着又上来。八路军三支队三营供给处的小李子今年只有十六周岁，他两年前才追随马耀南参加黑铁山抗日武装起义，在多次战斗中磨砺也在战斗中成长，却在这次偷袭战中不幸负伤，后被敌人俘虏。

这天上午，小李子被架在牛旺庄西南角一座高大的孤坟堆上，他的四周堆满了秫秸秆，日寇将他活活焚烧。

二营二班长小曹遥望着同窗好友被日伪军活活烧死，心中充满了刻骨的仇恨，他擦干眼中的泪水，把手中捷克式步枪和子弹袋一把塞到三班长小韩怀中，并抢过他手中的晋造花机关和子弹盘，大声地说道："小韩，我要为小李子报仇。你等我隐蔽好，开枪把敌人吸引过来，我要给小鬼子点厉害瞧瞧。"

说话间，小曹矮小的身躯就地一个翻滚，俯身藏到了一个大磨盘后。等三班长小韩连续扣响扳机把日伪军吸引过来后，小曹立刻绕到敌人侧后方，出其不意地站起身用手中的花机关枪喷射出长长一串火舌，子弹倾泻而出，将搜寻小韩的日伪军一下打倒了好几个。

在短暂的惊慌失措之后，敌人发现只有一个小八路在进攻，胆子立刻又壮起来，一窝蜂地号叫着朝小曹猛扑上来。

小曹的嘴角浮起一丝轻蔑的微笑，快速更换好子弹盘迎着日寇又是一阵哗哗哗，一梭子弹全部扫射过去。当他俯下身子准备更换第三个子弹盘时，几名日寇已猛扑上来，数支刺刀一齐扎向小曹瘦小的身躯。小曹身上的鲜血像喷泉一样喷涌出来，这个十五岁的英雄少年眉头皱都没皱一下，身子便缓缓倒下了。

看见二班长小曹倒下了，三班长小韩也顾不得身上多处负伤，立即跳出来救援。他双手紧握钢枪一连刺死三个日本兵，可是敌人蜂拥而上，小韩没能救得了小曹，连自己都突围无望了！投降或是被敌人俘虏，那都是万万不能的。于是，待敌人层层包围上来，且人数越聚越多之际，小韩毅然拉响了身上最后一颗手榴弹，把生命永远定格在了十六岁。

牛旺庄战斗从早晨九点钟打响，眼看着日伪像疯狗似的越聚越多。

根据可靠情报，大批增援的日伪军，正从新城、索镇、焦桥、苑城、张店等处，源源不断地开过来了。马耀南发现情况越来越不对，于是果断下达命令："杨副司令，你带领司令部机关先撤，我留下来打掩护。"

杨副司令立刻摇摇头："马司令，那不行，还是您先撤，我留下来打掩护。"

马耀南说道："上次刘家井村战斗是我率先撤退，今次轮到你先撤退，我留下来打掩护。"

杨副司令依然坚持道："马司令，不必争论了。您是这支部队的总指挥，这支部队可以没有我，但是绝对不能没有您，还是我留下来打掩护吧。"

马耀南和杨副司令二人谁也说服不了谁，形势却越来越严峻，最终还是决定，像上次刘家井村战斗一样，各带部分队伍分头突围，然后在临淄会合。杨副司令收拢起队伍，集中所有轻重火力掩护马耀南突围，待到二十分钟过后他再率领剩余队伍朝着马耀南相反方向，一鼓作气冲出敌人包围圈。

马耀南率领司令部机关人员，以及几名贴身警卫员，一举冲出了日寇包围圈。他们先来到牛旺庄东边，待走近一片松树林墓地时，没料到这儿预先埋伏了小股敌军。敌人突然就从树林里冷不防开枪了。马耀南不想与敌人做过多纠缠，于是转向牛王庄东北方向，一头钻进了大片青纱帐中。当他们从青纱帐中再次钻出来时，已在牛旺庄二里地开外一个叫作大寨村的地方。

战斗了大半日，所有八路军战士饭没吃着一口，水没喝着一口，但战事胶着，谁也感觉不到饥渴，甚至忽略了彼此干裂发白的嘴唇和嘶哑的嗓子。

"气氛有点不对！"马耀南低声说。因为正常情况下，这期间村庄里应该有人活动，烟管子应该冒烟了，但现在太安静了。村子里穷，一般人家都是一天两顿，现在应该是准备做饭的时间，可是整个村庄里却没有一家升起炊烟。"你们几个守在这里，我带人进村看看！"

"司令留下，让我们进村吧。"

"不必，就这点人了，没太大区别。"马耀南决定自己带一半人进村看看此处是否已远离战场，或者是村民们都被远方的枪战声吓得离开了？

村中死一般的安静，没有一点生活的气息，没有狗或者鸡鸭跑来跑去，没有坐在门边的老人或圈在座栏里的婴儿，像一个村的所有人都搬离了。单调的马蹄声挞挞走在村道中，走了数十米，马耀南勒马停下，示意一名警卫去敲敲老乡的屋门。

"司令，没人回应。"

"咯吱——"一点点细微的声音从某个角度传出来。

"快撤！"马耀南敏感地听到了这似有似无的声音，忙下令。

然而，就在电光石火之间，连续的开门声开窗声响起，枪声跟着就响了起来。

枣红马颈部中枪了，惊起一掀，马耀南差点掉下马来。看见马儿不能用了，马耀南赶紧跳下马来，边反手射击边与几名战士一起向村外撤去。

"敌人对我们的行踪掌握得太清楚了，是不是……"

"别说了，快撤！"

"司令，马司令！"

"马，马校长——你中枪了！"

"别管我，快撤！"

村中空荡荡的小街瞬间多出来数十名抱着枪射击的日伪军，进村的八路军战士几乎都中弹了，两名警卫也中弹了，但他们还是扶着马耀南向墙角边藏去，想掩护司令赶紧撤离。

村外的枪声也响起来了，那是藏在青纱帐中的战士们想冲过来救援。

"走不了了！"马耀南低语，他靠着墙角撑起了身子，迅速装弹。

"走不了，那就拼命，打死丫的！"一名警卫员已经倒下了，剩下的那名警卫员杀红了眼。

国破家亡，往哪里逃都是死路，唯有殊死抗争。

大不了就是一死！

每多杀死一个都是赚的，杀啊！！！

只有杀尽敌人，将侵略者从我们的国土上赶出去，才能为国人留下一条生路。

一枪，两枪，三枪……

一个，两个，三个……

马耀南的枪哑了，他怒睁着双眼紧盯着冲上来的敌人，但身子已经一动不动。

墙角，马耀南和警卫员身下的土地染满了鲜血，汇成一条血线缓缓流远。

马耀南，中华民族的优秀儿女，在长白山首举义帜，身经百战敌酋寒的抗日斗争领导人。为着追求自由，为着追求和平，为着脚下这方神圣的土地，他以三十七岁的美好年华，慷慨捐躯于小清河畔。

八路军三支队现在不仅面临着日寇方面的疯狂进攻，就连各种打着抗日旗号，不事抗日专搞摩擦的土顽部队，都对我军虎视眈眈起来。为了稳定部队情绪，马耀南牺牲的消息被暂时对外封锁了。但发生了如此重大的事件，终究还是隐瞒不住的。八路军三支队整编之前的第五军四支队张司令，此时就跳出来挑拨离间："在第五军时，马校长当司令当得好好的，为啥非得整编成八路军？这下可好，不仅队伍没了，连命都搭上了。马司令死因不明，令人生疑，我们要为他报仇……"

副司令杨威与赵老师（原第五军政治部主任，后调往清河地委任组织部部长，此时正好在临淄地区）研究之后，也认为马耀南牺牲的消息不可能长期保密，当务之急，应该尽快派出一个人，前往长白山根据地，给七团长马二当家送封信，把马耀南牺牲的详细经过告知他们。

杨副司令说道："老赵，咱们是不是派个干部前往？"

赵老师立刻摇摇头："不行，不行。这时候派别人去不行。"

杨副司令沉吟起来："那怎么办，派谁去比较妥当？"

赵老师又道："只有两个人可去，或是你或是我，可你又离不开，还是我去吧。"

杨副司令仍有疑虑："老赵，你去能行吗？我就怕七团长的情绪……"

赵老师用力点点头，肯定地说道："杨副司令，你尽管放心好了。马二当家的为人我也比较了解，马耀南同志牺牲的消息，只有我去通报比较合适。"

临行前，赵老师把大华从特务团调上来一起同行，因为大家都知道马耀南最喜欢和信任的学生就是他，而且大华曾给马耀南做过警卫员，与马二当家和马三掌柜都非常熟悉。

大华过来时，两只眼睛已经哭得又红又肿，还是赵老师和杨副司令又给他做了思想工作，他才慢慢平复了一点情绪。

第二天一大早，赵老师带着大华和另一名小战士，三人化装成走亲戚的庄户人模样出发了。此时马二当家，正率领着七团驻扎在长白山根据地以东、周村镇以南的丘陵地带。当赵老师找到似乎已经风闻到一点消息的马二当家时，他的情绪格外不好，赵老师眼中不觉淌下热泪，用颤抖的声音说道："马司令，他……"

马二当家摆摆手，立刻止住他："赵老师，我全都知道了。"

赵老师又说："马二当家的，马司令牺牲了，外边的传闻……"

马二当家还是简单一句话："我知道，我全知道了。"

"不知道马二当家葫芦里底卖的啥药。"赵老师心中也没底起来。

到了晚间，马二当家安排妥帖队伍，又放好了警戒哨，然后才喊来警卫员吩咐道："去炒俩菜，弄壶热酒来。"

酒菜端上桌，赵老师只是默默地看着，他半点胃口都没有。

马二当家一招手，说道："老赵，来坐。咱俩好好聊聊。"

三杯两盏热酒下肚，马二当家和赵老师一句话都没说，屋子里的气氛压抑极了。

赵老师不免担心起来，心想："虽说七团长马二当家坚决抗日的心气没的说，但是马校长现在牺牲了，马二当家还能不能跟着八路军走？"

赵老师心中正担忧，这时马二当家终于放下了手中的酒杯，突然抬眼目光炯炯地望向他，说道："老赵，我想明白了！"

赵老师急忙问道："七团长，你想明白了什么？"

"大哥是党的人。他现在走了，他还没有完成的事业，我一定要坚决地继续下去。"

马二当家一句话说完，赵老师心中长长松了一口气。虽然他觉得马二当家会继续带队伍抗日到底，但话没说出来到底还算不得数，现在赵老师终于把心放进了肚子里。他情不自禁道："七团长，你能确定继续抗日的道路，这简直太好了。"

马二当家点点头，又说道："老赵，还有呢，既然你是党的负责同志，看看像我这样从旧军队过来的人，共产党能不能收留？"

赵老师立刻上前紧紧握住了马二当家的双手，久久不肯撒开。他的眼中忍不住又淌下了热泪，颤抖着声音说："能，太能了！你跟马校长一样都是一心一意抗击日本法西斯，为咱们老百姓谋幸福，当然能加入共产党！"

马二当家神情放松下来，并用平静的语气说道："好，太好了！这样，我也就放心了！"

告别时，赵老师特意把大华留了下来，并叮嘱大华好好跟随马二当家。赵老师和杨副司令一直觉得大华既忠诚可靠又机智勇敢，尤其是他跟马校长的兄弟们都很熟悉，对于各项工作开展，对于各方面沟通必将十分有利。于是，大华又根据上级安排留在了马二当家身边，一来负责保护他的安全，二来照应他的生活起居。

可是谁也想不到，跟随在马二当家身边几天之后，大华又来到了马三掌柜身边。

马二当家一向兄弟手足情深，现在大哥已经牺牲了，他最担心的就是三弟的安危了。马三掌柜获知大哥牺牲的消息后也是心如刀割，悲痛万分。他已经连续数日吃不好饭也睡不好觉了，整个人迅速消瘦了下来。马二当家看见三弟的状况后心疼得不得了，知道多劝也无益，因为自己现在也是同样心境。于是，马二当家就把大华安排到了马三掌柜身边，请跟大哥最熟悉的大华好好照应马三掌柜的一切。

马三掌柜曾是原第五军第一支队的司令员。第五军整编成八路军三支队后，马三掌柜曾接替杨副司令做过一段时间特务营营长，但特务营扩编成特务团后，他开始担任情报搜集以及后勤保障工作。马三掌柜的官职看似越做越小，但他的工作却越来越烦琐，不少人都在为他鸣不平，但他根本没当回事。在马三掌柜心里，他觉得只要是在抗日打鬼子，无论做什么工作都是干革命。

马三掌柜如今是哪儿有枪上哪儿去，哪儿钱多上哪儿去，哪儿人多上哪儿去，根本不顾及个人安危。得知大哥壮烈牺牲后，他痛楚无比，又目睹队伍里有部分人从思想上产生了动摇，十分痛恨这种行为，骂这些意志不坚定的人："是孬种，是熊包！"

大华是完全赞成马三掌柜的想法，对他更是十分钦佩。两人在信仰方面完全契合，觉得日本侵略者杀死了我们敬爱的马校长，那么，我们就必须更加坚定立场，用百倍千倍的杀敌来告慰他的在天英灵。

某日，马三掌柜带着大华进周村镇搜集情报，两人在一个小茶馆刚刚落座不久，很快就有线人送来了一份情报："驻周村镇的日军大队人马，第二天将赶往长山县城，但是具体行动目标以及时间不明……"

马三掌柜看了一眼大华，两个人迅速撤出周村镇。

回来后同志们一起研究情报，大家都表示："我们虽然不知道日军大队人马的具体行动目标和出动时间，但是日伪军一旦出动，无论对八路军还是老百姓都将是极为危险的事。只有主动出击打击日寇，才能不让敌人的阴谋得逞。"

这天后半夜，马三掌柜率领部分武装人员来到了周村镇正北十华里外的巩家庄。他们在村外找了一处僻静地方悄悄埋伏下人马，紧接着开始勘察地形，寻找最佳伏击地点，又指挥数名战士在周村镇通往长山县城的通道上埋下了爆炸物……

第二天黎明，东边的天际呈现出一小片染了红边的灰蒙蒙浓云。眼见一宿就这样过去，却还没有发现小鬼子的任何动静。是不是小鬼子不来了？大华心中有些担心，有点遗憾。但隔了不久就有哨兵返回来报信："小鬼子来了。"

大家迅速警醒起来，纷纷擦亮眼睛握紧了枪，紧盯着大路前方。隔了几分钟，众人就看见不远处有三辆闪着大灯的汽车出现在了大路上，并很快驶进了战士们的伏击圈。

这一瞬，东边的云染了微霞，开始红艳起来，天空也泛起了鱼肚白。

马三掌柜计算着射击距离，他咬紧了牙关，顷刻间大手用力一挥，一旁的大华急忙猛拉手中的长绳。随着几道剧烈的红光从眼前一闪而过，不远处便传来了几声闷雷也似的剧烈轰响。

有一瞬间，大华觉得身子跟着大地一起颤抖起来，这是一种熟悉的震动，但这次受到攻击的是日军。

开在最头前的一辆鬼子汽车被地雷炸得猛一下弹起又落下，汽车里的鬼子兵也随着飞起跌出了车厢，就像断线风筝一样飘出去，横七竖八甩落在地，惨叫的、呻吟的声音顿起，也有个别没受伤的翻身爬起，开始寻找隐藏物。但这时，小鬼子的第二辆汽车也被爆炸波及，即使紧急刹车了，却仍像喝醉酒的莽汉，开始不受控制地歪扭，一头扎进了道旁的沟渠中。

眨眼之间，先后有两辆汽车的鬼子兵受到了重创，活下来的鬼子兵开始漫无目的地还击，第三辆汽车上的鬼子兵立刻在车厢里伏下身子，端枪四顾开始寻找八路军的藏身处，但马三掌柜立刻指挥战士们开始了射击，排子枪朝日军打来，紧接着又是数枚手榴弹像冰雹似的从天而降……第三台汽车的车厢里也挨了一弹，鬼子驾驶员一看情况不妙，马上调转车头就往回逃，部分小鬼子也跟在车后想一起逃离。

马三掌柜指挥战士们从松林里冲出来，战士们边射击边互相配合着给倒地的鬼子兵补枪，边将从鬼子身上搜到了弹药枪支往自己身上挂……

不说马二当家和马三掌柜发誓要为大哥马耀南报仇，兄弟二人都像上了发条一样一刻不停地寻找消灭敌人的机会，不长一段时间便把小鬼子折腾得够呛。日本鬼子也并没闲着，他们恨透了马家几兄弟及抗日武装，一直在绞尽脑汁想办法对付剩下的马家两兄弟。

马耀南牺牲两个多月后，时间进入十月，已是深秋，地里的庄稼早收割干净，天空高远，呈现出一片湛蓝，驻地不远处有两棵老柿子树倔强地挺立着，虬曲皴裂的枝干上挂着几片叶子。

这天，马三掌柜突然得到一个情报："长山县城西边的辛家庄有个大户人家家中有一支好钢枪。听说别的同志曾经去找过一回，但是一直没有拿回来……"

马三掌柜闻听，立刻瞪大了两只眼睛："如今正是打鬼子最吃紧的时候，老百姓有钱的出钱，有力的出力，有枪的出枪。怎么还有人家私藏了枪支在家中？"

马三掌柜决定亲自去收回这支钢枪。

可是其他同志听到这个消息后却都不同意这样做，他们说："日寇目前正四处张贴布告，悬赏重金捉拿马家兄弟，就连给小鬼子报个信都能得不少奖赏。现在外边风声正紧，辛家庄又处在长山县城边上，你何必为了一支莫须有的枪去冒这个风险？"

面对众人的反对，马三掌柜好似铁了心肠，什么都听不进去，依然坚持道："敌我斗争那么紧张激烈，我们的队伍一向缺乏枪弹。既然我知晓了辛家庄有枪，又怎能不去取回来呢？"

自从来到马三掌柜身边，大华就已经把马三掌柜的人身安危看得比自己的生命还重要。对于辛家庄发现钢枪这事，他心中也总是隐约觉得哪里有不对劲的地方，可马三掌柜一力坚持自己的想法，听不进同志们的意见，于是大华委婉地说道："三当家，我觉着同志们的话说得没有错呀，还是谨慎些更好。"

大华话音未落，马三掌柜倒先激动起来："听你们这样说，难道我还要害怕小日本不成？"

大华只得耐心解释道："马三掌柜，您在长山县城做过多年买卖，县城里许多人都熟识你。此次您一旦露面，恐怕立刻会被人认出来……"

马三掌柜说道："自从我大哥牺牲后，不少意志不够坚定的人都丧失了抗日信心，不想干了。现在正是困难时期，我不出面挑头干，还叫谁来挑头？"

马三掌柜已经把个人生死置之度外，这就使大华等一众人都不好再说什么了。恰在这时，马三掌柜的另一名警卫员木子有却跳了出来，语气明显有些激将地说："我说大家伙儿，你们怎么回事？不就是去起一支钢枪，这不行那不行的，你们都想当孬种是不是？"

看到众人都不吱声，木子有使劲拍着胸脯说道："你们都不敢去，是吧？我敢，我陪着马三掌柜一起去！"木子有的话说到这个份上，把众人的口都堵死了，甚至连商量的余地都没有了。

于是大华也站起身来说："这没什么敢不敢，马三掌柜要去起枪，我肯定是要一起去的。"

就这样，马三掌柜只带了大华和木子有两个连夜就出发了。但说到起枪这个事情，有点巧合的是，辛家庄正好是木子有的老家，于是，这趟就由他前头带路。

一行人顺利抵达了目的地，但藏枪的大户人家院墙太高，大家无法进入。马三掌柜也不愿闹出大动静，于是决定先到朋友处借住一宿再说。马三掌柜和木子有二人一起住进了朋友家，大华则来到村口警戒。

心中装着事，马三掌柜躺在炕上，一宿辗转反侧，难以入眠。待他合上眼睛刚想眯一会儿的时候，天色又麻麻亮起来了。马三掌柜觉得还是要赶紧去起枪，于是一骨碌爬了起来。当马三掌柜穿好衣裳，活动活动筋骨，正准备有所行动时，却突然听到一声清脆的枪响打破了清晨的宁静，紧接着又是一连串密集的枪声。马三掌柜心中咯噔一下，顿时感觉情况不妙，赶紧抽出腰间的短枪，又把半边脸贴在门板上细听，果然就听到村子里面响起一阵阵杂沓的脚步声，一连串侵门踏户的声音。

马三掌柜心下明白，这是敌人正在挨家挨户搜索，看来村子完全被包围了。

他扭过头来看看屋内，竟然是一派空荡荡，原本跟他一起住的他最贴身最信赖的警卫员木子有，此刻却不见了踪影。马三掌柜来不及多想，又不愿意连累朋友一家，于是一只手擎着短枪，另一只手轻轻拉开门闩，一闪身来到了大街上。

穷凶极恶的日伪军正在村子里四处搜索，突然发现空阔的街道上闪出一个矫健的身影，立刻号叫着从四面八方包围上来。马三掌柜迅疾抽出另一支短枪，举起双枪就射击起来。

马三掌柜欲杀开一条血路，边打边向村子外边冲去。他一直跑到村子东北边一片浓荫遮蔽的墓地时，蓦然发现又遇到了大麻烦：再往前走就是奔腾翻涌的孝妇河，而后边成群结队的日伪军正嗷嗷号叫着从三面包围上来。眼见着实在无法摆脱敌人，马三掌柜一闪身钻进了松树林，伏身趴在一个大坟圈子后面。他最后再检查了一下手中的双枪，又把身上所携带的子弹全部集中起来摆放在面前，下决心与小日本死磕到底。

树林子外边的日伪军人多势众，却慑于马三掌柜声威不敢轻易踏进林中。于是他们改变了策略，派人到松树林边上来喊话劝降马三掌柜，迎面呼啸而来的子弹给了日寇回答，彻底压下了伪军号叫的声音。如此两三回合之后，日寇眼见劝降不成，顿时恼羞成怒起来，立刻组织起重火力朝着小树林中一通扫射。密集的子弹穿过松树林打得残枝败叶纷纷落下，爆炸掀起的硝烟气浪也弥漫在松树林上空……

为着一方挚爱的土地，为着一颗永不屈服的心，马三掌柜以二十九岁青春年华英勇地为国捐躯了。但是穷凶极恶的日寇依然没有放过他，残忍地割下了他的头颅挂在了长山县城的十字街口"悬首示众"。他们企图用最血腥最残暴最恐怖的法西斯手段，震慑抗日将士的心灵。

马三掌柜牺牲后，赵老师赶过来处理善后事宜。大华此时正躺在长白山根据地内一张病床上养伤。赵老师先探查了大华的伤情，并叮嘱他要好好养伤，接着又询问了马三掌柜牺牲时的详细经过。直到此时，大华仍感觉自己像做了一场梦，脑袋里飘飘忽忽半天，好半天才想起跟随马三掌柜去起枪的点滴过程。

村子外围的警戒任务是由大华一个人负责的，而在村子里面的朋友家则只有马三掌柜和警卫员木子有二人。整个下半夜大华都不敢松懈，直到天将明时才打了几个哈欠，揉一揉困倦的双眼，但也就是这不经意的一瞬间，他就发现有大批日伪军正掠过收割后空旷的庄稼地，悄无声息地包抄了上来。

大华迅疾地掏出短枪抬手向敌人射出一颗子弹。

这一声清脆的枪响划破了黎明前的寂静，既是射向敌人的子弹，也是向自己人报警的信号。紧接着，大华便趁日伪军包围圈尚未完全合拢之际，凭借村中的矮墙作掩护，压低了身子向村外飞奔。日伪军正在悄悄包围村子，眼看即将大功告成，却被出其不意的枪声打破了偷袭的想法，于是恼羞成怒的日伪军立刻向这个飞奔的身躯进行了一轮短暂的射击。

大华这一连串动作都是在极短的时间内完成的，他想通过暴露自己把日伪军的注意力给吸引过来，为马三掌柜争取脱身时间。敌人的枪弹从身旁嗖嗖地掠过，打在土墙上、房屋上、大树上，大华撒开了两只脚丫子拼命朝村外飞奔，当他一鼓作气冲出包围圈，眼看着与身后的村子已经有了一段距离时，却突然觉得身上被什么东西蜇了一下。他浑身的力气仿佛都被人抽走了……

大华低下头来，发现鲜血正往下淌，手往伤处一摸，立刻像被蝎子蜇了一样，疼得浑身都哆嗦了起来。又负伤了，鲜血止不住地流，但大华还想继续跑，他咬紧了牙关继续朝前跑去，却只能像喝醉了酒一样跟跟跄跄，最后一头栽倒在地，失去了知觉。

大华能够侥幸存活下来，还能够再躺在病床上养伤，竟是多亏了辛家庄里一位早起拾荒的老汉。那天早晨，就在日伪军包围村子之前，村中的一名老汉早已经背着拾粪筐子出了村，他在田野里转悠，却突然看见大批像蛆虫一样蠕动的日伪军在偷偷摸摸地包围自己生活的村子。拾荒老汉心中着急起来，想着要怎样才能够向村中的父老乡亲报信儿，让亲人们躲过这一场劫难。不料一声清脆的枪响突然打破了周边的宁静，也打断了拾荒老汉的思绪，紧接着他就看见一个年轻的身影突破了日伪军的包围圈，正向着村子外面飞奔，直到倒下。

拾荒老汉在土窝里趴了一会儿，看见敌人已经停止了射击，并且转身又向村中围去。老汉心里惦记着刚被小日本打到的那个少年情况怎么样了，于是跑到大华身边看了看，发现大华身上在流血，人已经昏迷了，但还活着。拾荒老汉搓着双手略作思考，想到可以就近找一处老百姓家的地窖子先把伤员藏起来再说。

就这样，老汉趁着日本鬼子还没来搜查大华，就及时将他背走了。老汉帮大华做了简单的止血，又给他喂了些水，直等到八路军队伍前来搜寻时，拾荒老汉才把已经开始高热的大华交给了八路军，总算是帮大华捡回了一条命……

赵老师走后一两天，马二当家也在百忙中赶过来探望大华了。

两个人才几日不见，大华就看见马二当家两眼中布满了血丝，满脸胡子拉碴，模样极为憔悴。再联想起马校长和马三掌柜相继不幸牺牲，大华忍不住像个孩子似的失声痛哭起来。

马二当家见状，猛地搂住大华，哑着声音不住安慰着："大华，好孩子，不要哭。你这一哭啊，我的心里更难受。"一边又扳过他肩膀，一字一顿地说道："好孩子，我要你牢记一点，死人哭不活，血债必须血偿。"

大华慢慢止住了哭声，马二当家又安慰了他几句，便又像赵老师一样细细地询问起有关马三掌柜牺牲时的经过。大华的两只眼睛噙满了泪水，把对赵老师讲过的话，再向马二当家叙述了一遍。不料马二当家听后先是沉默一会儿，最后突然问了一句："大华，不是说你们三人一起去起枪的吗？应该还有个木子有，他可是我三弟的贴身警卫员，怎么竟然没有他一星半点儿消息？"

马二当家一句话立刻点醒了大华："可不是吗！马三掌柜此次起枪，确实带着大华和木子有同行的，可是现在……"

马二当家和大华又细聊了一阵。虽说两个人心中都是疑虑重重，但在那种悲伤的情境下也无法理出来个头绪，马二当家见大华受了重伤，身体已极度虚弱，于是叮嘱他好好养伤，临走时又将随身的短枪抽出一支留给了大华。

大华心头一怔，随即推托道："马二当家的心爱之物，我怎么好意思收！"

马二当家却把短枪往大华手中一塞："好孩子，收下吧。我早知道你喜欢手枪，这支短枪你留着，将来若要给我大哥和三弟报仇，说不定还能用得着呢……"

大华这次负伤要比往常严重得多，待他养好身上的伤从长白山根据地下来，已是大半年时间过去了，外面的情形又已经发生了很大变化。抗日战争进入全面相持阶段，而且日本侵略者的对华政策也发生了重大改变。已从正面战场为主，转变为敌后战场的"治安战"，把八路军及其率领下的抗日军民作为最主要的进攻目标。

日寇频繁扫荡，不停下乡清剿，八路军三支队方面人员损失巨大，而且根据地面积也在不断缩小。为适应新的斗争形势需要，杨司令员（马耀南同志牺牲后，杨威副司令接任司令员之职）根据上级指示，率领八路军三支队主力部队前去小清河以北地区开辟新的根据地。大华也按照上级安排从主力部队转入地方工作，进入党领导下的一支叫作鲁北抗敌"锄奸队"的队伍，开启了一段新的抗日征程。

四

　　大华身上的伤暂时养好了，但他却永远无法释怀。大华之所以走上革命道路，能有现在的战斗精神和战斗能力，都与马校长三兄弟息息相关，是马家三兄弟像培养自家小弟一样帮助大华坚定地踏上了抗日之路。大华的一颗心不停地翻滚着，从他参加黑铁山抗日武装起义算起，不到两年时间他就失去了许多师长和战友，敬爱的马校长，通信班长小仇，二班长小曹，三班长小韩，还有小李子……大家都是为着脚下这深爱的土地奉献了自己年轻的生命。那一张张年轻英俊的面孔，一个个威武不屈的身影，前仆后继地倒在了自己的国土上，用生命浇灌了这片大地……

　　大华抹了一把脸上的泪水，又从怀中抽出一支短枪在手里反复地把玩，这是马二当家送给他的。听说马二当家已经像马校长一样加入了中国共产党，最近又接受组织安排远赴延安抗大学习，还不知道什么时候才能回来。大华心中想着马二当家，摆弄短枪的手却不由自主地停了下来，因为他忽地又想起了马三掌柜，并自言自语道："同时去起枪的三个人，马三掌柜牺牲了，我也负了重伤，木子有呢？他竟然像从人间蒸发了一样？"

　　就这样，大华在心中暗暗发下誓言："无论木子有是死是活，我一定要找到他，彻底解开其中谜团，一定要为马三掌柜报仇。"

一九四零年八月中旬的一天，大华带领锄奸队几名同志又来到周村镇外围侦察。此时刚立秋不久，天气依然热浪翻滚，庄稼地里一人多高的红高粱像火烧云与蓝天白云相映衬，煞是惹人喜爱。为了躲避酷热天气，大华早早地率队出来，绕远也要走更凉快清静的胶济铁路线南边。队里的同志们无法理解，质疑为何要走胶济铁路线南边，明明有大路可行为什么避开了不走，反而一头扎进红高粱地。

一眼望不到头的高粱地，大华和队员们走在里边，热气蒸腾的滋味简直叫人受不了，尤其是那些高粱叶子像无数锋利的小刀片割在身上又痒又痛，但大华对这些全然不在意，只默默走在队伍最前头，以便为身后的队员们蹚出一条路。队员们看到队长都这样了，即便肚里仍有些怨言，也都忍住了不出声。当大华带领着队员们钻出高粱地，已是一两个时辰过去，大家浑身上下就像刚从水里捞出来一样，但这儿离胶济铁路线已经近在咫尺了，又是在一个村子的南端，队员们却感到陌生，有人一边擦着汗水一边问道："队长，这是哪儿？"

大华从牙缝中挤出来三个字："北旺庄！"

"北旺庄？"锄奸队的同志全都瞪大了眼睛，"队长，这不是马校长家的庄子吗？"

大华点点头，两只眼睛定定地望着北旺庄出神。此时，庄子里家家户户大门都紧紧地关闭着，一些不知名的小鸟儿正在村子上空飞来飞去。过了好一会儿，大华才叹了一口气："唉，假如生活一直这样，大家能够平静地度过每一天，一切该有多么美好。"

锄奸队的同志们看见大华就像魔怔了，身子立定在那儿，好半天竟一动不动，忍不住又问道："队长，你在想啥呢？"

大华又叹了一口气："唉，我想起马校长他们了。"

这些新编入的同志都是外地的，对马校长的故事亦有所知晓，因此就有人很好奇地问："队长，你既然想念马校长，为什么不进去看看呢？"

几颗泪珠悄悄滑落，大华假装擦掉额头汗水，顺便也将泪水一同抹去，然后沙哑着嗓子说道："不，不了，就这么看看……"

　　大华心中崇敬马校长，敬佩马氏三兄弟，现在经过他们的家门前，顺便进去探问一下也属人之常情。但是历经严酷斗争的磨砺，再加上马三掌柜的牺牲，使大华变得异常小心。他站在北旺村外，头脑却无比清醒。别看马家大院外面一派风平浪静，但是平静的外表下面不知暗藏了多少急流漩涡。

　　大华追随马校长的脚步参加黑铁山抗日武装起义，他的爹娘和家中亲人开始还不知道外边是何情形，但日寇飞机轰炸了长山县城之后，许多消息才像长了翅膀似的迅速传播开来，最后也传到了大华乡下父母耳中，爹娘一颗心也是悬在半空，他们整宿整宿合不上眼。

　　在得知消息的第二日一大早，大华的娘就开始一遍又一遍地唠叨。其实即使不用她催促，大华的父亲也禁不住一早就脚步匆匆地赶往长山县城。大华爹来到大华念书的学校，这才发现满目疮痍之下，哪里还有一点师生的影子？他痴痴地站在那儿，过了好半晌才想起来，无论如何也应该找个人问问。但所有的路人神情都是一派迷茫，后来总算有个热心肠同情地抛给大华爹一句话："你没看见整个长山县城都被日寇飞机炸得稀烂了吗？若是想寻尸体，可速去县城西门外的孝妇河畔看看。"

　　乍听之下，大华的父亲心头猛然一震，痛得无法止息，但他瞬间便惊醒了过来。还想多问一句时，却看见人家远远地只剩下一点背影了。大华爹只得急匆匆向西门外跑去，这一路心间淌血啊，但他不停告诉自己，大华一定没事的……

　　等他看见玉带似的孝妇河滩早已变成了红色，河滩上、浅水里挨挨挤挤，都是各种死状惨烈的尸身，空气中弥漫着血腥味。

　　大华爹无法在这样多的尸体里去翻找儿子，满心都期待出现奇迹，能看到大华站在身边。他立在孝妇河畔，就这一站，仿佛就苍老了三十年。他抬起头发突然间开始花白的头，仰望着苍茫天地，不知道大华在哪里，不知道去哪里能找到大华。大华在哪里？他是否还安好？

过了不一会儿，零星的洁白小雪花飘飘洒洒地落下来。飘落在大华爹身上，又贴在了大华爹的额头，最后结成小水粒，凝成大水珠子迅速滑落下来，还有咸咸涩涩的滋味。大华爹在河滩上站了许久，连骨头都站痛了，他才佝偻着身子迈着沉重的脚步摇摇晃晃回家。

　　大华的娘盼了一天一宿，可大华爹回家的时候却只是孤零零一个人，且他一句话也没有说，只有脸上写满了落寞和悲伤。大华娘不愿意相信儿子没了，她两只眼睛又赶紧朝当家的身后望过去，只有萧飒的寒风吹着柴门，门里门外都空荡荡的。她又收回目光看向大华爹的眼睛，见他只是微不可察地轻轻地摇了摇头，大华娘立刻绝望起来，身子一软就坐在地上哭出了声。大华爹听见这突然充斥耳膜的哭泣，头脑反而清醒了些，口中喃喃自语道："罢咧，罢咧，是我们命中不该有这么个儿。怨只怨我们自身，不该让大华去读书啊……"

　　大华带领锄奸队的同志在北旺庄外站了站，然后再次一头扎进了高粱地，到了陈路村西北角时，大华又带着大家伙儿从庄稼地里钻了出来。

　　他先观察一下四周，眼见着还算平静，也没有旁的人走动，于是朝后挥一挥手，派出两名锄奸队员就飞速穿越胶济铁路线去探察线路北边情况了。

　　稍过一会儿，有一块拳头大小的土坷垃"嗖"一下扔过来。

　　这是约定好的联络暗号，表示铁路线北边一切安全。大华一跃而起，率领其他锄奸队员们飞速穿越胶济铁路线，直奔二十里铺村而去。

　　二十里铺村有百八十户人家，位于周村镇东北方向，两处相距大约七八华里。遵照过去五里一亭十里一铺的规矩，村子与长山县城的距离，恰好在二十华里之数，故得此名。

　　大华和锄奸队的同志此次来二十里铺村有一项搜集日伪情报的重要任务。因为在不久之前，日本人在挨近二十里铺村的东北面新修建了一座军用飞机场。

　　大华联系的这名交通员此前也是游击队员，在某次战斗中身负重伤，伤好后落下了残疾，于是服从上级安排回到二十里铺村的家中，做起了地下交通员。大华和交通员接上头，双方尚未来得及深入讨论飞机场的修建情况，交通员便愤慨地说："木三子这个叛徒，投靠了日本人，为虎作伥残害百姓，将来必定要遭到报应。"

大华闻听后，不由得一愣："什么，什么？你再说一遍，什么木三子？"

交通员道："我说的木三子，就是木子有啊……"

刹那间，大华身子直直地僵在那儿，脑袋也变成了一片空白。过了好半天，他才在交通员的催促下清醒过来，并急切地问道："你确定是木子有？不是说马三掌柜牺牲时他就失踪了吗？"

地下交通员与木子有虽未正面接触过，但是作为一名游击健儿，他的确目睹过木子有跟在马三掌柜身边来来去去的身影。而前不久他就从汉奸队伍中赫然发现了木子有的身影，心下即有了不祥的预感，现在见到大华便对木子有的各种情形都问得十分详细，这更加坐实了他心中的猜想，于是咬牙切齿地说道："木三子这个可耻的叛徒，即使把他烧成灰，我也能一眼认出他来。"

大华听到这儿，稍加思索后再次询问交通员："你是在什么时候，什么情况之下见到木子有的？"

说起木子有，他倒也是小有来头。木子有家住在长山县城西边不远的辛家庄，家中有弟兄三人，木子有排行最小，因此人们也称他木三子。爹娘疼爱小儿子，省吃俭用供他读了几年书，他却又不是读书的材料，一直没什么太大长进，后来成了社会闲散人员。辛家庄离县城近，顺腿儿走走就能进县城溜达，这也成了他的一大嗜好。赶巧马三掌柜那时候在长山县城中经营商铺和酒楼，而木三子跟着一班混子就是马三掌柜店里的常客。

马三掌柜好交朋友，他见木三子年纪轻轻长得一表人才，又念过书，说话见识似强于一般老百姓，就有心结交于他。而木三子看见马三掌柜有着与年龄不相称的老练，说话做事行稳志大，像是个能干大事的人，于是也就跟在了他身边。

马耀南酝酿组织抗日武装，马三掌柜积极参与其中，在这个过程中木三子也是不辞劳苦，一直紧紧跟随在马三掌柜身边，后来便成为他最信赖最倚重之人。一九三九年六月中下旬的刘家井村保卫战虽然给予日寇以沉重打击，但是自身损失也不小，各部队减员十分严重，七月下旬时马耀南又不幸壮烈殉国，这两次事件在队伍中引起了强烈震动，一些投机分子和意志不坚定的人，开始变得惶惶不可终日。

马三掌柜始终意志坚定，对于抗击日本侵略者从来不曾有过丝毫动摇，但他的警卫员木子有随着各种变化开始变得迷茫，意志也变得消沉起来。某次他被安排单独进到周村镇执行一项秘密侦察。这次的任务很简单，完成得本来也很顺利，各方面情况都属正常，可是木子有进入周村镇那样繁华热闹的场所，两只眼睛立刻不够使唤，脑袋也晕乎乎起来。

木子有正在周村大街上边走边东张西望，恰与一位衣着光鲜派头十足的亲戚不期而遇。虽然双方是亲戚关系，但是在这种场合相遇，木子有自然明白其中的利害关系，他唯恐躲避不及，赶紧低下头想一走了之。不料这位亲戚一眼看到木三子，先是愣了一下，接着两眼放出光来，上前一步扯住他胳膊，招呼道："木兄弟，别来无恙啊？"

木子有的胳膊被人家紧紧地扯住，挣了两下没挣脱，脸上却依然平静："我说这位先生，你认错人了吧？"

"呵，呵，呵……"这位亲戚的脸上顿时笑开了花，两只小眼睛更是眯成一条线："贤弟啊，虽说你身上穿得破旧，容貌也清减了不少，但是咱们两个至亲，从小最是相熟的，我怎么可能胡乱认错人呢？"

木子有见这位亲戚说得实在，知道再强辩也没用了，只得胡乱应道："虽说被你认出，但是我身上有要事去办，以后空闲了再叙吧。"

木子有说完便挣脱着身子仍要走，不想这位亲戚好不容易抓住一条"大鱼"，又怎肯放过，于是他手中搋住木子有，说道："见贤弟一面不易，怎能说走就走呢？且让我略尽地主之谊，喝上三两杯再说吧。"

这位亲戚说完，也不管木子有愿意不愿意，一力强拉硬拽着他的胳膊走进了一家有名的饭馆坐下。在等酒菜上桌的工夫，这位亲戚故作关切地问道："贤弟，你我多日不见，不知如今在哪里发财，竟弄得身上如此寒酸。"

木子有虽酷爱杯中物，但能够走进这样奢华的场所却平生未曾有过。后来他跟随马三掌柜在枪林弹雨中游走，做的是掉脑袋的活儿，风餐露宿更是常事。现在一进入这种奢华场所，他的眼睛和脑子就先恍惚了，又看见亲戚如此关心地询问自己行踪，于是低下头来，叹一口气道："唉，也是一言难尽呢。"

就在两人说话的当儿，热腾腾的酒菜已端上桌。闻到香喷喷的饭菜，木子有的口水早不知咽了多少遍。他也不用亲戚招呼，抢先端起酒盅一仰脖全部灌进口中，紧接着就举起箸俯下身子和头一阵狼吞虎咽起来，不一会儿工夫，满桌子饭菜就只剩下杯盘狼藉。木子有酒足饭饱后，一边身子后仰往椅背上舒舒服服地靠过去，一边两只手掌上上下下地揉着肚腹，重重打出几个饱嗝来。

木子有忍不住在心里想："这样酒足饭饱的安逸日子才真美啊！"

木子有如此做派，这位亲戚似乎觉得自己的猜想有了五六分眉目，于是又拉上木子有进到一家叫作"铭新"的浴池，准备泡一个热水澡，给他浑身上下汰换汰换。木子有又在热水池里泡了好大一会儿，直到浑身的疲乏全被温热的水涤荡干净，才慢腾腾地从里面出来。他拿条长长的干毛巾擦拭着湿漉漉的身子，一边软软地倒在炕榻上，一边不觉又口渴上来。

木子有的亲戚见状，赶紧吩咐侍者："沏一壶好茶上来，要酽酽的那种。"

木子有当然不知道，他的这位亲戚早些时候在长山县城已经投入日本人怀抱，最近调来周村镇特务机关，正因没能给日本主子奉上一星半点的功劳而颇觉苦恼不安。现在恰巧遇到了木子有，这位亲戚眼前顿时一亮，觉得机会终于来了，于是拉他到酒楼好好享受了一顿，再进澡堂子泡泡澡麻痹一下他的神经，这时候才开始拿些话语撩拨他："贤弟啊，你能否跟哥哥交个实底，这两边到底哪儿更舒服些？"

木子有躺在炕榻上，两只眼睛半睁半闭间盯着茶盅上冒出的袅袅热气，早已经变得神思迷离起来。他假意地哼哼几声，慢慢就吐露了不少实情。这亲戚心下明白，策反木子有的工作已有七八成把握了，干脆就向他交了实底："贤弟呀，所谓人为财死，鸟为食亡。就凭贤弟这份聪明才干，却到哪里发不得大财……"

木子有完全投靠日本人之后，马三掌柜前往辛家庄起枪就不幸牺牲在了日寇之手，这正是木子有和日本人早就谋划好的一条计策。他们先放出来一点风声，然后再利用马三掌柜对起枪的迫切心情，还有对木子有的信任，从而杀害了他。

大华埋藏在心底的疑惑终于找到了答案："木子有卖主求荣，成为日本人的走狗，合伙谋害马三掌柜，事情终于明了。"他忍不住骂了一句："这个十恶不赦的叛徒，我早晚要杀了他为马三掌柜报仇雪恨。"

锄奸队的同志也个个义愤填膺。纷纷表示道："李队长，我们一定要铲除木子有，为马三掌柜报仇雪恨。"

除掉叛徒木三子为马三掌柜报仇雪恨，早已成为全体锄奸队员的共同心声，但是要想一下子除掉叛徒，也绝非一件容易的事情。

日本人论功封赏，封木子有为少校特务营营长，身兼剿灭共匪大队长之职，后来又安排他前往省城济南的日军特务机关"鲁仁公馆"接受过特务培训。木子有本人也深知自己双手沾满了烈士的鲜血，罪孽深重，他内心非常害怕共产党八路军前来找他算账，因此，从济南回来后就找了一处偏僻角落小心翼翼地蛰伏了起来。

木子有隐蔽了一段时间，终究经受不住日寇特务机关不断的催促其出来活动的命令，加上他又听说八路军三支队主力已被日寇赶往小清河以北地区，不觉胆子就渐渐大了起来。他先利用日本人给的头衔，竖起一块"长山县剿灭共匪自卫军"的牌子，接着就开始搜罗叛徒、地痞、流氓等，聚集起来一支三四十人的队伍，以长山县城为中心开始了叛国投敌的罪恶行径。

周村镇二十里铺村东北方向有一座日本人修建的飞机场，木三子为了迎合日本主子的行动，遂带领着"剿共队"为飞机场外围警戒放哨，在大姜乡和二十里铺村之间建立起了一个所谓的"联合办事处"。这群汉奸走狗一边为日本主子效劳，强拉民夫修碉堡、筑围墙，一边又像野兽一样到处设卡拦截勒索，谁若稍有不从，立即被扣上私通八路的帽子，而任他逮捕杀害。看见稍有姿色的妇女，他便要动手动脚，弄得大姑娘小媳妇们都不敢出门做事，更不敢轻易抛头露面了。

木三子为害一方，手下所带的剿共队更是一群十足的地痞流氓。大华沉思了一会儿，问交通员："木子有一伙常驻二十里铺村吗？"

交通员说道："除了部分剿共队人员轮流驻扎在二十里铺村外，木子有从不做长久停留，每次都是来去匆匆。"

大华进一步问道："那么木子有的老巢究竟在周村镇还是长山县城？"

"这个么，还真不好说。"地下交通员思量着说道，"每次见他带领手下过来，都是腰插驳壳枪，人手一辆自行车，行动极为迅捷。"

大华心中有了底，看来对付木三子得从长计议了。紧接着，他又对地下交通员说道："同志，能否麻烦你走一趟，带我们去日寇飞机场看看外围情况。"

地下交通员点点头，一口答应了下来。在临出门前，交通员往头顶扣了个破斗笠，帽檐压得极低，一直遮盖到眉毛位置，然后才领着大华和锄奸队的同志再次一头扎进高粱地，让大家伙又经受了一次蒸汽浴洗桑拿的滋味。不过这次时间倒是相对短暂。当大华和锄奸队的同志跟随地下交通员从青纱帐中钻出来时，发现队伍已经比较靠近日寇飞机场的外围了。众人隔着数层铁丝网观察了一会儿，就看见一架架铁家伙发出震耳欲聋的轰鸣声，正在跑道上频繁起飞降落。

日寇飞机翅膀上都印着像狗皮膏药似的一坨红，大华一看见那个标识，脑海中立刻想起日寇飞机轰炸长山县城时那一幕幕血淋淋的凄惨场景。他的两只眼睛里就像被鲜血浸染过一样，看见任何东西都成了彤红一片，更不用说耳朵里嗡嗡声跟飞机轰鸣声一样，让他头痛得简直要炸裂开来。

大华手中的短枪已越攥越紧，手心里满是汗水，他却浑然不觉。此时此刻，大华心中就恨不能一把薅过日寇的飞机在手里撕扯得粉碎，或将日寇的飞机场一把大火烧个精光。但也有一个理智的声音在不住地提醒他："冷静，冷静，千万冷静。无论如何都不要莽撞，这是保存自己、战胜敌人的根本。"

偷袭日寇飞机场，大华暂时没那个能力，也就不去想了，但靠近日寇飞机场外围一汪清澈的大池塘引起了他的注意。原来，日本人要在此修建一座军用飞机场，为着就近取用土石方便利，才在附近挖出了这么一个又大又深的土坑，连续降下几场大雨过后，顺着地势流向低洼处的雨水便在这巨大的坑里沉积，变成一方清澈的池塘。而驻扎飞机场内外的日本兵就像发现了宝藏一样，把它当成了纳凉避暑的好去处，闲了便在水里恣意地游泳嬉戏。

经过连续几天的抵近侦察，大华和锄奸队的同志心中已经完全有了底，大家一番计议，决心要出手教训这些侵略者。

这天正午时分，响晴的天儿突然来了一阵急雨。人们都想着雨后天气或许能凉爽些，不料少顷云过雨停，又露出来一个硕大的毒日头，连着刚才洒下的那一点雨水也开始蒸腾，顺着裤脚管儿直往上钻似的。仿佛全世界都停滞了，一丝风都没有，人处在这样的环境中就像掉进了蒸笼，反而更加闷热得难受了。碰上这样的桑拿天气，一般人唯恐躲避不及，恨不能找处凉快地方，一动不动才觉得身上舒坦些。

而大华和锄奸队同志却偏偏认为，越是碰到这种鬼天气才越是老天爷的眷顾。他们顾不上雨后地面湿滑泥泞，又一头扎进了茂密的青纱帐，很快便来到二十里铺村东面，又根据预先的安排自动地分成两组人马，在大池塘的两端埋伏，静等着小鬼子到来。

埋伏了相当长时间之后，日寇的飞机陆续降落，不多会儿，机场内的鬼子兵果然又三三两两来到池塘边，见无异常，他们很快便脱掉衣服下了水。过了一会儿，飞机场外围警戒的鬼子兵也下哨了，同样成群结队来到池塘边。但这批人却和场内的鬼子分开了一点距离下水，他们陆续放下了枪支，解下了子弹盒，然后下饺子似的跳水游水。这两股日本兵下水后各游各的，起先倒也相安无事，可是警卫兵闹得动静太大了，还玩起了打水仗的游戏，不一会儿就惹恼了头一批鬼子。

头一批鬼子可能是驾驶飞机的吧，等级比这些警卫兵要高得多，又与警卫兵不是同一波上司，于是警卫兵辩驳了几句，双方当即争吵起来，互相泼起了水，几乎要打起来了。

面对着此情此景，大华终于忍不住破口大骂起来："把别人的好家园，当成了他们的游乐场，小鬼子，全都快快去死吧……"

说话间，大华抬枪射击，"砰"的一声清脆枪响，正在水中恣意玩乐的一名日本兵还不清楚发生了什么，就见身边的那赤裸的同伴已栽倒在水中。就这么一愣神的工夫，原本洁净的水面便漂起了几具白花花的尸体，清澈的塘水立即被翻涌上来的血污染红。日本兵瞬间明白这是遭到了偷袭，纷纷朝岸边奔来。

锄奸队的同志们等大华率先打响了第一枪，也立刻开始射击。将一个个赤身日寇像打咸鱼似的射成了筛子。

先上了岸的鬼子兵看到了希望，正朝自己的枪支冲去，冷不防又被一阵排子枪打倒了好几个。不少鬼子兵像受惊的马蜂群"嗡"的一声重新散回水中。锄奸队的同志见状便将几枚手榴弹朝池塘里投去。随着几声沉闷的轰响过后，几股巨大的水柱腾起，散开，又落下，不少赤条条的日本兵捂着残肢断臂惨号着在水面上浮起来，又沉下去，没受伤的则绝望地向池塘对面游去。

大华边射击边下令催促："别磨叽，快！"

锄奸队的同志们无暇恋战，按照事先定好的战斗计划，一队负责掩护拦截机场方向冲过来的鬼子兵，另一队则立刻冲到池塘边收缴鬼子们放在地上的枪支弹药，然后又一溜烟地重新钻进了青纱帐。

日寇飞机场被抗日锄奸队打了埋伏，一下死了十多名小鬼子，受伤的也几乎成了废人，他们还损失了六支三八大盖枪，三四百发子弹，以及十多枚日式甜瓜手榴弹。日寇驻长山县城的野田中队长闻讯暴跳如雷，他紧急招来剿共队头目木子有，二话不说就先狠狠扇了他两个大耳刮子，打得他几乎站立不住，眼前直冒金星。木子有像条狗一样夹紧了尾巴，低着头勾着腰挨打，身子一动都不敢动。

野田中队长一阵邪火发完，又限令木子有抓紧时间查清楚是什么人胆敢袭击日军飞机场。

木子有从日本主子那儿灰溜溜地退出来，一边抚摸着肿胀发麻的脸，一边心中又止不住暗暗咒骂："小日本，真不是玩意儿，说翻脸就翻脸。皇军既然那么厉害，直接出动就是了，又何苦劳动老子大驾！"

木子有骂归骂，牢骚归牢骚，可是一时半会儿又理不出个头绪，为了向他的日本主子交差，只好假借日军名义贴一张告示出来，在机场周遭二里地范围内，禁止种植高粱玉米等高秸秆庄稼。为了弄清楚袭击机场日军的是些什么人，木子有更是带领剿共队频繁下到各村查探。

木子有的所作所为被百姓们看在眼里恨在心头。人人唯恐躲避不及，谁也不向他透露半点消息。再说锄奸队也一直是来无影去无踪，让人摸不着头脑，因此在好长一段时间内，木子有都只能带着剿共队像一群没头苍蝇似的到处瞎闯瞎撞，但始终找不出一点头绪来。

木子有不知道，大华想要为马三掌柜报仇，正恨不得抽他的筋，扒他的皮，也是特地弄出点动静引蛇出洞。但木子有也自知罪孽深重，因此一直行踪诡秘，警惕性颇高，再加上剿共队人手一辆洋车子，蹬起来来去如飞，比起锄奸队的两只脚底板走路，速度不知要快多少倍。因此，大华想复仇还真不是件容易的事，必须瞅准合适机会下手才行。

大华这儿为抓不到木子有而费尽心思之时，从周村镇那边突然传出来一个好消息——木子有带了一半剿共队人马进入周村镇，而且反常地没有按时返回长山县城，而是当晚留住在周村镇。

得到这样的消息，在一般人看来只会觉得一切正常，但大华从另一条渠道确认情报绝对可靠后，却从中咂摸出来了一些别样的味道，思考了一会儿，大华把脑门一拍，自言自语道："真是想什么来什么，这是木子有的死期到了！"

大华不经意间冒出的一句，锄奸队的队员们听到后都特别兴奋，于是停下手头工作不解地问道："队长，你快给我们说说，木子有的死期怎么就到了？"

于是大华细细给大家解说道："经过多方侦察，木子有的老巢是在长山县城，但他却带领二十来名手下跑到周村镇留住下来。既然他在周村镇了，这就意味着他随时可能出来活动，周村镇就那么几座门，只要我们提前做好侦察工作，再在他们的必经之路设下埋伏……"

大华话音未落，底下立时像开了锅，变得一片沸腾起来。有队员说道："日本鬼子可恨，汉奸更一百倍地可恨，咱们是一定要为马三掌柜报仇的，还要为受他欺凌的百姓报仇。前一段时间，木子有带着一队日本人到飞机场北边的大姜乡收租子，老百姓交不出来租子，他们就抓走人家养的鸡。人家还指着这鸡下蛋好换点柴米油盐维持生活呢，可木子有不由分说抓住那人就是一顿毒打。那人被打折了胳膊，加上极重的内伤，已在炕上躺了半个月。"

另一个队员接着说道："可不是吗？木子有的罪行真是罄竹难书。我们必须打他的埋伏。"

大华眼看着队员们越说越上火，一个个恨不得立马抓住木子有将其碎尸万段。但作为一名指挥员，大华知道沉着冷静才是取胜之本，他明白打死叛徒木子有是全体锄奸队员的共同心声，却也要先看到敌人实力强劲的一面，以及自身实力弱小的一面，要考虑如何在打击敌人的同时最大限度地保存自己。一切必须谋定而后动，拿出一个万全之策才是取得最后胜利的基础。

出周村镇北边的朔易门二里地开外有个郑家庄，庄子里只有几十户人家，但这个庄子地理位置却比较特殊。它位于周村淦水河西畔，有一座横跨淦水河的大石桥，当地人叫作"北大桥"。这北大桥是周村镇的一条咽喉要道，是能连通几个地方的交通枢纽。

周长路是联通长山县城与周村镇的主要通道，庆淄路则是联通南部鲁中地区淄川县与黄河以北地区庆云县的古老驿道，但无论是周长路还是庆淄路，都必须经过周村镇"北大桥"。大华和锄奸队的同志看中了郑家庄的重要位置，断定木子有协助日本人下乡清剿，只要出周村镇北门，无论如何都会经过此处。

凌晨，大华带领锄奸队的同志早早来到郑家庄北边，悄悄地在提前选定好的伏击地点埋伏起来。根据作战预案，大华把人马分成两拨，他带领十余名队员埋伏进路东边的高粱地里作为主攻。其余队员分别埋伏在路口西边沟坡下和大桥偏北的位置处作为截击和接应人员。大华特别指出，即便看见木子有过来也不得轻举妄动，必须待敌人全部进入伏击圈，以自己的枪响作为行动信号。

秋日清晨，挂满露珠的青纱帐氤氲在一片洁白之中，不一会儿太阳也露出了小脑袋，且越升越高，悄然映红了锄奸队员的脸庞。紧接着，太阳赶跑了白雾，使得整个天空呈现出一片蔚蓝。大华和锄奸队的同志隐藏在庄稼地里时间已经很久了，大家伙驱赶着困倦，抵御着各种小虫叮咬。前方忽然发来信号："日伪军的清剿队伍已出周村镇朔易门，正往北边过来。"

大华伸出头来看时，只见二三十个身穿黑衣的汉奸肩上斜背着长短枪，各骑着一辆胶皮轱辘的洋车子风驰电掣般驶过来，立刻吃惊道："怪不得呢，剿共队的行动真的好快啊。"

作为前驱的走狗们正是木子有的剿共队，大华未加理会将他们放了过去。他盯紧着后边的大队人马差不多全进入伏击圈，才举起手中短枪"砰"的放了一声。只见木子有的剿共队中有人一头栽倒在地，而那台洋车子又因为惯性的关系，一直向前横冲直撞数米，绊倒好几台车才颓然翻倒在地。

一直埋伏着的锄奸队员正等得心焦，手心里直冒汗，听见枪响一声，又看见洋车子队瞬时间被冲得人仰马翻，顿觉这正是下手的好时机。主攻的锄奸队员立刻打出一阵排子枪，随手又向敌群扔了好几颗手榴弹。

原本骑行在剿共队队列最前面探路的两个家伙，猛然间听到身后枪声响起，紧接着又是手榴弹的爆炸声，急忙回过身来看，不觉就被眼前的场景吓呆了。此刻二三十人的剿共队已倒下一小半之数，其余侥幸剩下的正和锄奸队纠缠在一起，负隅顽抗。在道路的西边，另一组锄奸队战士呈半包围之状也向剿共队冲了上来。两个狗汉奸直到此时才回过神来，知道中了锄奸队的埋伏。那两人觉得还是保住性命要紧，于是丢下同伙不管，骑上洋车子就要逃窜。

作为指挥员，大华一直密切观察着形势，但他却始终没看见木子有的身影。当他回过头来时，却正好看到先前放过的两个汉奸企图逃跑，于是箭一般地冲过去抬手就是一枪，先撂倒其中一个，当他调转枪口想解决另一个时，却蓦然发现那人像发了羊癫风一般，口吐白沫瘫倒在地。大华一把拽住他的衣领就将其拖进了路旁的沟渠，枪口抵在他胸口厉声喝问道："快说，木子有在哪儿？"

被大华活捉的剿共队汉奸以为会像同伙一样吃枪子儿，早已经吓得跟筛糠似的发抖。当他忽然听到有人问木子有的下落时，不觉赶紧叫道："长官，饶命啊。你们要找的木子有还在日本人那儿呢。"

大华听了一愣："木子有怎么还在日本人那儿？难道我们判断错误，或是情报有误？"

大华刚想开口再问几句，一串机关枪子弹突然呼啸着从头顶掠过，打得道路两旁树上，残枝败叶簌簌掉落一地。大华急忙调转枪口，一下顶在俘虏的脑袋上，厉声喝道："快说，刚才谁打的机关枪？"

"长官，日本人打的机关枪。"俘虏说道，"木队长带领我们进驻周村镇不假，可是我们的主要任务是给日本人打前站，配合日本人下乡扫荡。"

原来，木子有这次带着剿共队员进驻周村镇，说是协助日本皇军下乡清剿，但生性狡猾的木子有只让手下的剿共队员跑在头前做替死鬼，他却形影不离地跟在日寇指挥官身后大献殷勤，避免了出头露面遭受锄奸队伏击的命运。

大华这才全然明白过来，急忙问道："小鬼子这次下乡扫荡一共出动多少人马？"

俘虏说道："一个中队的鬼子兵，大约百多号人。"

大华大吃一惊："我本以为打好埋伏，一击射杀木子有就可以为马三掌柜报仇。不想却是老鼠拉木锨——大头在后边，还有大批的鬼子兵正在赶过来。"他一想到此处，立刻大声吼起来："弟兄们，不好！小鬼子的大队人马，很快就到了……"

大华发出警示显然为时已晚，锄奸队员们已经打红了眼，而剿共队看见锄奸队包抄过来，在经历一阵惊慌失措之后开始负隅顽抗，此刻听到身后响起机关枪，知道是鬼子的援兵到了，不觉开始有恃无恐，反而缠住锄奸队员不撒手……

这一次郑家庄伏击战，本来八路军的锄奸队占据主动，但是战场情况瞬息万变，居然反而陷入小日本和汉奸队的夹击包围中。大华本想一击致命消灭木子有，不想竟打成了消耗战，杀敌一千自损八百，牺牲了好几名战友。

大华带领着锄奸队神出鬼没打击敌人，搅得侵略者日夜不得安生。日寇为确保稳定，维系其长期占领中国的目的，开始对敌后抗日根据地推行一套所谓的"三分军事七分政治"的"总力战"政策。

一九四一年三月起，日本侵略军在占领区内施行第一次"治安强化运动"，推出一种所谓的"保甲制度"。其一为每个自然村中，凡十二户人家编为一甲，数甲编为一保，其中一户有问题则全甲或全保都将受到其牵连。其二为保甲中的成年人必须办理良民证，无论何时何地都随身携带，随时接受检查。其三就是每个自然村中的十八至三十八岁青壮年，全部编进村自卫团，分别设立团长一名，副团长一至二名，每晚轮流站岗放哨，负责看守村庄四门。其四就是将所有汉奸分子、"曲线救国"人员编列成大大小小的"治安军"，以达成日本侵略者"以华治华""以战养战"的目的。

"治安强化运动"推行四个月之后正是七月，又是一年之中最最酷暑的时候，让大华和锄奸队们最煎熬的不是酷暑天气，而是日本侵略者又开始推行所谓第二次"治安强化运动"。日寇在"治安军"配合下，以公路和铁路为链条，以碉堡和据点为锁钥，把抗日根据地和游击区切割成细碎的条块状。再采取铁壁式合围、拉网式扫荡等手段，对上述地区进行长时期高强度的各种清剿行动。

第二次"治安强化运动"推行四个月之后就到了十一月，此时的天气已经渐渐寒冷起来，而日本侵略者的残酷镇压却像上紧的发条，没有丝毫放松迹象，跟着开始推出第三次"治安强化运动"。通过建立"物资对策委员会"，下设经济封锁部、组合社等部门，严格控制医疗用品、柴米油盐等各类物资商品流通，妄图在军事手段无法得逞后，利用加码经济封锁的方式，达到困死和饿死抗日军民的目的。

日本侵略者先后三次推行所谓"治安强化运动"，并美其名曰"整肃治安"，其实质却是施行烧光、杀光、抢光的"三光政策"。大华在此期间已明显感觉到根据地、游击区一天天在缩小，锄奸队的各种行动变得越来越艰难。木子有领着剿共队配合日本特务的三角部队，干出了大量伤天害理的勾当。

张店东张村的王大娘对待抗日游击战士就像对待亲生子女一样，大华和锄奸队的同志几次来到王大娘家落脚，老人家都是嘘寒问暖，烧水做饭热情招待。当日寇推出"治安强化运动"之后，外面的风声越来越紧，盘查越来越严格，有许多人家因为害怕沾染上八路，从而刻意回避。可王大娘和老伴儿却不改初衷，甘冒被敌人杀头的风险仍然极力维护游击队，同志一来，王大娘马上安排老伴儿到大门外修理农具，或是指挥几个小孩子背上粪筐拿起柴扒，在村外的大路口假装拾粪搂柴火，以便监视敌人的动向。

木子有的嗅觉像豺狗一样灵敏，王大娘家的举动引起了敌人的怀疑。日寇某次下乡清剿时，木子有带着几个手下突然窜到王大娘家。王大娘裹了小脚，行动十分不方便，她来不及躲避随即被敌人堵在家中。木子有逼迫王大娘交出私通八路的罪证，老人家却紧闭了嘴巴，把头颅倔强地别向另一边。木子有看见王大娘不为所动，于是不动声色地挥挥手，指使手下人在王大娘家里胡乱地翻腾起来。

家中的锅碗瓢盆一件不剩被砸了个稀巴烂，床上的被褥衣物全部被抖搂开扔在地上，鸡窝里下蛋的鸡、猪圈里喂养的猪、粮袋里的口粮全部被搜刮净尽……

王大娘平静地看着眼前的一切。因为她平时就很谨慎，凡是与八路军游击队有关联的物事都随时收拾干净，没给敌人留下蛛丝马迹。王大娘只在心中默默地念叨着："糟贱人粮食的狗东西，你们翻吧破坏吧，早晚叫你们得到报应。"

王大娘在心中默默诅咒着，不想木子有见搜不出东西，气急败坏地吼叫道："搜，给我继续搜，不搜出罪证老子绝不撤退。"

木子有话音未落，就见有个汉奸手里托着件东西跨进了屋内，众人急忙看时，那汉奸手中竟是断成两个半截的一支残破步枪。屋内的气氛陡然紧张起来，目光更是一下子全落在了王大娘身上。王大娘心中咯噔一下："坏了，坏了。这一定是同志们用坏的枪支，怎么没来得及收走。"

木子有一把拿过半截枪，反复地看了几眼，又故意问手下："你这是从哪儿找到的？"

"报告队长，是从院外的秫秸垛里，翻找了几次才找出来的。"汉奸答道。

木子有又转向王大娘："老太婆，你可以说说了，这是怎么回事？"

王大娘瞅一眼木子有，依旧是一言不发，又把脸别向另一边。木子有见状，一把将王大娘推出屋外，顺手从门后抄起一根顶门棍，对着王大娘劈头盖脸就是一顿毒打，然后双手拄着顶门棍，气喘吁吁道："死老婆子，不往死里打，你是不会开口的。你快老实交代，这东西是从哪儿来的？"

殷红的鲜血顺着打破的额头直往下淌，流到王大娘的嘴角，王大娘一把擦去嘴角的鲜血，两眼看着木子有狠狠啐一口鲜血出来："啐！我一个妇道人家，打小看见执刀弄杖的就害怕，谁知道那玩意儿哪儿来的？"

木子有气得要发疯，指挥手下几个汉奸又把王大娘拖进屋内，用绳索悬吊到了屋梁上，用皮带轮番地抽打王大娘，大娘身上的大褂破烂成一条一绺，鲜血一滴一滴顺着破烂的布条往下滴。木子有一边打，一边声嘶力竭地喊道："老东西，你私通八路，别以为我们不知道。快老实交代，枪支是从哪儿来的？"

王大娘强忍住疼痛，断断续续说道："……或许去年秋上，我家地里收割庄稼，秫秸堆放在田地里。难道八路游击队经过时把枪支插在里头，被我家不小心扛回家了不成？"

"好一个死老婆子，我叫你嘴硬！"木子有气得脸色铁青，大声呼喊着手下："来人啊，给我拿几颗子弹来。"

木子有说话间，已站到王大娘身边，然后捏紧了两颗步枪子弹头在老人家细瘦的肋条上用力来回划拉，转瞬间，王大娘身体两侧的肋皮肉就被尖尖的子弹头划得皮开肉绽，肋骨都被划得咯咯直响，鲜血更是淋淋往下淌，但王大娘强忍住钻心疼痛，仍然咬紧了牙关，绝不肯说出枪支来历，绝不出卖游击队的同志们。最后，王大娘疼得实在受不住了，也只是口中呻吟着："老总啊，求求你们了，放我下来吧。我一个小脚妇道人家，从来大门不出二门不迈，哪里知道枪支的事情呢……"

木子有看出来，王大娘这是铁了心，反反复复就那几句话，要想从她口中撬出一点实情，简直比登天还难，于是丧心病狂地喊道："你个死老婆子，不用说我也知道，你就是共产党。"接着又命令手下："去，到灶膛去，拿把烧红的铁铲子来。"

一把通体烧得通红的铁铲子被从炉灶中拿出来，木子有一把接过铁铲子就往王大娘怀中伸去，随之一股令人毛骨悚然的皮焦肉糊味道便充斥了整个屋子。

"啊"的一声惨叫，老人家疼得昏死过去。

但是，灭绝人性的木子有丝毫没有罢手的意思，他把王大娘的上半身烙得再没有一块好皮好肉……

木子有施展出种种残忍手段，逼迫王大娘交代枪支来历，老人家眼看着已到了鬼门关，口里只有呼气没有吸气了。恰巧此时，日军在东张村搜索了一阵，并没搜到什么有价值的东西后，随即吹响了集合哨。而恶魔一样的木子有，听见日寇嘟嘟嘟吹响集合哨，才匆忙看了一眼悬吊在房梁上的老太太，见她口鼻之中似乎没了气息，于是赶紧挥一挥手，带领手下的大小喽啰们一阵风似的扬长而去。

躲在外面的老伴儿和孩子们，确信鬼子和汉奸都走了，这才匆忙飞奔着回村。进了大门后看见院中一片狼藉先就惊呆了，待走进屋里看见王大娘的情形，众人一阵手忙脚乱，从房梁上解救下王大娘，忍不住痛哭起来。老伴儿摸摸她的身子还是软乎的，似乎还有口气在，于是急忙去邻居家讨来一碗温水，慢慢给王大娘喂下去……

"哎哟……"

一声微弱的痛苦呻吟从王大娘的嘴里轻轻叫出来。

老伴儿、孩子们、邻居们的眼泪都忍不住哗哗地流了下来。

"你娘还有救，快去请郎中来！"一个老邻居忍不住提醒。

王大娘的老伴儿直到此时才忽然想起来，支使孩子跑去请村中的郎中前来救治。

王大娘的事情很快被四邻八舍知道了，不少人家都悄悄跑来探望，还偷偷送来了一些食物。大华和锄奸队的同志听说王大娘遭受了不幸，连夜赶过来慰问，并满怀内疚地说道："王大娘，是我们做事不谨慎，让您老人家受了苦。"

王大娘强忍住浑身疼痛，颤抖着嘴唇说道："好，好孩子，没，没什么。是豺狼总要吃人的，我只要你们记住一点，早日消灭木子有这个狗汉奸，早点把日本人赶出去。"

王大娘的坚强不屈让大华和锄奸队的同志发自内心地敬佩，对于木子有的残暴无耻也更是义愤填膺。大华恨恨地说道："王大娘您放心，木子有所犯下的罪行一笔笔都给他记着呢，咱们新仇旧恨一起算，我们绝对饶不了他。"

经过半年多的休养，王大娘的身体才一点点恢复，但那满身伤痕却再也抹不去了，她满怀国仇家恨，陆陆续续把自家几个孩子都送进了抗日队伍，让他们打鬼子除汉奸，坚决不做亡国奴。

日本侵略者在占领区内推行"治安强化运动"整整一年时间，到了第四阶段，日寇在汉奸和伪军配合下，集中起所有兵力，开始实行所谓的"一日一村主义"，即每天清剿一个村庄，征服一片地方。

斗争的形势越来越严峻，抗日队伍中一些投机分子和小部分意志薄弱者被吓破了胆。

桓台县公安队长张由大裹挟着队伍叛变投敌，重新成立的桓台县公安队在王姓队长带动下再次叛变投敌。因为这些变节分子掌握有抗日队伍的内部情况，又给抗日根据地和游击区，给抗日军政人员和老百姓，带来了难以估量的危害。

安家庄位于周村镇西南方向长白山的东南麓，这个只有四五十户人家的村庄，却是济青公路从长白山南麓与鲁中丘陵北缘峡谷地带出来的第一个村庄。后来，德国人开通的胶济铁路也要从这个村庄旁经过，因此安家庄的地理位置显得十分重要。于是上级交代给大华一项极其艰巨的任务，就是建立起一条安全交通线，以确保北边清河区、冀鲁边区，东边胶东区等抗日根据地，与南边鲁中地区及山东省委的联络畅通。

大华应约前往安家庄与内线取得联系。当他带领两名同志从村庄西门进入时，除了从一户娶亲人家那里听到喇叭唢呐声，其他一切倒还平静，但长年的对敌斗争又促使大华变得格外小心，他觉得在平静的外表下往往隐藏着最凶险的东西。于是安排通讯员小胡："去安家庄四周围看看，先探探动静再说。"

小胡答应一声，转身就去了，大华随即找个犄角旮旯想坐下来歇歇脚。就在这时，却从安家庄东面以及北面方向，同时响起密集的枪声。大华噌的站起身，随手拔出腰间的短枪，却看见刚刚离去的小胡，已经飞一般地跑了回来，同时气喘吁吁地直嚷嚷："队长，不好咧，鬼子和汉奸包围上来了。"

"来了多少鬼子和汉奸？"

小胡抬胳膊擦擦额头的汗水："队长，北门，周村镇方向开来了三大卡车鬼子兵。还有东面和北面顺着公路包抄……"

"我们前脚刚刚进到安家庄，日本鬼子和汉奸就接踵而至，事情绝不会这么简单，那么只能说明不是安家庄内有汉奸，而是内线和鬼子汉奸狼狈为奸设下圈套引诱我们上钩。"想到这儿，大华一挥手："撤！"

大华带人迅疾往庄子西门跑去，准备按原路撤出安家庄，可三人跑到西门时却发现扛着长枪的敌人已在西门楼下站岗了。

大华脑中正在飞速思考如何找到撤退的办法，通讯员小胡已经着急得不行了："队长，要不然咱们干脆跟日本鬼子拼了算了。"

大华立即摇摇头："咱们还有大仇未报，绝不能和鬼子汉奸硬拼，还是到庄南头看看吧。"

等三人跑到安家庄南头，远远一看，南围子城门虽然大开，却挤满了仓皇出逃的人群。

大华既不想浪费时间，也不愿与老百姓争抢，于是朝其他两人挥挥手，三人又立即攀上南围子墙头，站在高处往南边望过去。远处一线高低起伏的山脊，正是人迹寥寥的凤凰山。可低头往下看时，却是一条闪耀着金色浪花的河流，正从南边汩汩流淌下来，来到村南头又往西折下去，这就是发源于长白山东麓的淦水河了。

作为一段天然护城河，淦水河可以暂时挡住小鬼子的脚步，使得日寇一时无法从四面快速地包围安家庄。但是同样的道理，大华三人若想安全撤退，顺利进入长白山根据地，也被这条宽阔的河流阻挡。随着枪声越来越密集，敌人脚步越来越近，撤离已经刻不容缓。大华看一眼小胡，又看一眼另外一名战友小周，然后带头纵身一跃，从三四米高的围子墙上跳下，见队长作出表率，小胡和小周也没有丝毫迟疑，相继纵身一跃跳了下来。

三人从高墙上跳下来，完好无损。于是混杂在逃出了庄子的人群中朝着凤凰山拼命跑，一直到大华呼呼喘着粗气坐在凤凰山顶，感叹终于逃过一劫时，才发觉不见了通讯员小胡："小胡呢？"

小周也诧异道："我们三个从城墙跳下来，一起奔向凤凰山的啊，怎么他不见了？"

大华一下子着急起来，立刻起身要去寻找小胡，却被小周一把拽住："队长，好不容易跑出来，可不能莽撞，待日本鬼子走后再去找也不迟。"

三卡车日伪军呢，别说两人暴露出去无益，就是再多十几名同志，也未必能做点什么。

眼见大华一颗心急得要从胸腔里蹦出来，几次三番要下山寻找小胡，小周只能死死拽住，直到日伪军坐上大卡车一溜烟返回周村镇，大华和小周才一阵风地跑下山。二人顺着来时路，在淦河边一路寻找，最终在一处泥泞的滩涂，终于发现了倒卧的小胡。不过他身上的鲜血早已经流尽，身躯变得比岩石还坚硬，是一颗子弹从背后打穿了他的胸腔。

大华悲痛地用双手不停抚摸着小胡，两眼瞬间噙满泪花，接着这个坚强的汉子，又全身止不住颤抖起来。

大华想起来，他是在执行任务时遇见了身上破破烂烂，正在街头流浪乞讨的小胡的，他动了恻隐之心就买了两个肉包子递给他吃。小胡吃完两个包子后，就像一只小狗子似的跟定了他。于是大华就把小胡领回去了，给他烧水洗澡，又换上了一身干净衣衫。小胡是个孤儿，此后几年一直跟在大华身边，也把大华当成了亲人一般。小胡口齿伶俐，行动敏捷，跟着大华做了几次侦察和情报传递工作，他知道大华曾在八路军主力部队战斗过之后，时常会问："队长，我什么时候能够参加八路军，也戴一顶八路的帽子啊？"

大华每每怜惜地说道："等你个子再长高点，我就把你送到大部队去参加八路军打鬼子……"

想到此处，大华的眼泪又落下来了。他只能强忍住心中悲痛，从怀中掏出一顶八路军帽，给小胡端端正正戴上，然后抱起那瘦小的身躯，一步一步走向长白山。

日寇推行的"治安强化运动"，手段一次比一次凶狠毒辣，规模更是一次比一次扩大。直至推行第四次之后，日本侵略者在山东省境内，在胶济铁路和济青公路沿线，全部挖上又宽又深的封锁沟，每一千米的距离又竖起一座高大的岗楼，三至五公里处则安设上一座据点。使得各抗日根据地变成碎片化的区域，甚至整座长白山根据地，似乎都变成了孤岛状，与周边地区隔绝起来。

面对凶残的日本侵略军，大华没有低头，但是面对着无边的艰苦困境，他也感到了犹疑和彷徨。恰在此时，大华忽然又得到一个令人振奋的好消息，赴延安抗大学习的马二当家已经回到山东抗日根据地。从这一天起，大华开始在心里默念："马二当家终于回来了，我俩啥时候能见上一面啊？"

马二当家这次从延安抗大学习归来，也是走过了不平凡的历程。

一九三九年夏秋之际，马校长和马三掌柜接连牺牲，这对马二当家是一次悲痛至极的打击。同年秋天，根据个人要求和组织安排，马二当家到延安抗大学习，经过近两年时光的学习，马二当家已经成长为一个完全的共产主义革命战士。

一九四一年四月，抗战已经到了最艰难困苦的阶段，党中央对山东抗日根据地也极为重视和关心。特地从延安抗大、军政学院、荣军学校等处抽调了六十余名精兵强将，组成干部队伍前往山东，用以巩固和充实抗战工作。而这批六十余人的干部队伍中，就包括马二当家和原山东抗日根据地赴延安抗大学习的十几名同志。

六十多名同志历时近一年时间，行程七千多华里，途经十几道日寇封锁线，于一九四二年三月中旬到达山东纵队指挥机关所在地。马二当家一行的三十余人随后返回清河抗日根据地，途中巧遇山东纵队四旅某团，他们正准备趁夜色攻打日伪军建在山头的据点，马二当家等人随即提出前往战斗现场观摩见习。他们亲眼见证了攻坚战士从利用爆破技术炸塌山顶炮楼，直至拂晓前结束战斗的全部过程。

马二当家第一次见到爆破技术的巨大威力，心中随之产生了浓厚兴趣。经过与战士们交流，他才知道炸药包不仅可以爆破围墙、碉堡，还可以爆破鹿砦、铁丝网等障碍物，能够为大部队攻坚开辟通途。并且马二当家还打听到，爆炸所使用的黄色炸药，数量极其稀少金贵，咱们的根据地生产不了，虽然能从淄博矿区或是济南搞到一点，但是日寇对于这些物资一向管控得极为严格。

回到清河根据地，马二当家根据组织上的安排，担任了清西军分区副司令员。他走马上任后不久，马上就看出在敌占区内的抗日武装存在斗争不力、组织涣散等诸多的问题，于是立刻向上级提出建言："为配合根据地军民反扫荡，我要去敌占区内开展整顿工作，加强敌占区内的对敌斗争。"

经过慎重考虑后，上级组织最终同意了马二当家到敌占区开展工作的请求，只是特别叮嘱道："马副司令员，到敌占区内开展工作，这是你的优势所在，但是反过来看问题，各式各样认识你的人也很多，请务必注意安全。"

马二当家点点头："请组织上放心，长白山地区是我的家乡，我最熟悉那里方方面面的情况。我这次下去会把队伍建设好，会把对敌斗争工作尽快全面恢复起来。"

大华倏忽间与马二当家再次相见，已是两年多过去。两人甫一见面，尚未寒暄几句，大华已抽出一支短枪递到马二当家手上。马二当家不觉一愣："大华，你这是干什么？"

"马司令，这是您走时留下的短枪，您现在终于回来了，我把它物归原主。"

大华的意思，马二当家当然明白，他两眼盯着大华看了半天，脸上终于露出欣慰的笑容，随即说道："好小子，你倒是出息了啊。才两年多不见，竟连我的短枪都不要了？"

大华露出一口洁白的牙齿，不好意思地笑笑："马司令，我们已经在战斗中缴获各种长短枪支。既然您回来了，我当然要物归原主。"

马二当家却摇摇头："好小子，我明白你的意思，但是我把短枪送给你，更希望你们在前方战斗的时候多打几个鬼子，多杀几个汉奸，这才是对我最大的安慰。"

大华知道马二当家是个侠义爽快之人，最不喜欢人家啰里啰唆，遂把短枪收起来插进腰间，又问一句："马司令，不知道您这次回来准备待多长时间？什么时候走时，可别忘了告诉我一声，让我跟您一起回大部队。"

马二当家听后，脸上笑容倏地不见了，他换上一副严肃神态："怎么，打小鬼子还分前方后方？"

大华的脸腾一下子变得通红，随即道："马，马司令，我不是那个意思……"

马二当家的语气和缓下来："我还以为你受不了苦，才想着要回大部队呢。"

大华急忙又解释道："马司令，我只是觉得跟随大部队打鬼子过瘾，能消灭更多敌人。"

马二当家点点头，开导大华道："其实前方和后方，不都是一样打鬼子吗？只要我们坚决按照上级指示去做，照样能把小鬼子的坛坛罐罐捣个稀巴烂，照样能把小鬼子的五脏六腑翻个底朝天，也照样能拖住小鬼子后腿，为主力部队大反攻创造有利条件。"

马二当家回到敌占区后，重新把各种对敌斗争工作有声有色地开展了起来。大华自从见到马二当家后也顿觉又有了主心骨，心里更亮堂起来，对敌斗争的积极性也重新树立起来了，并很快就取得了阶段性成效。锄奸队首先利用隐秘手段，在不打草惊蛇的情况下，除掉了安家庄内的叛徒，彻底打通了长白山东麓这一条南北交通运输线，使得清河、冀鲁边根据地，与鲁中、鲁南根据地，和山东省委之间的联络畅通起来。其次，经过短暂的培训，又把像大华一样的武装人员组建成高效精干的武工队，使他们能像孙悟空钻进牛魔王肚子里一样，搅得敌人日夜不得安宁。

一九四二年十月，日本侵略者持续推行其第五次"治安强化运动"，但是日寇这次从策略上有了一些显著的改变。一方面换上一副假惺惺的面孔，在敌占区内大肆宣扬"中日亲善""王道乐土""大东亚共荣圈"等一些蛊惑人心的口号，企图用一套怀柔手段达到其军事上所不能达到的用意，软化和消磨中国老百姓的抗日意志。另一方面又纠集了近万人的队伍，对清河抗日根据地及其周边地区，进行了一个半月之久的拉网式大扫荡。

面对来势汹汹的日本法西斯，面对敌强我弱的不利态势，清河军区党委经过研究，决定采取一套避实就虚的战法。趁日军包围圈尚未形成之时，军区主力部队全部跳到外线作战；而军区下属各军分区部队，则采取敌退我进的翻边战术，深入到敌人腹心中去战斗。再派出众多小股武装四处出击，骚扰牵制敌人，为主力部队大反攻赢得时间，从而彻底粉碎日寇的阴谋诡计。

大华接到上级指示后不敢有丝毫懈怠，他积极行动起来。

经过敌情分析，大华认为本地区中最危险、危害最大的莫过于原桓台县公安队长张由大，以及出卖马三掌柜的木子有。这些变节投敌分子心甘情愿做日本人的鹰犬，为了讨得日本主子欢心，对我抗日军民下起手来特别凶狠残暴。而面对这些长期盘踞一方，严重危害抗日军民的汉奸叛徒，附近地区的老百姓都恨得牙根痒痒，他们早就期盼抗日民主政府能够体察民情顺应民意，出面铲除这两颗毒瘤，为老百姓除去一害。

大华带领着武工队出发了，他们这次对准的目标是原桓台县公安队长张由大。其一，张由大裹挟着手下投降日寇，给我长（山）桓（台）地区抗日武装带来了难以描述的巨大危害，在老百姓中影响极其恶劣。其二，张由大虽然张牙舞爪，却不像木子有那样狡猾。他不是住在长山县城，或是周村镇和张店镇内那种戒备森严的地方，而是单独住在南石桥村的据点内，这对于没有重武器的武工队来说，攻击起来相对容易。

出张店镇向北十里，通往桓台县城的官道上，有一处不大不小的村庄，在这个村子的东边有一条发源于张店沣水，向北纵贯张店和桓台县的猪龙河。也不知从哪年哪月哪时起，村中人为了便利往来，便在猪龙河上修建起一座主跨半圆形的五孔石拱桥，又因村子位于另一个同样修建了大石桥的村子南边，因此便取名南石桥村。每当夏秋来临，河水消长之际，那座五孔半圆形石拱桥便俏立于一片接天莲叶映日荷花之中，景色煞是俊美。前人曾有真实写照的诗云："离却石桥晓月地，依然十里荷花香。"

南石桥村规模不大，却是连通张店桓台，以及长山县的必经之处，地理位置十分重要，因此日寇占据张店镇后，很快便在南石桥村内建立起一座大型据点，把一处好端端的清静家园，变成了侵略者的乐土。到了一九四一年底，日本人引爆太平洋战争，随着战线越拉越长，兵源已严重不足，于是日寇撤出了南石桥村据点，此处便成了叛徒张由大一伙人为非作歹的堡垒。

年底，已是哈气成冰的时候，漆黑的夜里更是看不到半点星光。在结冰的路面上，清西军分区下属的几支敌后武工队正在行动。为了确保消灭叛徒张由大，他们已经全部联合起来，从夜暗时分起就埋伏在南石桥村敌人据点外围。大华早前通过一条特殊途径，已与张由大手下一个叫小徐的班长取得了联系。

小徐曾在张由大身边做勤务兵，只是被裹挟着一起投降了日本人。小徐家的抗战氛围特别浓厚，他父亲曾为桓台县大队做过一阵子秘密联络员，但日伪军下乡扫荡时从他家中搜出了几枚手榴弹，而他父亲又讲不出合法来源，就被日本宪兵判了重刑，至今仍关押在敌人的监狱。小徐的弟弟原是一名抗日锄奸队成员，后来去了主力部队，至今仍在清西军分区部队中。

小徐还有两个叔伯兄弟在鲁中的抗日部队里。经过全面调查分析后，大华认为小徐本质上不坏，还是有把握争取过来的。于是为此做了一系列争取工作，最终小徐同意为消灭叛徒张由大提供里应外合的便利条件。

到子夜时分，周边异常寒冷，再加上临战前的紧张气氛，许多年轻的队员浑身都在瑟瑟发抖。大华总担心有意外发生，他抬起头仰望着夜空，虽说什么都看不见，心里却忍不住阵阵嘀咕起来："按说小徐该来了呀，莫非情况有变？如果我们再中了奸计又该如何来应对呢？"

大华这儿心中千头万绪，黑暗中忽然又听到敌人据点内传出一阵阵极其杂乱的脚步声。大华赶紧循着声音的方向望去，虽然还是看不见，却听到有人在大声地说话："传张大队长命令，都年底了，有些弟兄回来据点可能晚些，如果听见有什么动静，问明情况即可，千万不要争执怠慢，避免产生误会。"

大华的一颗心悄悄落回肚子里："听，是小徐的声音，情况一切正常呢。"

小徐安排好岗哨后，又借故要到据点外边查看一下四周情形，就走出了南石桥据点。大华与小徐终于接上了头，又听他简单地讲了几句，立刻明白了联络晚点的原因。原来今天晚上是一班值上半夜的班，小徐的二班负责下半夜，两个班在交接换班时，比平素稍稍耽搁了点时间。小徐随后便说道："请同志们放心好了，现时正在执勤的岗哨全是我手下二班的弟兄。而其他清乡队员的枪支被我出来查哨时，将枪栓全部卸下来扔掉了。只是住在北上房的张由大特别凶残狡诈，还需要大家认真对待……"

小徐介绍完情况，眼见时辰不早，赶紧向前带路去了。而武工队则根据事前安排，留下少部分队员负责接应，并注意打掩护狙击敌人的援兵，其余队员紧紧跟在小徐后面鱼贯进入南石桥村据点。队员们来到敌人驻地后再分成两个战斗小组，人数相对较多的一组负责解决住在西屋的敌人，大华与小徐则一起去北上房的屋里活捉张由大。

好事多磨。一切行动都在按照计划进行，眼看大功即将告成，住在西大屋的敌人由于才下岗哨不久，有几人磨磨蹭蹭并没有入睡。当武工队员走进院子时，无论他们如何小心谨慎，轻微的脚步声在寂静空旷的寒夜里仍显得突兀。尤其一班长是个经年的老兵痞，他可能感觉到情况异常，一骨碌翻身起来就伸手去抓挂在墙上的盒子炮。值此千钧一发之际，武工队队员抢先破门而入，不待那家伙掏出枪的工夫，已经抢先朝他开了火。

大华心头一愣，因为战斗预案是北屋先响枪，这是整个行动的信号。现在情况发生了变化，而住在北上房的张由大此时正躺在炕上抽大烟，头顶被团团烟雾笼罩着，他一听到西边屋子传来急如骤雨般的枪声，顿感不妙，吓得大烟枪往炕头一扔，伸手就从枕下摸出小手枪。大华和小徐等人躲在北上房门外两侧，准备伺机冲进屋内，不料一颗子弹抢先从屋内射出来，子弹击穿门板后，又从两人身旁呼啸划过。

遇到突发情况，大华处变不惊，他高抬起右腿猛然一脚踹开房门，再凭借着神枪手本质一枪打过去。子弹打在张由大右胳膊上，其他几名同志趁势一拥进入屋内，都想活捉这个叛徒。不料张由大死到临头依然负隅顽抗，又挣扎着用左手打出了一枪，却是一颗臭子儿。大华和小徐等人才堪堪躲过一劫。不待大华出手阻拦，武工队的同志们一阵子乱枪打过去，张由大转瞬间就被打成了筛子，只像条死狗似的躺在炕上，污血顺着枪眼儿迸流。

冬日的太阳冉冉升起在大石桥东边，阳光洒满大地。

消灭了叛徒张由大，也为老百姓摘除了一颗毒瘤，南石桥村重又恢复了昔日的美丽和安宁。一场激烈的战斗过后，武工队队员脸上终于挂满了胜利的喜悦。同志们肩扛着缴获的战利品，押着长长一串俘虏从据点出来，又放一把大火彻底烧毁了南石桥村日伪据点。

日本侵略者先后推行了五次的"治安肃正作战"，在大无畏的中国人民面前，无一例外全部以失败告终。

一九四三年春节过后不久，正是冰雪消融柳枝烟绿的时候，大华满怀着愉悦前去会见马二当家，准备汇报近段时间以来对敌斗争的各项工作。

但他却从马二当家严肃的面容上看出了一丝异样，大华随即暗暗思量："不知道马二当家那儿，又有什么新消息传来？"

马二当家开口道："腊月里的时候，咱们清西军分区韩参谋长在反扫荡斗争中牺牲了！"

"啊？"大华心头一震，随即口中喃喃道，"是咱们清西军分区，韩参谋长牺牲了吗？"

马二当家点点头，一脸凝重地说道："咱们的韩参谋长作战一向勇敢无畏，又具有很高的指挥能力。他所带领的战士先后锻造出'铁七连''钢八连''打不垮独立团'，是一支有名的钢铁劲旅。就是这样一名著名的抗日英雄，却在日寇第五次'治安肃正作战'中，不幸以身殉国了。"

大华眼中泛出了泪花，但还是马上询问："马司令，咱们是不是又有新的战斗任务了？"

"暂时还谈不上新的战斗任务。"马二当家摇摇头，"倒是还有一件非常棘手的事情，亟须有人去处理……"

大华立正："马司令，您就别绕弯子了，有什么话照直说吧，我坚决执行就是。"

马二当家两眼直视着大华，看到他坚毅不屈的面容，还有为了完成任务那破釜沉舟的决心，感觉到非常满意，这才又说出来一个令大华更加震惊的消息："这次反扫荡斗争我们取得了最终胜利，但是各方面损失也不小。不只清西军分区韩参谋长牺牲了，还有比这更严重的，咱们清河军区杨司令员也受伤了……"

大华两只眼睛立刻瞪得老大："怎么，杨司令员负伤了？伤到哪儿了，严不严重？"

马二当家摇摇头："枪打在杨司令员的小腿肚子上，还好没大碍。"

大华刚想松口气，却又听马二当家说道："只是这个伤口很难缠，小腿到现在都还肿胀着，影响了行动。"

大华马上问道："那怎么办？"

马二当家挠挠头："他已经离开清河根据地，到鲁中根据地大山中一处秘密地点养伤去了。"

大华立刻联想到："现在大年刚过，直到麦子下来之前，都是青黄不接的时候。在贫瘠的大山里面不仅缺医少药，恐怕连生活都难以保障……"于是又问一句："马司令，依您来说，我能为杨司令员做点什么呢？"

马二当家点点头，思量着说道："嗯……我这次与你见面也有这层意思。就看你能不能尽快搞到一种叫作盘尼西林的西药……"

"盘尼西林？"大华重复了一遍，"听名字怪怪的，什么是盘尼西林？"

马二当家解释道："是一种西药，据说可以消炎镇痛，治疗枪伤最有疗效。"

大华立刻毫不犹豫道："马司令，您就把这项任务交给我去完成吧。"

马二当家脸上露出欣慰的笑容："好吧，我就把搞到西药的任务交给你来完成了。"

搞到西药的任务，大华一口答应下来，事不宜迟，他马上起身告辞。但马二当家在他身后又补充了一句："杨司令员的腿伤耽误不得，搞到西药的事情刻不容缓，你自己也要注意安全！"

大华这几年左右不离长山、梁邹、桓台等县，在周村和张店等处打游击。可是所有这些地方历经长年战乱，均已百业萧条，又处在日本人严控之下，若想搞到紧俏物资，势比登天都难。何况大华根本不知道盘尼西林是什么东西，长什么样儿，遑论搞到这种西药了。但是杨司令员的枪伤容不得过多耽搁，他又向马二当家打了包票。因此，即使明知道前面是龙潭虎穴、刀山火海，他也得豁出性命闯一闯。

第二日清晨，大华早早地起来，他头戴新棉帽，脚蹬新棉鞋，换上一件大棉袍，外套斜襟长大褂，装扮成商人模样就出发了。大华首先来到周村镇外围斜马路街一座基督教堂里，与一位张姓经理取得联系。两个人甫经见面，张经理操着一口地道的北方官话道："哼哼，真是想不到，李队长胆子不小呀。"

大华从容不迫地说道:"哈哈哈,在中国的土地上,有什么好害怕的?"

张经理继续说道:"难道你不害怕我给日本人告密?"

大华正色道:"我们都是中国人,我当然相信张经理的为人。"

张经理听大华说到这儿,随即也改过来口音,再说话就是浓浓的长山县口音了。

张经理原籍长山县北边小张家庄,他与大华的老家李庄相隔并不远。张经理向来痛恨日本人,富有浓烈的家国情怀,因此马二当家参加八路后,也就顺便把他拉过来,成为八路军的卧底人员。只是这两年马二当家远赴延安学习,未再与张经理取得联系,在目前复杂多变的危险时刻,时过境迁,人心最是难测,但现在情况紧急,马二当家不得不安排大华冒险与张经理取得联系。

张经理领着大华从东边的观海门顺利进入周村镇,又招手叫来两辆人力车,两人各乘一辆,经油店街口、鱼店街口,通过日伪三道哨卡后才来到了周村大街。大华不禁想起抗战初期,为给长白山抗日武装刻制一枚关防,曾经跟随马乡长进入周村镇。那时同样有日伪军站岗,但是绝对不像现如今这样三步一岗五步一哨,一路盘查得如此严紧。

由于跟随张经理行走,每经历一道关卡时,大华就看见他伸手从怀中掏出来一张精致小巧的卡片,只需拿在手中扬一扬,伪军见了就像狗子见到主人,点头哈腰顺利放行。即使是小鬼子来查,也只会象征性瞄一眼,然后立正敬礼放行。

大华非常惊奇,悄悄问道:"张经理,您手中拿的是什么宝贝,竟然那么好使?"

张经理的脸上浮起一层神秘的微笑:"嘿嘿嘿,小伙子,这你就不懂了吧,我手里拿的东西,一般人叫它'护照'。"

大华试探着问一句:"不知张经理能否帮我也办理一张?"

张经理点点头,沉思着说道:"嗯,也对。为了进出方便,是应该给你办理一张。"

周村"抱善堂"大药房位于大街中段，是一家门脸儿不大的普通老房子。可大华跟在张经理身后走进大药房门内，就看见里面别有洞天。迎着门脸儿的，是一排排并列的大药柜，在每架大药柜上又整整齐齐地排满了一个个的小抽屉，所有小抽屉上都规规整整用毛笔字书写着中药材名字。从走进大药房起，大华鼻腔中所嗅到的浓烈气味，就是抽屉里面各式各样的中药材散发出来的。

张经理跟门房伙计简单说了几句话，转身便领着大华穿过一个小耳门进到后院。当大华走进狭长的大跨院，就看到了院中那些忙忙碌碌的伙计，以及各式各样不知名的中药材。大华心想，张经理的药材买卖着实不小呢。

大华跟着张经理一径走到最后一个院落，他又留心观察了一下，发现除了院内四角的天空外，后院墙与周村镇西围子墙是一体式建筑。高大的西围子墙下面就是大淯河。滔滔水流一年四季不干涸，河面上还有各种敞篷船往来穿梭。

大华和张经理走进一间屋子，两人坐下来休息。

张经理又开始叮嘱大华："从现时起，这间屋子就是你的休息室。无论吃饭睡觉都得待在里面，'良民证'办成之前不得任意走动。"

大华点点头一口答应下来，问道："张经理，'良民证'，多长时间能办成？"

"这个你不用着急，着急也没用，我自会着力去办理。"紧接着，张经理看了一眼大华，又补充一句，"小老弟，容我再啰唆一句。假设药铺中有陌生人进来盘问你，你只需说是我的小老乡，曾在济南估衣铺街学做买卖，近时因买卖难做，生计没有着落，前来投奔我讨口饭吃……"

大华在大药房暂时安顿了下来。

第二日清晨，天色未明，大华早早地醒来。可能刚换了新环境尚未完全适应，可能是夜里做的一个梦有点困扰他——日思夜想的西药盘尼西林已经顺利搞到手，他高兴得像个孩子，立刻手舞足蹈起来。可是又因为手舞足蹈这一下，不小心就自己惊醒了。

大华一时睡意全无，双手抱在脑后，浓锁双眉望向窗外，心中像一团乱麻。

早饭后，张经理领着大华来到丝市街东头"大光明"照相馆，要照一张相片好办理"良民证"。而张经理也果然神通广大，人家办理"良民证"可能需要一个礼拜或十天半个月，而且还有办不到的。大华的却只用了一天多时间。

有了"良民证"，大华今后出入周村镇，再遇到敌人盘查，也可以不必害怕了。

大华那焦虑的心情稍稍得到一丝儿缓解，但是心中仍禁不住想着，也不知道张经理那里能不能搞到西药盘尼西林。话到了嘴边，大华又拿眼睛来瞧张经理，见他身影不停地进进出出，像蚂蚁一样地忙忙碌碌。大华终于忍住了没再问出口。到了第三天，大华仍在焦急中等待，他急得嘴上都起了水疱。

这天，张经理进来，不经意地说道："小老弟，跟我走一趟吧。"

大华眉毛一挑："去哪儿？"

张经理满脸轻松："出一趟远门……"

大华不说话了，他跟在张经理身后默默地走出周村镇，来到一处偏僻无人处。看看四下无人了，张经理才停下脚步，转过身对大华说道："小老弟，恭喜你呀，任务总算顺利完成了。"

大华仍然蒙在鼓里："张经理，什么任务顺利完成了？"

张经理道："你要的西药盘尼西林，已经顺利地搞到了。"

大华闻听后，真是莫大的惊喜："哎呀，张经理，这是真的吗？"

张经理郑重地点点头："当然是真的，你现在就可以去取药了。"

大华一双大手立刻紧紧握住张经理的双手，使劲摇晃着说道："谢谢，谢谢张经理，我们八路军游击队永远不会忘记您的……"

在不了解内情的人看来，张经理这搞到盘尼西林似乎非常顺利非常轻松，其实他面临的种种危险和种种考验却是常人难以理解的。后来，张经理在完成另一次急难任务时被日本宪兵抓走，他受尽了种种酷刑，受尽了种种非人的折磨，仍然严守秘密直至为国捐躯。

大华顺利取到西药并交到马二当家手上，马二当家的脸上露出欣慰的笑容："吆嗬，好小子，任务完成得不赖呀。"

大华笑笑，也没有多说什么，他现在比起从前，可是沉稳得多了。可是不一会儿，他就提出了一个问题："马司令，我在周村镇内搞西药，听说长白山根据地，咱们负责留守的队伍跟日本人打了一仗，也不知道战况如何？"

大华话音刚刚落下，刚才还笑容满面的马二当家一下子变得严肃起来。紧接着就用低沉的声音说道："我现在正式通知你，长山县独立营叛变了。"

大华简直不敢相信自己的两只耳朵："啊，怎么回事，长山县独立营叛变了？"

马二当家缓慢地说道："面对凶狠残暴的日本人，咱们有的同志选择了勇敢，坚决抵抗侵略者。但是有些人变得软弱，经不起残酷战争的磨砺，更经不起敌人的威逼利诱，就像长山县独立营营长朱云之流，对抗战前途产生悲观情绪，又经不起金钱美色诱惑，在叛徒木子有引诱下公开投降了日本人。"

大华这才终于相信，长山县独立营真的叛变了。他吃惊地问道："马司令，又是叛徒木子有从中捣的鬼吗？"

马二当家点点头："营长朱云带领部分手下叛变革命已成事实。朱云和木子有尤其可恨，为了在日本主子面前表忠心，他们主动勾结大批日伪军来扫荡长白山根据地。因此我特别提醒你，在周村镇和长山地区活动时务必提高警惕，提防被叛徒咬着，从而带来不必要的损失。"

长山县独立营原为长山县独立大队，初始规模百余人，抗日战争进入相持阶段后，杨司令员率领三支队主力基干一、二营，向北渡过小清河转向外线作战，开辟了新的清河抗日根据地。而在此期间，长山县独立大队作为地方武装，却一直坚持内线作战，从未离开长白山根据地半步。

一九四三年春夏时节，马二当家从延安抗大学习归来，又从清河区回到长白山根据地。他因应着形势发展，以及对敌斗争需要，把从清河区带来的基干三营八连（钢八连），与长山县独立大队合编，组建成立了长山县独立营。而这支队伍的建立，对于坚持长白山根据地斗争，巩固长白山根据地建设，对于确保清河、胶东、冀鲁边抗日根据地畅通，加强与鲁南地区和山东纵队的联系，作出了难以描述的巨大贡献。

大华回想起年前发生的一件事，长（山）桓（台）地区几支武工队曾在长山县独立营配合下，一举击毙了投降日寇的叛徒张由大。这才几天工夫，长山县独立营营长朱云不仅裹挟着手下投降日寇，还反过来进攻长白山抗日根据地。大华想到这儿，两眼望向马二当家："马司令，咱们的损失，这次大不大？"

马二当家摇摇头："损失倒是不算大！但得知朱云叛变投敌的消息，我当时和你一样，也是感到非常吃惊。急忙带领队伍前来处理此事，恰巧碰上他带领日寇扫荡长白山根据地。而咱们长山县独立营中原有一部分'钢八连'战士，是清西军分区已经牺牲的韩参谋长带出来的队伍，他们坚决不肯向日本人投降。当叛徒朱云勾引着日寇前来进攻长白山根据地时，立即遭到'钢八连'战士的迎头痛击。加上我又带领队伍及时赶了过来，对敌人形成前后夹击，打了朱云一个措手不及，消灭了其大部分兵力，同时还缴获一挺轻机枪和一门小钢炮。只是有一点儿可惜，没能活捉叛徒朱云，让他带领少数手下突围出去，逃回到周村镇老巢去了。"

大华听说长白山根据地损失不大，心中还抱有一丝欣慰，可是又听说朱云带领少数手下突围出去，逃回到周村镇老巢去了，忍不住咬牙切齿道："朱云这个该死的叛徒，投降日寇助纣为虐，咱们早晚要消灭了他。"

马二当家点点头："这些可耻的叛徒，背叛国家，背叛人民，为害一方，我们当然要坚决将其消灭。"他又提醒大华："据可靠消息，朱云这个叛徒，还有木子有这个坏蛋，都从长山县城进入了周村镇。"

大华竖着耳朵听，并立刻问道："马司令，木子有的老巢不是长山县城吗？他进入周村镇是啥时候的事呀？"

"木子有的老巢确是在长山县城，他进入周村镇是刚刚发生的事。"马二当家说道，"日寇的第五次治安强化运动，还有多次大扫荡，在根据地军民顽强抗击下全都失败了。这些叛徒汉奸已经明显察觉到，他们的日本主子已是强弩之末，再待在长山县城估计不保险，所以陆陆续续进到周村镇。"

大华恨恨道："我在周村镇搞药，怎么就没碰上木子有，不然一枪结果了他，也好替马三掌柜报仇雪恨。"

马二当家缓缓摇着头："我三弟的血海深仇当然要报，但决不可贸然行事。木子有比起朱云可狡猾凶残得多。再说他自知罪孽深重，进到周村镇也很少抛头露面。因此你接下来的任务是加强情报搜集，密切关注这两个叛徒的动向……"

大华郑重点点头："马司令，这个我会加以注意，您尽管放心好了。"

大华也说不出为什么，自从得知长山县独立营营长朱云带领部分手下叛变投降日寇后，他心中一直就觉得沉甸甸地难受，又像吃了苍蝇一样的恶心。这倒不是因为他害怕什么，而是对叛徒感到出离的痛恨。再就是为原长山县独立营中被朱云裹挟的那百十号弟兄，感到非常惋惜和不值。自此开始，大华一直心心念念着，怎样才能够及早清除朱云和木子有这两个叛徒。他和这两个叛徒曾共事过，彼此太熟悉。他一旦露面势必也会被对方认出，搞不好还会打草惊蛇。因此，大华觉得自己不适宜亲自进入周村镇侦察，他开始调动多方面力量搜集木子有和朱云的相关情报，密切关注这两个叛徒的动向。

我们的地下侦察员工作也非常高效，很快便查明了一切。

木子有和朱云在周村镇并非驻扎在一起。木子有和手下剩共队驻扎在周村镇城里的日本宪兵司令部附近，朱云虽然也极力想讨好日本人，却不像木子有那样受宠。尤其朱云勾引日本鬼子进攻长白山抗日根据地时，被马二当家带领的队伍打得大败而归。他的这种拙劣表现，不仅得不到日本人信赖，甚至还引起日本人的怀疑。朱云受到打击，实力也极大减损，利用价值下降不少。日本人就把朱云及手下安排在周村镇外东南方向一处临时征用的复育医院里面，朱云就这样成了日本人的看门狗。

周村镇复育医院主体建筑是一座哥特式二层小洋楼，尖尖的穹顶，高大的玻璃窗，繁复的外观缀饰，与周边建筑显得十分不同。19世纪末20世纪初，清政府批准周村镇为开埠口岸，英国基督教浸礼教会就在周村中正门外修建了教会医院。英国佬一边利用西医技术为中国老百姓诊疗疾病，一边假借传播基督教福音来侵蚀中国人的思想，因此这所医院被称作复育医院。日军占领周村镇期间，复育医院被强占改作军营。复育医院的英国院长被迫带领全家迁回英国，复育医院的医生和护士们则被赶出了医院。

自从朱云带人驻扎进周村镇外复育医院，他的心就有点慌了。

这里既没有坚固的城墙做壁垒，也没有日本主子提供的庇护做保障。再加上朱云自知罪孽深重，共产党八路军绝对饶不了他，因此他一头扎进复育医院内，非有必要绝不抛头露面。其实，朱云仍抱有侥幸心理，他把手下人员和武器装备看得跟命根子一样。把手中仅剩的一挺捷克26式轻机枪当成了心肝宝贝，一直"供奉"在复育医院二层小洋楼里。

大华基本摸清楚木子有和朱云的情况，又召集武工队的同志开诸葛亮会。有的同志当场提出"射人先射马，擒贼先擒王"，是时候对木子有和朱云动手了。但是具体到二人身上，情况又有所不同，木子有和他的手下驻扎在日本宪兵司令部附近。且不说周村镇城池高大坚固，防守十分严密，日本宪兵司令部周边也戒备森严。以武工队现有的力量根本无法触动日本人，再加上这个木子有像狐狸一样狡猾，暂时之间还是不要惊动他。至于朱云和他的手下，虽然一时投降了日本人，但他现在兵力损失严重，士气更是十分低落。已经不受日本人待见，被安排在周村镇外驻扎，俨然变成了惊弓之鸟。若把打击叛徒的重点先锁定在朱云身上，取得成功理应更有把握。

惩处叛徒方案制定后，大华随即带领几名武工队队员来到周村镇东南，对复育医院外围情况做了一番详细的侦察。到了此时他才蓦然发现，情况并非想象中那样简单。虽说复育医院位于周村镇外，可是与镇子东南边城墙仅仅隔着一二百米距离，呈现出互为犄角态势。复育医院和周村镇围子墙之间并没有任何火力死角，战斗打响之后便可做出相互支援。另外，大华还发现一点，复育医院看似包裹在一座孤零零的大院子里，但周遭的院墙都有一人多高，全部由青砖砌就，基座是坚硬的花岗岩，墙头上高挂着铁丝网。院内的二层小楼上，即便大白天也是双人值班站岗，到了晚间还会有巡逻兵牵着大狼狗巡逻，每两小时换一班岗，简直不给外边丝毫机会。

经过一番侦察下来，大华心中明白了一点，若想惩罚叛徒朱云，只宜智取不能强攻，一切还须从长计议。

某日，一对年轻夫妇卸下店铺门板，准备开始一天的营业。这是一家位于周村镇外太和街路南边，才开张不久的杂货铺。过了不一会儿，一位身材高大、体态壮硕的年轻人，一步踏进店门，高喊了一声："老板，给我来两根香烟。"

杂货铺小老板转过身，见是老熟人登门，一边热情地打着招呼："哎哟，是小许啊。"一边忙递上一支香烟，并随口问道："贤弟这几天又忙啥呢，咋这么久不见你？"

小许点上香烟狠狠地吸了一口后，缓缓地吐出来，这才愁眉不展地说道："还说见面呢，可愁杀我了……"

杂货铺小老板赶紧问道："贤弟，到底怎么回事？"

"这不是家里托人捎了封信来，让我回趟家看看吗？"小许一边说着缘由，一边又牢骚满腹道，"可我跟着朱营长混成这样，弄得人不像人鬼不像鬼，叫我咋着回家去呢？"

杂货铺小老板一边耐心听着，一边给老婆递个眼色，支使她提着针线簸箩出去。紧接着，他又从坛子里舀出一碗白酒，拿一碟花生米过来放在桌上，对小许说道："哥哥有一句话，也不知当讲不当讲？"

小许闷头吸一口烟："哥啊，咱俩谁和谁呢？有话，你尽管说吧。"

杂货铺小老板试探着说："哎呀呀，真是可惜呢。朱营长办事糊涂啊，竟然把弟兄们全带到沟里了……"

杂货铺小老板一句话，把小许说得头埋得更低了，狠命地吸着香烟，眼看烟屁股要烧到手了，才猛一下甩出去老远。接着又端起酒碗，一口猛灌下去，却不想又呛着了。他咳嗽了好大一会子，才渐渐地平复下来。

杂货铺小老板见状，一边赶紧说道："贤弟，不急，慢慢哈，慢慢哈。"说着又递了杯热茶："贤弟，哥哥知道你心里苦闷呢……"

小许在杂货铺中盘桓了许久才走。等大华过来，杂货铺小老板忙把刚才见到小许的种种情形详细地叙说了一遍。大华问道："不知这个小许怎么样，你觉得有成功的把握吗？"

杂货铺小老板思索着："我们观察这个小许已经有些时日了，感觉问题应该不大。"

原来这杂货铺小老板两夫妇都是桓台县人，为了谋生才来到长山县三区周村镇开杂货铺维持生计。大华在周村镇外围侦察时结识了他们，在交往中，觉得他们二人待人热诚，做事忠诚可靠，遂将二人发展成地下联络员。从此之后，这家夫妻杂货铺，便成为我们的一处秘密联络站和落脚点。

话说朱云手下的机枪射手小许，自从被朱云裹挟着投降了日寇，又驻扎到了周村镇外围的复育医院，医院恰巧与这家夫妻杂货铺相隔不远，便时常来杂货铺买烟买酒，而老板夫妇从与小许的一些"闲言碎语"，看出他思想很苦闷，其中有机可乘，于是立即向大华做了汇报。大华得到这条消息后，感觉机会难得，又与杂货铺夫妇二人一番商讨后，决定继续加强对小许的接触和了解。

小许家位于长山县六区苑城镇一带，当年马耀南带领队伍经过这一地区时，小许作为一名热血青年，不顾爹娘的阻拦，报名参加了八路军。其后，小许爹被下乡清剿的日伪军打伤致残，至此长年卧床不起。小许的弟弟妹妹们一个个年纪尚小，现时一点都指望不上。小许娘是一位小脚的妇道人家，尽管屋里屋外地忙活，却连几亩薄地都种不上，全家人一年到头吃不上顿饱饭，穿不上件新衣裳，日子过得十分清苦。

小许家的情况，大华了解得差不多了，就安排杂货铺小老板进行下一步的行动，让他趁着下乡的机会一路打听着到了小许家，并以好朋友的名义给小许家送去一些资金援助，又雇了几名泥瓦匠将他家残破的屋子重新翻修了一遍，还把他家中的农活也干完了，算是帮助小许家暂时渡过了难关。

家中所发生的一切，小许初时并不知情，直到收到一封家书后，才了解到其中的内情。

他对杂货铺小老板夫妻充满了感激，到了无话不谈的地步，直言道："哥哥和嫂子真正是把俺小许当人看待，今后若有用得到兄弟的地方，二位尽可以直言。我必定水里来水里去，火里来火里去，绝不说出半个'不'字。"

杂货铺小老板夫妇觉得，争取小许的各项工作终于达到了预期目的，也该到了打开天窗说亮话的时候了，于是就把其中内情和盘托出："我们夫妻二人所做这些，都是抗日民主政府的安排，是看在你曾经参加八路军，为抗日工作做出过一定贡献的面上。即使你后来被裹挟投靠了日本人，也并没有做出什么恶事，抗日政府还是希望你能够改邪归正，回头是岸……"

小许至此，心中完全明白过来，当即表示："我被朱云裹挟进去，也是一时之间被蒙蔽，给日本人做走狗，并非出于我的本意。"

杂货铺小老板听后，又对小许趁热打铁道："好兄弟，哥哥明白你的意思了，咱们作为堂堂正正的中国人，当然不会当汉奸走狗，更不会给日本人卖命。"

小许点点头："好大哥，话已至此，你有什么事情不用隐瞒，尽管对我说就是。"

杂货铺小老板思索片刻，点点头道："好吧，瞅个合适机会，我为你引荐一个人。"

几天之后，杂货铺小老板果然安排小许跟大华见面了。大华对小许又做了一番推心置腹的谈话："就目前的抗战形势而言，日本人是秋后的蚂蚱，已经蹦跶不了几天了。如果给日本人当走狗，更是兔子的尾巴长不了，倒不如及早改邪归正的好。"

　　大华的话显然说到了小许心坎上，他不住地点头，然后又表态道："李队长，只要你们不计前嫌，我小许必定说到做到，做一名堂堂正正的中国人，坚决站在共产党八路军这一边。"

　　大华和小许之间正式接上关系。不想才几天过去，小许就突然在一个傍晚到了杂货铺。也不待小老板问话，他开口即道："大哥，我特地赶过来，是要告诉你一个消息。我们路副队长母亲病故，急于回家料理后事，他是朱云的心腹爱将，提出来要携带那挺捷克式轻机枪，以及全班人马一起回家奔丧。"

　　杂货铺小老板闻听，急忙问道："路副队长回家奔丧，朱云是什么态度？"

　　小许遂解释道："原本长山县独立营有两挺捷克式轻机枪和一门日式小钢炮。自从朱云裹挟独立营部分战士叛变，又勾引日本人进攻长白山根据地，被根据地军民前后夹击，损失了一挺捷克式轻机枪和一门日式小钢炮，朱云就把唯一剩下的那挺捷克式轻机枪当作身家性命来看待。但路副队长和朱云是拜把子的兄弟，又是他的左膀右臂，所以路副队长一提出来要携带捷克式轻机枪回家壮胆，朱云也不好反对，只好不情不愿地答应了下来。"

　　捷克式轻机枪离开复育医院，机会实在稍纵即逝。如果我们的人马提前想好妥帖办法，将那挺捷克式轻机枪夺过来，朱云就是老虎失去利爪，彻底地完蛋了。想到这儿，杂货铺小老板赶紧又问道："小许兄弟，在这件事情上，你敢保证绝对可靠吗？"

　　小许的脸一下子涨得通红："大哥，你把我小许当成什么人了？他们说这些话时，我一直站在旁边，都是亲耳所闻亲眼所见，当然敢向你作出保证。而且我还听到朱云提出，路副队长家中丧事完毕，务必即刻返回周村镇据点。"

杂货铺小老板沉吟着，又问小许："嗯，这位路副队长，家在哪里？"

"长山县南边，小路家庄。"

"什么时候走？"

"为了不引人注目，不受八路军武工队袭扰，我们路副队长决定今天晚些时候走。"

杂货铺老板一下子又沉默起来："时间极其紧迫，我没有分身之术，怎么尽快通知到大华呢？"再加上他心中还有另一层担忧："万一情报不准，或者打草惊蛇，或者引火烧身，那可怎么办呢？"

小许见杂货铺小老板一直沉默不语，不免又着急起来："大哥，机不可失，失不再来，你赶快拿主意吧。我得先走了，不然时间长了，会被朱云和路副队长怀疑。"

杂货铺小老板这下不再犹豫不决了，他立刻抬起头来，两眼目光炯炯看着小许，又叮嘱他几句："好兄弟，你这个情报对我们太重要，太及时了。你跟随路副队长来回奔丧的路上，一旦听到枪声响起，要立刻扛起机枪往青纱帐里跑。其他任何事情都不要管，即使天塌下来，也不必你来管。"

"好的，我知道了！"

小许答应了一声，匆匆地走出门去，一闪身不见了踪影。

杂货铺小老板回过身来，和妻子简单地商量了几句，夫妇二人便决定分头行动。小老板立即戴上一顶帽子，又换了一件深色衣服，悄悄地走出门去，径直赶往复育医院附近察看。果然看见从里面走出来一支十余人的队列，情知小许所言非虚，然后又一径地尾随着，来到长山县城南的小路家庄。这可是一段不短的路程，即便是在深秋的夜晚，即便杂货铺小老板走惯了脚程，头上仍然冒出了汗珠，心却彻底放了下来。

杂货铺老板的女人则按商定，等男人离开后，她也简单地收拾一下，锁了门出去了。

女人一路跌跌撞撞,按照约定地点和联络方式,好不容易找到大华,把这个重要情报传递给了他。为了谨慎起见,大华又询问了杂货铺小老板女人几句,终于把情报落实下来,于是连夜带领队伍出发了。

幸亏对这一带地理情势早已烂熟于胸,大华和武工队的十几名队员就在当天下半夜,于周村镇与小路家庄之间一处必经之地设置好埋伏,然后静等着大鱼上钩了。

经过一天的忙忙碌碌,路副队长终于把出殡的事情料理完毕。眼看着秋日的太阳西坠得厉害,已经白花花地落到树梢,他又匆忙收拾起队伍急急往回赶。家人纷纷来劝,说他走了一宿又忙活了一白天,应该留下来休息一宿,到明日再走也不迟,但路副队长一根筋,根本什么也听不进。他知道稍大一点的城镇可能住着日本人,但是外面的广大区域却是共产党八路军的天下。自家跟着朱云投降了日本人,干起了背叛国家和祖宗的勾当,等于是自绝于人民,八路军武工队绝对不会轻易放过他。因此他心中也知道,即便是为了保险起见,家中终不可久留,只有进了周村镇老巢才能彻底地安心休息。

机枪射手小许肩膀上扛着那挺压满子弹的捷克式轻机枪,走在返程的队列中,一头走一头东张西望,同时心中不免嘀咕起来:"按照与杂货铺小老板的约定,即便从周村镇赶往长山县城,时间上恐怕也来不及。但是从长山县城这边赶回周村镇方向,已经过去了整整一个黑夜白天,怎么还不见武工队身影?难道是情报没有送出,或是没找到李队长他们?"

小许的脸上隐约露出焦急的神态,他把两只耳朵直直地竖起来听着,等候枪声响起的那一刻。而大华前个夜晚已经赶了一宿路程,今天眼看着白日头即将落山,虽然身上没怎么感觉疲惫,但是两只眼睛瞪的时间长了,感觉又酸又涩。恰在这时,前边的侦察员忽然猫着腰跑来:"队长,快看。前头来了一小队人马,像是那一伙的。"

大华赶紧朝前望过去:"哎呀,真是太好了。终于把敌人等来了,总算没有白忙乎一场。"

路副队长骑着一匹高头大马走在队伍的中间，当他忽然看见道路两旁森森立着一人多高的青纱帐时，也不知是因为太阳落山了气温下降，抑或其他一些什么原因，竟然禁不住打个冷战。心中立刻想到："真是奇了怪了，来时也是看这些青纱帐，心中倒不觉得怎么样，现在往回赶，离着周村镇越来越近了，怎么看见这些青纱帐反而胆战心惊起来？"

为了督促队伍快速前进，同时也是为了给自己壮胆，路副队长开始不停地吆喝起来。不料他的声音尚未落下，整个队列的最前端骤然响起一阵枪声。路副队长心头一紧："坏了，坏了。真是越害怕什么，就越要来什么。"他赶紧拨转马头，招呼手下道："兄弟们，不好，先保住小命要紧，快撤。"

尽管路副队长不停地招呼手下赶紧撤退，事情却远没有想象的简单。他的整个队列后端，随之也响起了枪声，而且这枪声正是武工队队员所打。

为了不伤到小许以及他肩膀上所扛的那挺捷克式轻机枪，武工队故意将枪口朝着天开。路副队长这时却又意会错了，他看着队伍前后被夹击，立刻跳下马来趴在地上，妄图进行负隅顽抗，可当他转头四顾时，才发现身边所有人已经逃跑干净，一个手下都不见了，转眼自己就成了孤家寡人。尤其那挺用来撑腰壮胆的捷克式轻机枪，连同小许一块不见了踪影。

伏击朱云机枪班这一仗，武工队打得着实漂亮，大华没费吹灰之力就夺回了那挺捷克式轻机枪，而路副队长连夜逃窜回周村镇，把丢失机枪的经过向朱云原原本本叙说了一遍。朱云从椅子上跳起来，接着又像泄了气的皮球颓废地跌落在椅子上。紧接着，他就把路副队长包括祖宗八代都狠狠地问候了一顿，连枪毙他的心都有了，然而一切却都于事无补。

一九四四年二月中旬，新春刚刚过去几天，倒春寒却依然料峭。

抗日战争已进入第七个年头，敌我双方力量的对比，已开始发生了有利于我方的变化。而且这个变化过程，已经变得越来越可眼见，越来越不可逆转。马二当家来到长白山根据地，传达了一份最新上级指示，清河军区与冀鲁边军区统一整合为渤海军区。原清河军区下属清西军分区改成渤海军区第六军分区，马二当家任第六军分区副司令员，兼任清西公署专员之职，身上的担子更重了。他和大华会面时，当即提出表扬："大华同志，干得不赖嘛！你和武工队的同志都是好样的！我早就听说了，你们对敌斗争机智勇敢，狠狠打击了日寇和叛徒的嚣张气焰！"

大华的脸上显得较为平静，而且心中仍留有稍许遗憾。他说道："马司令员，咱们虽然夺回了那挺捷克式轻机枪，可叛徒朱云仍逍遥法外，没有受到惩罚。每次想起叛徒木子有就很让人气愤，恨不得一枪打死他，早日为马三掌柜报仇。"

马二当家看着大华道："即便叛徒朱云一时没受到惩处，也不要气馁，咱们把那挺捷克式轻机枪夺回来，就算是为人民立了新功。况且不论日本人那边，还是八路军这边，叛徒朱云都已失去了立足的本钱，他终将受到人民的审判，只是时间早晚的事情。至于木子有这个叛徒，目前来看，仍逍遥法外，但也是秋后的蚂蚱——蹦跶不了几天了。"

大华闻听，眼前顿时一亮："马司令员，您那儿是不是有了消灭木子有的计划？"

马二当家摇摇头："木子有所犯下的罪恶，我们早晚要找他清算，只是眼下还有一项更重要的任务，急等着你们来完成呢！"

大华听说有新任务，立刻来了精神。他看着马二当家，热切地说道："马司令员，我来到武工队两年多了，是不是要调回大部队去了？"

马二当家仍然摇摇头："怎么？难道待在武工队不是一样打鬼子？"

大华噘起了嘴巴："马司令员，还以为您要调我回大部队去参加大反攻呢。"

"嚯？是不是打了两回胜仗，觉得待在武工队憋屈，还长了脾气不是？"

大华闻听，立刻嬉皮笑脸道："嘿嘿嘿，马司令员，您是知道的。就请您说说吧，这次又有什么重要任务？"

马二当家一字一顿道："重新组建长山县独立营！"

大华忙问道："咋个重新组建法？"

马二当家道："当初朱云投降日寇，曾经裹挟走咱们部分战士，但是仍有一部分人员留下来了，比如'钢八连'的战士们。再加上（梁）邹长（山）地区的几支武工队，我想把你们全部捏合起来，攥成一支铁拳打击敌人，你觉得怎么样？"

"马二当家不愧是去延安学习过，看问题就是站得高看得远想得透。"大华想到这儿，于是问道："马司令员，长山县独立营重新组建起来，上级有什么要求，又有什么样的任务？"

马二当家攥起拳头，有力地挥动了几下："新的长山县独立营，首先要像钉子一样，牢牢扎根长白山地区，继续坚持根据地斗争建设。其次，新的长山县独立营，实力肯定是壮大的，我们要争取积极主动出击，在更大范围内打击日伪军。"

大华挺起胸脯，敬了一个军礼："报告马司令员，我这就去长山县独立营报到。"

马二当家拍拍大华的肩膀，目光炯炯地看着他："好小子，还回不回大部队了？"

大华脸上一红，不好意思道："嘿嘿嘿，不回了。在这儿，不也一样打鬼子吗？"

马二当家满意地点点头："对头！这才是我想要的，预祝你们取得更大胜利。"

马二当家走后不久，新的长山县独立营终于重新组建起来了。队伍根据对敌斗争需要，灵活地掌握"两面政策"，他们把各村的保长和乡长们划分成"革命两面派"，以及"反革命两面派"。那些一切为了抗战事业，按照我方指示去办事，维护了人民群众利益的，就是"革命两面派"。那些死心塌地为日伪军卖命，或是对于抗日政权阳奉阴违，或是危害人民群众利益的家伙，就是"反革命两面派"，我们也要采取坚决镇压的措施。现如今，各村的"革命两面派"村长们每天跑到日伪据点，都是报告"平安无事"。伪军人员再向日本人报告也是"平安无事"，那么我们的八路军武工队，一旦经过这些地区或在附近活动时，一切也就"平安无事"了。

大华每一天睁开眼睛即忙得脚不沾地，每一个工作日程全都安排得满满当当，却在这年仲春时节得到了一份极其重要的情报。农历三月十五，泰山老奶奶诞辰日，木子有要举行结婚典礼，还准备唱戏三天以示庆贺。大华得到情报后，两眼直视着来人："你的情报，绝对可靠吗？"

来人赶紧道："我跟随木子有多年，他的一举一动，全部逃不过我的眼睛。我可以用性命担保，情报绝对可靠。"

大华不禁胸中长长舒出一口气："木子有这个叛徒，你也有今日。"

原来这个向大华提供情报的，便是大华在郑家庄伏击战中俘虏的一名清剿队员。大华喝问道："叫什么名字？"

"牛二丑！"

"哪庄的？"

"小牛家庄！"

"为什么给日本人做事？"

牛二丑立刻哀求道："长官，饶命啊。我给日本人做事，都是木子有逼的……"

队员们当时出于义愤，纷纷提议枪毙牛二丑，但是大华从长远考虑，又觉得他身上并无大恶，因此教育一通后就地释放了。

这件事情过后不久，牛二丑又回到木子有身边，他说是武工队看管不严，自己才趁机逃脱回来，却对大华的爱国教育绝口不提。虽然从牛二丑的言辞中听不出任何破绽，从牛二丑的行动中也看不出任何异常，但是依照木子有狡诈多疑的性格，他再不能像从前那样信任牛二丑了。木子有态度的前后变化，牛二丑已经明显地感觉出来了，可是人在矮檐下不得不低头。就这样，牛二丑心中滋生出了对于木子有的不满情绪。

不久之前，牛二丑忽然收到家中托人捎来的口信，说是发生了紧急情况，让他速速归家一趟，牛二丑急匆匆跑回家，可他进门就当堂呆愣住了。他猛然发现，迎门端坐在椅子上的正是武工队队长大华。牛二丑转身就要逃跑，大华却脸上微微一笑："牛二丑兄弟，别来无恙啊？"

"啊，啊……"牛二丑只啊啊两声，嗓子眼里干干的，半晌说不出句话来。还是他的家人出来，把情况说明之后，才把这个尴尬的气氛化解掉。

原来大华在带领队伍对敌伪据点喊话，给汉奸和伪军记"红黑点"活动时，也对伪顽军家属们开展了"一封信"活动。大华派人给牛二丑家送去了一封信，并且争取到他家人的支持，这才想办法喊他回家一趟。两个人再次见面，大华语重心长，对牛二丑讲了一大段话。其大意是苏德战场，德国败局已定，苏联红军已经转入大反攻。作为轴心国的日本，也是秋后的蚂蚱，蹦跶不了几天了，奉劝牛家兄弟，要及早认清形势，不要忘记自己是一名中国人，及早给自己寻一条后路。

"是，是，是！李长官的教诲，我一定牢牢记住，要给自己找寻一条后路！"

牛二丑除了一迭声满口答应之外，又对大华的活命之恩再次表达了感激之情。最后，他诚恳地说道："李长官，请您尽管放心好了，你们的一些政治宣传，我已经完全地感受到了，八路军武工队为国为民，那是真叫一个真心实意。我正想与你们取得联系，不想你们竟然寻上门来了，那么一切就太好了，如果你们需要木子有的行踪，我也会为武工队提供情报……"

牛二丑的一番话，似乎出于一片真心，但是大华经过考虑后，还是觉得不怎么放心。于是先让他帮个忙，比如弄到一批机枪子弹，然后武工队照价购买。不想牛二丑跟着木子有多年早已混成了老油条，对于倒卖子弹获取报酬，他竟然真的乐此不疲，并且他还主动出主意："李长官，只要你们武工队人员时常到周村镇外围活动，或是晚上对着城内喊话，我假装拼命对外射击，就可以多冒领机枪子弹出来。"

大华给牛二丑安排的一些事项本来就有试探的意思，他竟然全部照做了，而且做得还挺好。于是大华再给他安排一项相对复杂和危险的任务，即搞到一份周村镇日伪城防图。只几天工夫过去，他竟然真的弄来了一份草图。大华曾经多次出入周村镇，对于这座城镇的内部情形，不能说是多么熟悉，但是凭借脑海中的记忆，大体上也不会差很多。他于是比照图上描绘的内容，细细地回忆了一番，再根据其他渠道获得的信息，最终印证了牛二丑情报的准确性。

大华不再犹豫了，直截了当命令牛二丑，密切关注木子有动向，随时提供情报出来。

牛二丑果然又提供情报了，而且是快速又准确。

自从进入周村镇，木子有很快就找了个姘头，两个人一直打得火热，如今他正准备着要收姘头入屋内做小，而且时间就定在了农历三月十五的泰山老奶奶诞辰日，到时还准备请戏班子在周村镇同乐大戏院庆祝三天。

泰山奶奶的道场原本在五岳独尊的泰山，却不知何年何月何时起，周村镇西边武圣门内，蓝布市街路北首，竟然也矗立起一座规模不小的道观，而且里面供奉的香主也是泰山奶奶碧霞元君。因此，人们又把这座道观当作泰山奶奶的行宫，且按照历年来惯例，每逢农历三月十五泰山奶奶寿诞日，都要举行一场盛大的禳祝法会。如今即使日寇占领时期，法会依然未曾中断，一年四季依然香火缭绕，善男信女依然熙来攘往。

大华已经得到确切情报，恨恨道："木子有这个叛徒竟然跟泰山奶奶争短长，真是临死也会拣选日子。不仅八路军武工队饶不了你，即使泰山奶奶心再善也绝不会保佑叛徒。"

为了清除叛徒木子有，大华做足了各项准备，并且把行动时间，最终确定在晚间。他是这样预想的，木子有既然纳妾，还要唱大戏三天，那么整个行动高潮部分，必定是在晚间进行方妙。那些前来祝贺捧场的人们，陪着木子有看完戏出来，也正是人群最纷乱的时候。武工队员可以利用人潮拥挤，慢慢地靠近木子有身侧，此时即使他身旁保镖众多，一下子也不容易起疑。而且依照大华及其手下多年磨炼出来的身手和枪法，完全可以做到致命一击。

农历三月十四，按照信徒们的约定俗成，正是泰山奶奶"换袍日"。历经一年四季风霜雨雪，待到来年春暖花开的时候，又值泰山奶奶寿诞日，老神仙也该到了沐浴更衣，脱下旧袍着新装的时刻。此时，周村镇周边的人们，那些十里八乡的善男信女，早已经开始携家带口，纷纷朝着周村镇涌了过来。大华为了不引人注目，也带领着几名挑选好的队员，混杂在熙熙攘攘的人流中，从城北边潜入周村镇，并很快与牛二丑取得了联系。牛二丑看见大华，果然带领手下按时到来，更是不敢稍有松懈，急忙先找了个僻静地方，安顿好大华等人，紧接着又把私藏的武器弹药，全部偷偷地取出来，悉数交到武工队手上。

沉沉的夜色下，街灯散发着淡淡光晕，既看不出光明，又看不清前路。倒是天上的一轮圆月，既澄澈又明亮，仿佛人的眼，可以照察人间善恶。大华等人早已隐藏在街头的转角处多时，一直在等待着夜戏散场时分。他们就这样悄悄地埋伏着，终于盼得木子有出来，只见他站在同乐大戏院门前两三层的高台阶上，一边不停地点头哈腰，一边又不停地举手抱拳，与各路宾客频频打着招呼。

木子有或许觉得周村镇内没有人能够把他怎么样，或许被喜庆场面冲昏了头脑，浑然忘却了无时不在的危险，以及冤有头债有主的古训。不想耳畔一声清脆的枪响，顿时刺穿了大喜下"祥和"的气氛，骤然间打破了夜晚的宁静。就在众人一愣神的工夫，只见木子有手捂住胸口，连声哀号都来不及发出，身子已软软地倒下。

待木子有身边的保镖反应过来，急忙上前救护，又忙不迭寻找刺客时，同乐大戏院门前早炸了营。那些刚刚散场出来的人，听到第一声枪响正不明所以，只管拥挤着喧嚣着四散奔逃。大华见此情景，又举手朝天连放两枪，顿时引起人群更大的混乱，然后又在其他武工队员的接应下，迅速消失在茫茫夜色中。

善恶到头终有报，只争来早与来迟，打死叛徒木三子，为马三掌柜报仇雪恨，大华的夙愿终于了却了，心头的负担也卸下了。这个在死亡和困难面前永不低头的硬汉，此时眼中却满含热泪。这泪水既是热的也是红的，里面不知包含多少仇与痛。

对日伪斗争的不利态势正在一步步扭转，被敌人蚕食的根据地在一点点恢复。长山县独立营很快又接到马二当家下达的最新指令，迅速组织队伍攻打无影山据点，拔除日寇楔进长白山根据地的钉子。

离着长白山东麓不远处，位于梁邹县城正南方矗立着一座孤零零的小山。这座小山不甚高大，远远看过去就像一个新鲜出炉的荞麦馒头。由于山不高，顶又过于圆秃，到了骄阳底下它也照不出山影来，因此周边的老百姓都叫它"无影山"。日本侵略者也正是看中此山位于周村镇、梁邹县和长白山三处中心地带，地理位置十分重要，早于一九三九年夏便在山顶盖上炮楼架设了机枪，建成了一个戒备森严的据点。日寇无影山据点既像一颗钉子，更像一枚骨刺，楔进了长白山根据地内，时刻影响着我抗日军民活动。

这几年来，尤其身负重伤之后，大华从主力部队来到武工队，活动范围从来没远离过长白山及其周边地区，而日寇占据的无影山据点在长白山东麓不远处，按照常理来讲应该十分熟悉地形。但前些年日伪军势力强盛，抗日队伍的实力远不如现在，即便看到无影山据点的日寇作恶多端，也只能恨得牙根直痒痒，暂时拿它没有办法。

如今抗日战争走到反攻阶段，敌我力量发生变化，日伪军龟缩进无影山据点居高临下，占据着有利地形，成为一块绊脚石，一只拦路虎。八路军便只有早日拿下此处，才既可以彻底清理干净长白山根据地内门户，又可以使得长白山根据地与渤海军区根据地联系更加紧密，其战略意义十分重大。

大华带领着队伍来到了无影山下，他们先与附近村子里的一名"两面派"村长取得联系。

这位支姓村长所在的村子就在无影山脚不远处，山上日寇据点需要的粮食柴草等物资供应全靠这个村子负担，因此，这位支村长与据点里的日伪军已经混得十分相熟，并得到了敌人的信任，但大华向支村长打听无影山据点的情报时，他也一股脑儿全部讲了出来。

日寇无影山据点内有常驻日军十一人、翻译官一人，武器有轻机枪一挺、小钢炮一门、三八大盖十支、短枪一支。无影山南侧近半山腰的位置有一座破败的山神庙，驻扎着号称一个连的伪军。根据庙宇大小，以及村子供应粮草的情况来推算，驻守人数肯定没有一个连那么多，而且这些伪军人员时常受到日寇猜忌欺压，又受时局变幻的影响，士气十分低落。当然，这批伪军的兵力不可忽略。

大华对日寇无影山据点的内部人员情况和武器情况有了初步了解。接下来，他又带领几名同志趁着夜色摸到无影山前，对山下周遭地形进行了一番实地勘察。结果他们发现，围绕无影山据点四周，日寇历经多年的营建，挖掘有一条五米宽，三四米深的壕沟，壕沟内注满了水，壕沟两侧还设置了鹿砦、铁丝网等障碍物。据点内所有人员和物资唯有通过一座特制木吊桥才可进出。

从无影山下侦察回来，大华又和独立营的几名同志作了一番深入探讨，认为日寇无影山据点看似人数不多，但是武器装备不弱，又有居高临下的优势，真正是易守难攻。武工队虽然信心十足，但是受制于没有攻坚利器，若想夺取日寇无影山据点应该以智取胜，出其不意，速战速决。

某日清晨，太阳刚刚露出地平线，无影山周遭尚处于一片沉寂之中。

支村长趁着一早天气凉爽，领着两个挑担子的年轻人向着无影山进发了。三人刚来到无影山脚下，便被站岗放哨的鬼子兵居高临下地发现了，随着哗啦一声枪栓响，鬼子兵把枪口对准了山脚下的几人，并大声地吆喝起来："喂，站住！你们的，什么的干活？"

支村长的脸上立刻堆满了笑容，脸上的褶子就跟犀牛皮似的一层一层堆叠。支村长一边点头哈腰一边讨好地说："嘿嘿嘿，太君啦，太君，我是山下的支村长，咱们误会的不要，误会的不要。"一边又侧过身指着身旁的两个年轻人："我接到太君命令，领着他们来送粮食蔬菜。"

日本哨兵的手中端着上了刺刀的三八大盖，刺刀明晃晃闪着寒光，鬼子那狐疑的眼神隔着一座大吊桥紧紧盯在大华脸上。其他人员时常上山给日寇送各种给养，大华那张陌生面孔确实更容易引起怀疑。支村长见状，脸上赶紧再次堆满笑容："嘿嘿嘿，太君，太君啦，您的放心好了，他是我亲弟弟，绝对的好人呐。"

原来这次来无影山，大华早跟支村长备好了说法，只假说亲弟弟从前跟家里亲戚在外边学做买卖，最近市面上买卖难做，亲弟弟在外边无法混下去，只得回家来了。亲弟弟待在家里无所事事，支村长才拉他来为皇军效劳的。日本哨兵的疑虑被支村长编的谎话暂时打消了，日本哨兵放下吊桥，挥挥手下放大华三人进了据点。

进了据点熟悉了场地，大华又混了个脸熟。接下来，他就要考虑如何用兵，好顺利拔除无影山据点了。

大华联系了地方政府，请他们派来一位富有经验的敌工部长，出面对无影山上伪军人员及家属展开政策攻心，向伪军晓明民族大义，鼓励他们戴罪立功，最起码不要与人民为敌；其次，又要做到悄悄地包围无影山，把日寇像野兽似的困在笼子里，到时让敌人一个都跑不掉。

进攻无影山的诸多事项正在紧锣密鼓的准备中，但六月的天气就像小孩子的脸，变化得忒快了些，一场罕见的大雨接连下了几日，弄得平地成为汪洋，到处水汪汪的。大华紧锁着眉头，眼看着无影山上的雨水顺着山石像瀑布一样直冲下来，山脚下壕沟里的雨水更是呼呼往外倒灌，壕沟显得比往常更宽更阔了。大华心事重重，焦急地思考着要如何应对眼前的困局。

恰在此时，支村长头戴斗笠，身披蓑衣，蹚着雨水赶过来了。

大华赶紧请他坐下，说道："支村长，下这样大的豪雨，你怎么过来了？"

支村长向大华提供了一个重要情报："无影山据点的日寇急着催我去送粮草。"

"日寇急催送粮草？"大华思索着，"如今平地上都蹚水，你们如何去送粮草？"

支村长苦着一张脸道："正因为连日来的大雨，无影山上早就断了粮草，日寇才催着要得急，必须马上送过去才行。"

大华沉吟着："嗯，那粮草准备得怎么样了？"

"全都准备好了。"支村长说道，"只是我心里琢磨，临出村前还是先赶过来告诉你们一声。"

支村长话音刚刚落下，大华却喃喃自语道："太好了，简直太好了！难道冥冥之中真有老天爷神助？"

大华立刻吩咐支村长，先把大车压一压，紧接着又做出兵力部署：

长山县第八区中队的同志前往无影山东面布防，负责警戒和阻击周村镇之敌。

长山县独立营一连的战士们前往无影山北面方向，负责警戒和阻击梁邹县城敌人。

独立营二连（原钢八连）战士们负责火力支援和接应任务，随时准备强攻日寇无影山据点……

第二日一大早，数日积阴的天气渐渐有些放晴，此时的山川大地尚沉寂在一片睡梦之中，大华带领着五名同志早早来到了乡公所。两驾装满粮草的大车正静静地停在院子里，他让随行的五名同志替换下支村长的五位车夫，准备趁着送粮草的时机混进日寇无影山据点，给它来个"黑虎掏心"，再与外边的队伍里应外合，彻底拿下日寇无影山据点。

装满粮草的大车刚刚来到无影山脚下，站岗放哨的鬼子兵隔着高高竖起的大吊桥隐隐约约看见有车马过来，揉一揉睡眼惺忪的双眼，照旧又把枪栓咔嚓咔嚓一拉，尖着声音喊道："八格牙路！你们的，什么的干活？"

支村长急忙闪身出来，不住地点头哈腰："太君，是我，支村长。"一面双手乱摇，"嘿嘿嘿，给太君送粮来了，千万别开枪。"

鬼子哨兵终于看清楚是支村长等人无疑，他的身后也确是两辆大车，便不再继续盘问，而是变色龙似的换了一副面容："你的大大的好，皇军朋友大大的。"

吊桥放下来，大华等人押运着两车粮草顺利进入日寇无影山据点，这是他第二次踏进鬼子的据点，可算是不再陌生了。此时天色刚待麻麻亮，山色仍然在一片朦胧之中，除了个别执勤放哨的鬼子，其余的鬼子还没有起床。眼见着时机成熟，大华举起右臂用力往下一挥，给了正准备卸车的战士们一个行动信号。战士们立刻从粮草堆中抽出了武器和弹药，直接堵住日本鬼子的卧室就开了火。

随着一阵"哒哒哒"的枪声和"轰轰轰"的手榴弹剧烈爆炸声，尚在睡梦中的数十名鬼子兵，转瞬间就回老家报到去了。

勇士们一击得手，原以为彻底消灭了鬼子，正一边清点小鬼子尸体，一边打扫战场，不料却从旁边的炮楼上突然射下来几颗子弹，子弹打在两架柴车的草上发出扑扑的怪异声响。大华立刻醒悟过来，是炮楼上仍有一个在站岗的鬼子兵。他赶紧指挥战士们隐蔽，然后点燃了一驾马车上的柴草，将燃烧的柴草车堵在炮楼的出入口处，又借着烟火弥漫作掩护把集束炸药靠在炮楼底部，"轰隆隆"一声巨响，鬼子炮楼炸塌了，最后一名小鬼子也被送上了西天。

大华这儿顺利炸塌鬼子炮楼，消灭了据点中的全部日寇。与此同时，无影山南面的山神庙内也顺利结束了战斗，他们是长山县独立营第二连（原钢八连），是跟随在大华身后进入日寇无影山据点的。大华那边响起枪声后，他们也立刻扑向无影山南面，迅速抢占了有利地形。

驻守山神庙内的伪军早已经失去抵抗意志，被突如其来的枪声吓倒了，很快便缴械投降了。

日寇盘踞六年之久的无影山重新回到了人民手中，战斗从打响到结束，用时不到一个钟头即取得了彻底胜利。此时，一轮红日正从东方冉冉升起，照映着雨后的无影山，显得无比圣洁无比美丽。大华和战士们，这些久经沙场的勇士沐浴着崭新的阳光，肩扛着缴获来的全副装备，脚步是如此坚定如此有力。他们心中对彻底消灭日本法西斯，对夺取最后的抗战胜利，更是充满了无比坚定的信念。

反动派不会自行退出历史舞台，但是敌我力量的消长，却是实实在在地存在的，在困境中努力站稳脚跟、不懈斗争，时机一到便能占领先机消灭侵略者，不屈的民族一定能守土成功。

智取日寇无影山据点两个多月后，时间来到八月上旬，立秋刚刚过去，热浪依然席卷着大地。根据夏季攻势作战计划，马二当家率领着八路军两个营的主力战士来到了青城县外围，他们此行的目的是要一举拔除日寇长期盘踞的王家庄据点。

在清西军分区根据地内，王家庄据点已是小日本占据面积最大，也是最难啃的一块硬骨头了。王家庄日寇据点城墙修得既高大又坚固，且外围周遭又环绕一条注满水的宽阔壕沟，真正做到了易守难攻。其实回溯至一九四零年，日本侵略者在我根据地内先后推行了五次所谓"强化治安运动"，而面对日寇的疯狂扫荡，杨司令员在极端困难的局面下率领八路军三支队的基干一、二营离开长白山抗日根据地，前来开辟了清河抗日根据地。就在那时，八路军已经攻打过一次王家庄，但由于我军劳师远征，再加上兵器火力明显不足，非但没有攻下据点，反而还牺牲了一名团长，使得队伍士气大受影响。

八月十日上午九时整，攻打日寇王家庄据点的战斗全面打响。

剧烈的枪炮声，激烈的喊杀声笼罩在王家庄据点上空。经过反复争夺，八路军已将据点内的四座炮楼，一口气打掉了三座，只在村子的西南角处还残存着最后一座炮楼。残存的日寇一直躲在炮楼里负隅顽抗。八路军组织了几次强攻，可是除却增加些伤亡外，其他均未取得任何突破。

炽烈的阳光烘烤着大地，空气里到处弥漫着硝烟和血腥的味道。眼见距离胜利只有一步之遥，正在后方指挥的马二当家沉不住气了，他一把甩掉头上的帽子，跑到阵地最前沿，准备亲自指挥最后的战斗。马二当家年轻时曾玩过黑火药，懂得些这方面知识，后来他从延安抗大学习归来时，又曾在鲁中地区观摩兄弟部队用炸药爆破日本鬼子炮楼。因此，马二当家伏在掩体后面经过一阵仔细的观察后，最终决定采取连续爆破方式，彻底摧毁敌人最后一个炮楼。

马二当家立即下达命令，集中所有轻重火力给爆破组提供掩护。

命令刚刚下达，天气又发生了变化，刚才还太阳当头的天空中突然飘来一块积雨云，紧跟着就是一阵疾雨。马二当家见状不禁皱起了眉头，他担心现有的炸药被雨淋湿后受潮失效，于是派贴身警卫员速去后勤部门领取新的大型炸药包。警卫员答应一声，转身飞一般地去了，只一眨眼的工夫，就把新的炸药包领来了。

马二当家站起身亲自检查炸药包，觉得可以放心使用，于是站起身发布了一道命令……

就在此时，敌人的一颗榴弹飞了过来，恰巧落在马二当家的身边。

在众人惊恐的目光中，一声巨响，手榴弹的爆炸又引爆了炸药包，作为前指的小院子瞬间被夷为一片平地。当同志们疯了似的扒开瓦砾石堆，找到血淋淋的马二当家时，他却早已停止了呼吸……

马二当家牺牲的噩耗传来，大华顿觉天旋地转，他就像掉进了冰窟窿，浑身冷得透不过气来，他强忍着，一直忍到实在无法支撑，身体像电线杆子一样轰隆一声倒了下去。

时间也不知过去了多久，黑暗中的大华终于慢慢睁开了眼睛，他静默着，泪水却止不住进流。马校长，马二当家，马三掌柜……这都是他革命道路上的引路人，是他的亲人和朋友，是他的老师和战友，他们就像一盏盏明灯陪伴着、指引着大华一步一个脚印前进。而他们的生命却如天上的流星，已逝去，再也寻不到他们的身影。

有一刹那，大华忽地回想起来，马二当家曾经问过："大华，等将来抗战胜利，打跑了日本侵略者，你打算做什么呢？"

大华一脸茫然："是呢，等将来抗战胜利，打跑了日本鬼子，我该做什么好呢？"

马二当家笑一笑："你今年多大了？"

"我跟随马校长参加黑铁山起义，那年十五周岁。又历经七年抗战，今年二十二岁了。"

"属狗的？"

大华点点头："嗯！"

"虚岁二十三，年纪也不小了。"马二当家沉思着，"也到了该成个家室，过几天舒心日子的时候了。"

大华实在想不出，马二当家会说到这样的问题，脸上一红，赶紧打岔道："马司令，那您呢？等将来抗战胜利了，您要去做什么？"

"解甲归田！"马二当家毫不犹豫地说道，"我的前半生一直打打杀杀，一直在动荡不安中度过。奉天军我干过，联庄会我也干过，如今又参加了八路军，等将来抗战胜利，赶跑了日本侵略者，我就回家侍奉老娘，还有老婆孩子热炕头，过几天安稳日子。"

言犹在耳，如今却是阴阳两隔。

一想到这儿，大华牙齿咬得咯咯直响。日本侵略者的残暴没有吓倒大华，一马三司令的牺牲却更加坚定了他坚持抗战的决心。大华擦干泪水，决心踏着烈士的足迹，继续前进。

一九四五年，在中华民族全面抗战的第十四个年头，英勇不屈的中国人民经过长时期艰苦卓绝的斗争，终于等来了大反攻时刻。长山县独立营接到上级下达的紧急任务，要尽速筹集大批烈性炸药，供应主力部队大反攻。

上级所下达的紧急任务所蕴含的意义，大华非常明白，但是如何筹集，到哪儿筹集，上级却没有指明方向。在过往的战斗中，大华参加过不少小规模的非常规的游击战，对于炸药的使用量并不大。需要炸桥炸路炸碉堡的时候，也是由根据地提供炸药，有时也能从敌人那儿收缴到一点，自主的来源还真没有。

还有就是，根据地所生产的那些黑火药，是用"一硝二磺三木炭"的土法子生产出来的，性能不稳定，爆炸威力小，根本无法满足大部队的战斗要求，无法适应大规模反攻作战需要。

大华这边正为筹集大批烈性炸药而绞尽脑汁的时候，忽然就从张店镇那边传来了一份极具价值的情报。

长桓县大队在东张村活动时，恰有一名在张店火车站工作的铁路老工人回家探亲，长桓县大队的同志没有放过这次机会，于是去找老铁路工人攀谈，向他打听张店火车站的情况，竟意外得到了一条极其重要的信息——日寇刚刚从青岛方向运来好几吨黄色炸药，在湖田火车站卸车，准备转运至南定的"轻金属厂"。

这是一条至关重要的情报，但长桓县大队考虑到凭自身力量无法夺取这批黄色炸药，向渤海军区主力部队汇报又路途遥远，恐怕时间上来不及，还担心会走漏风声引起日本人警觉。如果日本人把黄色炸药转移，那他们就是竹篮打水一场空了。长桓县大队一番计议，觉得目前最有效最稳妥的办法，还是联系长山县独立营，争取得到就近的支持。

大华得到这个情报，顿觉眼前一亮："真是想什么来什么，小日本注定要完蛋了！"

大华挑选出独立营下属的战斗力最强的"钢八连"作为这次行动的主力。为了不引人注意，他还让一百来号人马全部更换上便衣，经过一昼夜急行军后，钢八连的人马于第二天拂晓秘密进驻张店东北面的凤凰庄。这个位于黑铁山西麓的百来户人家村庄，北距日伪卫固据点大约有十华里，南距日伪湖田据点大约也是十华里路程，西距日伪大本营张店有十五华里的样子。

凤凰庄进可攻退可守，又位于几处日伪据点中间的位置，比较适合队伍驻扎，而且这里群众基础一向很好，即使在抗战最艰难的岁月，老百姓心中也始终向着共产党和八路军的队伍。但是即便如此，为做好保密工作，保证整个行动万无一失，大华还是立刻下达命令彻底封锁整个凤凰庄，所有人员一律准进不准出。

命令下达后，活跃的战士们原本摩拳擦掌，此刻也变得沉默下来。他们心中感受到这次作战任务非比寻常，个个开始检查手中的武器弹药，激动地等待着大战来临前的那一刻。

一轮红日终于落下山头，下午六时许战士便吃过了晚饭。

大华发布第一道作战命令："检查武器，准备战斗！"

晚间九时许，大华第二次发布作战命令，并做出战前动员："同志们，我们这次的任务很简单，就是夺取日寇仓库的黄色炸药，为主力部队大反攻做好充足准备，你们都准备好了吗？"

一阵低沉的怒吼声从战士们的胸腔中迸发："准备好了！"

大华挥动着臂膀，发出短促的声音："出发！"

遥远的天际偶尔有道道闪电划过，远处传来隐隐的雷声。长山县独立营"钢八连"的战士们在长桓县大队人员引导下，从凤凰庄悄悄地出发了，他们一路向南疾行，绕过湖田火车站，逼近红埠顶上的日寇据点。这是湖田火车站南边一处地势较高的小腹地，因为土壤的颜色常年呈现红色，被人们称为红埠顶。此次日寇的黄色炸药从湖田火车站卸车后，就暂存在红埠顶上的日寇据点仓库中。

或许就因为红埠顶的仓库中储存有大量黄色炸药，据点中站岗和巡逻人员比往日明显地增多增密，尤其东西两座炮楼的探照灯在一刻不停地扫来扫去。粗大的光柱刺破夜空，把周边的一切照得亮如白昼。大华瞪大了眼睛，仔细地观察着周围情形，然后挥一挥手，派出了爆破行动小组。但是到了此时，又出现了一个极为不利的情况——爆破队员每往前挪动一步，身体就会触碰到山坡上的刺棘，并发出簌簌的声响。

为了不暴露目标，爆破小组成员们的身子只能像蜗牛一样一点一点往前挪动。

大华的额头开始淌下汗水。此时已是下半夜，若照这样的速度前进，恐怕天亮都无法抵达目标点，一切将会前功尽弃。大华紧张地思考着如何才能尽快解决掉红埠顶上的敌人碉堡，恰在此时，一列火车呼啸着从东往西开了过来，在火车经过红埠顶时正需要爬一段漫长的缓坡，牵引机车头像老黄牛呼哧呼哧喘着粗气，喷出一股股白气和黑烟，既淹没了周边的一切，也影响了炮楼那粗大的探照灯光。

这样的机会稍纵即逝。大华来不及多想，凭借火车通过时所发出的剧烈声响，以及浓烟白雾作掩护，他身背大砍刀，手提炸药包，一跃而起，一阵风似的就跑到炮楼跟前，并马上竖好炸药包，拉燃导火索，然后纵身一跃跳进了旁边的壕沟内。随之，轰隆隆一声巨响，红埠顶西边的炮楼眨眼间垮塌碎裂。而与此同时，红埠顶东边的炮楼，也在长桓县大队围攻下，里面的伪军人员全部缴械投降。

仿佛是电光石火之间，红埠顶东西两座炮楼就被彻底解决掉了。大华指挥战士们冲进坍塌的炮楼搜索消灭残余敌人，一边挥动大刀砍断仓库外围的铁丝网，劈开仓库大木门，率先冲了进去。不多久工夫，大华的怀中抱着一挺崭新日式歪把子机关枪站在了仓库门口，直到黎明到来，直到他亲眼看着一百二十四箱六千余斤的黄色炸药全部从仓库内搬运出来，亲眼看着一名战士最后检查完毕，从空空如也的仓库出来，大华这才扛起机关枪紧紧跟在队伍后边，成功撤出据点。

这又是一次胜利的战斗。大华想着这批黄色炸药将运往急需的前线，发挥着巨大的作用，内心就无比激动。

抗战八年，大华无时无刻不在动荡中生活，在漂泊中战斗，在磨难中前行。然而他的身、他的心、他的思想、他的灵魂、他的一切的一切从没离开过这块土地。他满怀着胜利的喜悦走出据点，浑身充满了力量。因为他知道，这批本来属于敌人的炸药，如今已掌握在钢八连战士的手中，这一定会改变鲁中抗战的局势。

远方，一轮红日正徐徐升起！

最后再用一首诗，作为全篇结束语吧：

岁月说什么静好，
须人有砥砺前行。
山河破碎风飘絮，
碧血丹心照汗青。

段　奇

收笔于二零二零年二月二十日

后 记

　　"九一八事变"之后，日寇的铁蹄开始践踏中华大地。此后，鲁中周村镇北旺庄有马氏三兄弟者，携手毁家纾难。三人在党的领导下，前仆后继，不畏流血牺牲，为争取国家独立和民族解放，作出了不可磨灭的贡献。

　　前事不忘，后事之师。正是前人的奋斗，前人的奉献，前人的牺牲精神，才换来了后人的幸福生活，换来了共和国自由的天空。

　　谨以此书献给我的家乡，献给我伟大的祖国，献给那些英勇不屈的人们。因为他们的名字，将像星辰大海一样，永远镌刻在共和国的历史天空。